沖晴くんの涙を殺して

額賀澪

JN031707

双葉文庫

目次

沖晴くんの涙を殺して

第一話　死神は呪いをかける。志津川沖晴は笑う。

踊場《おどりば》京香《きようか》の葬式は、階段町《かいだんちよう》の山頂付近にある小さな斎場で行われた。

葬式とは、白色と黒色ばかりの味気ない、温かさもないものだと思っていた。意外にも彼女の葬式は色とりどりの花が飾られ、斎場はずっと芳《かぐわ》しい香りがしていた。春も夏も秋も冬も、すべての季節の匂いを彼女のために集めたみたいだった。

喪主を務めているのは京香の祖母だ。自分も、この人には随分世話になった。

「旦那さんだけじゃなくて、娘も孫も自分より先に死んでしまうなんて、可哀想な人だ」

「七十三歳にもなって、寂しいだろうにね」

どこかから、そんな声が聞こえた。

「カフェ・おどりばも、もう閉めちゃうんじゃないかな」

そんな風に言う人もいた。

斎場を出るとき、入り口に飾ってあった大きな向日葵《ひまわり》が目に入った。葬式にはてんで似合わない。大きくて元気で、花全体が光り輝いているようだった。

志津川沖晴《しづがわおきはる》がその向日葵を手に取っても、誰も咎《とが》めなかった。

向日葵が特別好きなわけじゃない。でも、なんとなく夏の花がほしいと思った。

斎場を出ると、海がよく見えた。自分の故郷と違って、階段町から見える海は狭い。大きな島が点々と浮かび、橋が島と島を繋《つな》いでいる。果てまで何もない海というのがここからは見えない。巨大な川なのか、湖なのか、池なのか、ときどきわからなくなる。

だから、安心したのかもしれない。ここでは何も奪われないと思ったのかもしれない。

空を仰いだら、カモメが一羽飛んでいた。向日葵を抱えて立ち尽くす沖晴に驚いたみたいに、高く舞い上がった。

初めて会った日にあの人が自分を突き落とした場所に行こう。そう思った。

◆　◆　◆

案外、大きな街だった。

新幹線で東京から三時間半、更に在来線とバスを乗り継いで四年ぶりに帰った故郷は、踊場京香が思っていたよりずっと存在感があった。生まれ故郷なんて、大人になればなるほど小さくなるものだと考えていたのに。もしかしたら、自分の方が小さくなってしまったのかもしれない。高校生の自分より、大学生の自分より。

山肌に沿って階段のように積み上がった街並みをバス停から見上げ、京香は小さく深呼吸をした。自分の記憶にある街より、大きいし、広いし、色鮮やかだし、何だか濃い。匂いとか空気とか、いろんなものが、濃い。

京香が高校卒業まで暮らしたこの街は、階段町という。その名の通り、階段と坂の街。北は山、南を海に挟まれ、平地が少ない。山側の傾斜だらけの狭い土地に家が密集し、その間を階段と坂道が縫い目のように這《は》う不思議な構造をしている。

祖母に伝えた到着時間までまだ余裕がある。実家へ続く階段と坂道を上る前に、潮風の香りを嗅《か》いだら、海を近くで見ておきたくなった。

引っ越し業者が荷物をすべて持って行ってくれたから、京香は小振りなリュックサック一つで新幹線に乗った。ずっと同じ体勢で座っていたせいか腰が痛い。大きく伸びをして、実家とは反対側——海の方へ歩いて行った。

五分ほどでよく知る港に出る。対岸にある島へ渡るフェリーが出航する港だ。幼い頃、祖母と買い物ついでにここへ来て、フェリーに向かって手を振るのが好きだった。多分、三歳とか四歳の頃の記憶。京香の中にある思い出の、最初の一ページに綴《つづ》られた光景だ。

対岸を出発したフェリーが近づいてくるのを、京香は堤防に腰掛けて眺めていた。白いフェリーが大きくなる。甲板の人の顔が見えるようになる。流石《さすが》に手は振らなかった。自分の膝に頬杖《ほおづえ》をついて、目を閉じる。こんな風に無意味に時間を使えるなんて久々だ。東京の大学を出て、東京で音楽教師になった。日々の授業とクラス担任と部活の顧問をこなしているうちに、一度も実家に帰ることなく四年たってしまった。忙しいけれど、それなりにやりがいもあって充実した毎日だった。

余命が一年というのは、その代償としてはちょっと大きすぎる気がするけれど。

カモメの鳴き声が聞こえて、京香は目を開けた。思っていたよりずっと近くを、白いカモメが一羽通り抜けていった。翼の風圧を感じられそうなくらい、近かった。

時計を確認すると、約束の時間まであと十分ほどだった。遅くなると祖母が心配するだろう。ついでに、近くにある福野屋で鯛焼きでも買っていってやろう。階段町に住んでいた頃、学校から帰るとよくその鯛焼きがリビングにあった。冷めても美味《おい》しいのだ。

そう思って、堤防から腰を上げたときだった。

先ほど京香の頭上を掠《かす》めていったカモメが、沖合に突き出た防波堤の上を旋回する。何かに操られるように、綺麗《きれい》な楕円形を描きながら。

その下に、制服を着た男の子が一人たたずんでいた。

チャコールグレーのブレザーは、京香が通っていた市立階段高校の制服だ。階段町の山頂付近にあり、生徒達は長い坂と階段を上って登校する。

誰もいない防波堤の先端に、彼は一人きりで突っ立っていた。黒い髪を風に揺らすあの子は、いつからいただろう。ぴくりとも動かない背中を、京香は見つめた。

五分たっても彼が微動だにしないから、京香は防波堤の先端へ、小走りで向かって行った。カモメは、相変わらず彼の頭上を旋回している。

——ねえ、まさか飛び込んだりしないよね。

口の中でそう念じながら、静かに、でも速く、駆けていった。

「ねえっ!」

そこの君、何してるの? 教え子を注意するみたいにそう続けようとしたら、彼はするりとこちらを振り返った。手には何故《なぜ》か、京香がこのあと買いに行こうとしていた福野屋の鯛焼きがある。

その瞬間、彼の頭上を飛んでいたカモメが急降下した。風圧を感じさせる力強い羽ばたきで、無防備な鯛焼きにかぶりつく。彼は感心したように「おおー」と声を上げ、楽しそうに目を大きくした。

カモメに体を煽《あお》られ、革靴がコンクリートの縁で滑る。チャコールグレーのブレザーはあっという間に京香の視界から消えた。数瞬置いて、ぼしゃん、と水音が響き渡った。

「……今の、私のせい？」

呟《つぶや》いて、防波堤の先端に駆け寄る。コンクリートの縁にへばりつくようにして下を覗くと、トルマリンみたいな色で淡く波打つ海面に、ゆっくりと彼が浮かび上がってきた。

仰向けで、空をじっと見つめながら。

「だっ、大丈夫……？」

彼は静かに瞬《まばた》きをし、透き通るような黒目をゆっくり動かしてこちらを見る。けれどすぐ、飛び去るカモメの影が海面に映って、彼の視線はそっちに行った。

直後、笑い声がした。「ははっ」と、ささやかな声量なのに空に突き抜けるような――入道雲が見えそうな声だった。

「鯛焼き、盗《と》られました」

「……はい？」

「二口しか食べてなかったんです。やっとカスタードクリームが出てきたのに」

海に仰向けにぷかぷかと浮かんだまま、彼は続ける。

「あのカモメ、鯛焼きはカスタードクリーム派だったんでしょうか。だとしたら俺と好みが合います。仲良くなれそうです」

放っておいたらいつまでもそうしていそうだったから、京香は話を遮《さえぎ》って再び「ねえ！」と声を上げた。

「いいから上がってきなさい！」

彼は「はあい」と返事をして、やっと体勢を変えた。水を吸った服は重いはずなのに、涼しい顔で平泳ぎを始める。水泳選手みたいに綺麗なフォームで、イルカやシャチのように軽やかに泳いでいく。彼の鞄《かばん》を抱えて移動しながら、京香はそれをじっと見ていた。

個人所有のボートや小さな船が停泊する船着き場から陸に這い上がった彼は、何事もなかったかのようにブレザーを脱ぎ、京香の目の前で雑巾のように絞り始めた。

その左腕が血で真っ赤に染まっていて、京香は悲鳴を上げた。血の出所は、左肘のあたりだ。落下したとき岸壁にぶつけたのだろうか。ブレザーから水が滴《したた》るたび、力んだ手の甲を伝って血が流れていく。

「制服なんてどうでもいいから、腕をどうにかしなさい、腕を！」

彼の左腕を引っ掴《つか》み、ワイシャツをまくり上げる。ぱっくりと割れた肌に後退《あとずさ》りしそうになりながら、京香は背負っていたリュックを下ろした。絆創膏《ばんそうこう》は持っているけれど、とても間に合わない。止血に使えそうなものは大きめのハンカチしかなかった。

「ほら、腕、もっとちゃんと出して」

ハンカチを見せると、彼は犬がお手でもするみたいに左腕を差し出してきた。血まみれなのに、口元は穏やかに微笑《ほほえ》んでいる。

「ぱっくり切れてるけど、痛くないわけ？」

「痛いですよ」

笑みを崩すことなく、彼は頷《うなず》いた。朗《ほが》らかで、屈託がなくて、健やかな笑顔で。

本当なら水で洗って消毒すべきなのだろうが、とりあえずハンカチを傷口に当てて、きつめに縛ってやる。

「縫わないといけない傷だよ、これ。病院行った方がいいよ」

「えー、いいですよ。すぐ治りますから」

「いや、治らないから。どうしてすぐ治ると思えるの、これが」

事実、京香が巻いてやったハンカチにはもう血が滲《にじ》んできている。

「治っちゃうんですよ、これが」

水を吸ってほとんど黒色になったブレザーを抱えた彼は、「だから大丈夫です」と笑って京香から鞄を奪った。その顔だけ見ていたら、怪我《けが》をしているのが嘘みたいだ。

「ハンカチ、ありがとうございました。お礼は必ず、そのうち、運良くまた会えたら」

ハンカチを巻いた左腕をちらりと京香に見せて、彼は踵《きびす》を返す。彼の髪が弾いた水滴が、京香の鼻先まで飛んでくる。

「それでは、さようなら」

走り去る彼の背中から、「このままここにいたら、このお節介な人に病院に連れて行かれる!」という悲鳴が聞こえた気がした。

彼の足の回転は、リズミカルで速かった。足の速い子の走り方だ。「うちの陸上部のエースより速そう」と、かつての勤務先を呑気《のんき》に思い出す。その間に、彼の姿は見えなくなってしまう。

乗客を降ろしたフェリーが、再び対岸に向かって出港していた。

港から山側へ向かい、踏切を越え、細い道に傾斜がつき始めると、そこはもう階段町だ。コンクリートでできた階段を上り、階段が途切れてなだらかな道になったと思ったら急坂になり、今度は石の階段が、次は煉瓦《れんが》の階段が現れる。今風のペンシルハウスもあれば、築八十年以上の古民家もある。その隣に煉瓦造りの洋風建築の家があり、その向こうに寺があったりする。

古いものと新しいものがごちゃ混ぜになっているのは、こんな構造の街だから新しい家を建てるのも大変で、古いものを大事に大事に使っているからかもしれない。和のものと洋のものが混ぜこぜなのはどうしてだろう。港町が近いからだろうか。

子供の頃から慣れ親しんだ街並みを延々と歩くと、煉瓦で作られた階段の先に、石でできたアーチ状の門扉《もんぴ》が見えてくる。今の季節は夏に向けて門の周囲をさまざまな種類の植物が覆い、鬱蒼《うっそう》とした森の入り口みたいだった。すぐ側で野良猫が昼寝をしている。この街は、何故か猫も多い。多分、港が近いから。

門の横に立てられた「カフェ・おどりば」という看板は、四年前に見たものとは違うデザインになっていた。

築五十年以上。二階建ての洋館は、一部がカフェになっている。モルタルの壁に蔦《つた》が絡まって、三角屋根まで覆っているたたずまいは趣があって、昔から好きだった。

階段町のちょうど真ん中。まさに踊り場のような場所にあるこの店が、京香の実家だ。

カフェのドアを開けると、ドアベルがざらついた音を立てる。この音は、昔のままだ。

「ただいまあ」

昔からの常連客が一人いるだけで、店内はがらんとしていた。甘くて爽《さわ》やかな紅茶の香りが、ゆったりとした時間の流れるカフェの中でまどろんでいる。

「京香ちゃん、おかえり」

カウンター席にいた常連客の藤巻《ふじまき》さんが、分厚い本から顔を上げる。物語の世界から飛び出してきたみたいな真っ白なヒゲをふわりと揺らして、京香に笑いかけた。

「星子《せいこ》さーん、京香ちゃんが帰ってきたよ」

藤巻さんが店の奥へ声をかけると、歳の割に声量があって凛《りん》とした返事がして、祖母がカウンター内へ現れる。

真っ白なブラウスに黒いカフェエプロンをして、白髪のボブカットに鳥の羽の形をした金属製のバレッタをつけた姿は、七十二歳にはどうやったって見えない。

「おかえり、遅かったね」

近頃は近所の子供達から「黒魔女」と呼ばれているらしい祖母は、「何か飲む?」と紅茶のポットを用意しながら聞いてくる。

「アイスティーにしようか?」

「ううん。温かいのがいい」

「そう」

素っ気なくも聞こえてしまう平坦な返事は、京香がよく知る祖母のものだった。いつも通りの祖母だった。だから、ちょっと安心した。

藤巻さんから少し離れてカウンター席に腰掛け、久しぶりに祖母が紅茶を淹《い》れるのを眺めた。

祖母の頭上で、ステンドグラスのペンダントライトが揺れている。青と白と黄色の色ガラスで作られたライトからこぼれた光が、祖母の白いブラウスをほんのり青く染めていた。

カフェ・おどりばは、カウンター席が五つとテーブルが三つの小さな店だ。黒光りする天井から、ペンダントライトがいくつもぶら下がっている。

沸騰直後のお湯を陶器のティーポットに入れ、金縁のカップと共に祖母が運んできた。

「レモンかミルクは?」

「今日はいいや」

「お砂糖は?」

「入れようかな」

角砂糖が入った白いシュガーポットが目の前に置かれる。顔を合わせて話をするのは四年ぶりだというのに、まるで昨日も一昨日《おととい》もこうして紅茶を飲んでいたみたいだ。

でも、こんな孫娘を前に「可哀想に」としくしく泣いてしまう祖母だったら、自分は階段町に帰ってこなかっただろうなと思った。

カップに紅茶を注ぐ。陶器のポットで淹れた紅茶は味がまろやかになると教えてくれたのは、今は亡き祖父だった。このカフェ・おどりばも、大の紅茶好きだった祖父が始めて、今は祖母が一人で切り盛りしている。

角砂糖を一つだけ入れてカップに口を寄せると、清涼感のあるダージリンの香りが鼻に抜けた。初夏の陽気には少し熱いホットティーだが、懐かしい祖母の味がした。

「荷物、まだ届かないね」

京香に出したポットで自分の紅茶を用意して、祖母が言う。

「トラック、ここまで入ってこられないし。時間かかるって業者さんが言ってた」

「そりゃあそうか」

車が通れる道までトラックで来て、あとは台車や手で運ばなければならない。京香が上京するときも大変だった。だから、今回の引っ越しは最低限の荷物だけにした。どうしても処分できないものだけを段ボールに詰め、家具や家電は捨てたり人に譲ったりした。

「四年ぶりだね」

ストレートで紅茶を飲みながら、今更のように祖母が呟いた。

「四年ぶりって言っても、大学のときは年に一回しか帰ってこなかったけどね」

実習とか、バイトとか、友人との時間とか、いろんなものが惜しくてなかなか帰省しなかった。今になって申し訳ない気持ちになる。

「あ、ちゃんとお店、手伝うからね。注文取ったり、お会計したりとか」

「せっかく仕事辞めて帰ってきたんだから、しばらくはゆっくりしてるといいよ」

「今まで仕事が忙しかったから、いきなり暇になってもどうしたらいいかわかんないよ」

朝五時に起きて吹奏楽部の朝練に顔を出さなくていいなんて。夜の十時過ぎまで残業をしなくていいなんて。逆に時間をどう使えばいいかわからない。

店の外から、がさがさと人の足音が聞こえた。窓ガラスの向こうに、見覚えのある青いユニフォームが見える。

「引っ越し屋さん、来たみたい」

紅茶を飲み干して、京香は店のドアを開けた。ざらついたベルの音に被《かぶ》せるように、祖母が「あとでアイスティーを差し入れるから」と言った。

汗だくになって荷物を運ぶ引っ越し業者を見たら申し訳なくなったけれど、祖母の淹れたアイスティーを「生き返る！」と笑顔で飲んでくれた。荷物を極力減らしたおかげで、荷ほどきも暗くなる前に無事終えられた。

高校卒業まで使っていた洋室は、大人になった京香の荷物が加わってもほとんど見た目が変わらなかった。本棚に並ぶ本が漫画から小説や実用書になって、でも好きな作家の本は変わらず買い続けている。数年に一度出る好きなアーティストのアルバムもきちんと揃《そろ》えている。洋服の趣味が変わって、クローゼットの中は様変わりした。

でも、それくらいだ。

京香の部屋は、三角屋根の真下にある。だから三角天井で、壁も斜めになっている。それに合わせて作られた棚に並ぶ本を眺めながら、京香ははしごを使ってロフトへ上がった。こちらにはベッドが置いてあるけれど、この先、はしごの上り下りが辛《つら》くなるかもしれないと考えると、下に移した方がいいだろうか。

そんなことを考えて、そのときはそのときだと思った。先のことを考え出したら、本当に切りがなくなってしまう。

新しいシーツを掛け、布団カバーを取り替えたベッドに上って、天窓を開けた。上げ下げ式になっている窓は、錆《さ》び付いた音を立てて開いた。

蔦に覆われた三角屋根から顔を出すと、下へ下へ延びていく階段町と、海が見える。島々の向こうに沈む夕日に照らされ、階段町がオレンジ色に光っていた。ところどころ黒く陰になった場所と相まって、夕日へ続く階段のようだった。

「いい場所じゃん」

高校生の頃は、坂と階段の多い不便な街だと思っていた。こうして大人になって戻って来てみると、わかる。不便だけれど、穏やかでいい街だ。東京で大学生をやったって、都会で忙しく先生をしていたって、結局ここが私の故郷だ。

終《つい》の棲家《すみか》としては、ぴったりじゃないか。

＊　＊　＊

物心ついたときから父親はおらず、京香は母と祖父母と暮らしていた。祖父母は定年退職後にカフェ・おどりばをオープンし、それ以降、朝食はカフェで摂《と》るのが日課になった。

目を覚まして、顔を洗って、制服に着替えて一階に下りると、紅茶のいい香りがする。その日その日のオススメの紅茶をオススメの飲み方で祖父母が出してくれて、厚切りのトーストやサンドイッチをサラダと一緒に平らげて、学校に行く。それが、京香の朝だった。

着替えを済ませて部屋を出て、階段を下りながらそんなことを思い出した。この家の朝の時間は変わっておらず、紅茶の香りが階段の踊り場まで漂ってきていた。

「お祖母《ばあ》ちゃん、おはよう」

カフェと住居部分を繋ぐドアを開けると、カフェエプロンと鳥の羽形のバレッタをつけた祖母がカウンターにいた。モーニングの時間帯だから、すでにお客の姿もある。

「ごめん、寝坊した」

「いいよ別に。昨日まで一人でやってたんだから」

沸騰したお湯をポットに注ぎながら、祖母は首を横に振る。カウンターにいたお客へポットを運び、「ごゆっくり」と笑いかけた。

手伝おうと思ったのに、店にいるお客の手元にはすでにトーストやサンドイッチがあり、紅茶も今のお客が最後だったみたいだ。

「ほら、あんたの分」

祖母は京香の分のモーニングセットまですでに準備していて、ポットののったトレイを渡してきた。ハムとタマゴのホットサンドには、美味しそうな焼き目がついている。

「ごめん、ありがとう」

明日はもう少し早く起きよう。そう決意して、カウンターを出たときだった。

端の空いている席へ向かおうとした京香の目に、記憶に新しい顔が飛び込んできた。

「君……昨日の」

大口を開けてトーストを頬張ろうとしていたのは、昨日、防波堤から落ちたあの男の子だった。昨日と同じ色のスラックスを穿《は》いて、ワイシャツの上に紺色のカーディガンを着ている。ブレザーは……昨日の今日では乾かなかったのだろう。

海にぷかぷか浮きながらそうしたように、彼は眼球をぎょろりと動かしてこちらを見た。

「ご無沙汰《ぶさた》してます」

奇遇ですね、なんて笑顔で続ける彼の左腕から、京香は目が離せなかった。

「全然ご無沙汰じゃないでしょ。腕、大丈夫だったの？」

「もう治っちゃいましたよ」

「嘘つくんじゃないの」

自分の朝食がのったトレイを近くのテーブルに置いて、彼に躙《にじ》り寄る。ああ、まるで、教師に戻った気分だ。彼の腕を摑み、カーディガンとワイシャツを一気にまくり上げた。

「……嘘だ」

昨日、ぱっくりと裂けていた左腕には、傷一つなかった。傷跡やかさぶたすらない。

「ほら、言ったじゃないですか。たいしたことないからすぐ治ります、って」

左手をひらひらと振りながら、彼は厚切りのトーストにかぶりつく。

「そんなわけない。あんな怪我したら保健室に担いでいって、でも絶対に保健室じゃ手当てしきれないから止血だけして病院に直行するやつだから、絶対！」

いくら言ったところで、彼の腕は傷一つない綺麗なままだ。

「なあんだ、あんたら、もう仲良くなってたの」

カウンターに頰杖をついた祖母が、肩すかしを食らったようにそう言ってくる。振り返った京香に半笑いを浮かべ、ハムスターみたいに両頰を膨らませてトーストをかじる彼を指さす。

「藤巻さんほどじゃないが、沖晴はうちの常連なんだよ。毎朝モーニングを食べに来る」

はあ、と溜め息と相槌《あいづち》を同時にして、京香は祖母と彼を交互に見た。トーストを温かいレモンティーで流し込んだ彼は、「えへへ」と笑いながら京香に会釈した。

「志津川沖晴といいます。沖は晴れているか、と書いて沖晴です」

そんな詩的な自己紹介までしてくる。沖は晴れているか、と書いて沖晴。太陽光を受けてキラキラと光る大海原《おおうなばら》と、その上に広がる巨大な入道雲が思い浮かんだ。

「その子ね、私の孫の京香っていうの。踊場京香。東京から帰ってきたばかりだから、仲良くしてやって。それにしても、京香が帰ってきたのは昨日なのに、どこで知り合ったんだい、あんた達」

「いや、俺、この人に海に突き落とされたんですよ、昨日」

え？ と声を上げて、祖母だけでなく店にいた他の客まで京香を見てくる。慌てて首を左右に振った。

「違う違う！ 突き落としてない！ 突き落としたのはカモメ！」

今度は「カモメ？」とみんなが一斉に首を傾《かし》げる。「貴方《あなた》もちゃんと説明して」と京香は沖晴を睨《にら》んだ。

「でも、踊場さんが突然声をかけなかったら、海にも落ちなかったしカモメに鯛焼きも盗られませんでしたし」

人をからかうのがそんなに楽しいのか、彼は微笑みを絶やさない。本当に、入道雲みたいだ。摑み所がなくて、確かにそこにいるのに、目を離したら全く違うものに姿を変えていそうな、不思議な雰囲気の子だった。

「違うからっ。カモメはずっと貴方の上で鯛焼きを狙ってたの。私が声をかけなくても、絶対に鯛焼きは盗られてた！　そして貴方も海に落ちて怪我してた！」

「だから、別に怪我してないって言ってるじゃないですか」

カーディガンをまくり、再び左腕を見せられた。本当に、悔しいくらいに傷一つない。

「ねえ、念のため右腕も見せて。見間違いだった可能性も……」

「しつこいなあ、もう」

言葉の割に楽しそうにしながら、「はい」と右腕を見せてくる。もちろん無傷だった。

「これでいいでしょ」

カップに残っていた紅茶を飲み干した沖晴は、側に置いてあった鞄を抱えて立ち上がる。

「大丈夫なんで、もう放っておいてください」

口角を上げて、にこっと微笑んで、そそくさと店を出て行く。急いでいないように見えて意外と早足で、ドアのベルを鳴らして外へ行ってしまった。

「あ、沖晴っ」

ベルの残響が消えた頃、他のお客のために紅茶のお代わりを淹れていた祖母が叫んだ。

「ああ、あの子、お昼ご飯忘れていった」

「ちょっと待って、お祖母ちゃん、あの子にお弁当作ってあげてるの？」

さすがにそれは世話を焼き過ぎじゃないだろうか。すっかり冷めてしまったモーニングセットのトレイを持って、慌ててカウンターへ移動する。

「あ、ていうかあの子、モーニングのお金払ってない！」

「いいんだよ。一週間分前払いしてるから」

どうやら、本当に常連のようだ。高校生なのに、家族と朝食を摂らないのだろうか。

「沖晴ね、二つ階段を上ったところの家に一人で住んでるんだよ。だから朝ご飯は毎日うちで食べるし、特別に弁当も作ってやるんだ。もちろん、お代はもらってる。なのになんで忘れてくのかね、いつももっとゆっくりしていくくせに」

ぶつぶつ言いながら祖母が作っているのは、サンドイッチだった。厚焼きタマゴが挟まったもの、ハンバーグが挟まったもの、宝石を挟んだみたいなフルーツサンドもある。それを紙製のランチボックスに並べて、グリーンサラダとチキンのトマト煮を詰め込む。

「あんたの分も作っておいてあげるから、お昼に学校まで届けてやってよ」

「ええー、私が？」

「お世話になった先生に挨拶《あいさつ》でもしてくればいいじゃないか。それに、沖晴のことはいろいろ頼まれてるんだよ」

「誰に？」

「あの子が住んでる家の持ち主から」

二つ階段を上ったところには、小さな一軒家があったはずだ。踊場家と違って純和風の古民家。京香が高校生の頃までは老夫婦が住んでいた。確か、岡中《おかなか》さんという家だった。

「岡中さん達が息子夫婦の家に引っ越して、二年前から空き家だったんだけどね。沖晴が住むことになって、高校生の一人暮らしだから気にかけてやってくれって言われてね」

「じゃあ、岡中さんのお孫さんなの？」

「それがそういうわけじゃないみたいなんだよ。遠い親戚の子だってさ」

そんな素性もよくわからない男子高校生に、毎日弁当を作ってやっているというのか。

笑顔以外の表情を見せない志津川沖晴という高校生の——防波堤にたたずんで海を眺めていた後ろ姿を思い浮かべながら、京香は渋くなってしまった紅茶をカップに注いだ。

「ほんと、久しぶりだねえ。成人式以来だもの」

四時間目がちょうど空いていたからと、瀬戸内《せとうち》先生は京香のことを喜んで迎えてくれた。

「校舎、全然変わってないでしょ。久しぶりっていっても、踊場が卒業してまだ十年たってないもんね」

先を歩く瀬戸内先生の背中でポニーテールが揺れる。京香が高校生の頃もつやつやの綺麗な髪をしていたけれど、九年たっても相変わらず先生は綺麗な髪をしていた。

音楽準備室の戸を開けた瀬戸内先生は、「適当に座って」と部屋の隅の丸椅子の山を指さした。昔のように椅子を一つ引っ張り出して、先生のデスクの側に腰掛けた。

「ここも全然変わってないですね」

「そう？　ものが増えて収拾がつかなくなっちゃったよ」

デスクの隣に置かれた冷蔵庫から、先生がペットボトルのお茶を出してくる。音楽科の教員と合唱部の共用冷蔵庫は、京香が合唱部だった当時も全く同じ場所にあった。

高校時代、京香は合唱部で、瀬戸内先生はその顧問だった。三十二歳だった先生は若々しく、生徒達のお姉さん的ポジションだった。クラス担任より多くの話をしたし、「音楽の先生になりたい」という京香の進路相談にだって、頻繁にのってもらった。

「せっかく音楽の先生になれたのに、辞めちゃうなんてもったいなかったな」

ペットボトルのお茶を一口飲んで、「まあ、人生いろいろだから」なんて先生は言う。

東京で音楽教師になったことは、大学卒業と同時に知らせた。退職して階段町に帰ってきたことは、さっき、来客用の玄関で話したばかりだ。

「忙しかった？　休みなんてないもんね。体壊しちゃったとか？」

壊したといえば、壊したんだよな。そう思ったら、抵抗なく言葉が口を突いて出た。

「乳がん、やっちゃいまして」

ペットボトルのキャップを開けて、京香はうな垂れた。「あは、失敗しちゃいました」

なんて声が、自分の仕草から聞こえた気がした。

ボトルの飲み口を唇に当てたまま、瀬戸内先生はしばらく何も言わなかった。

「ちなみに、ステージⅣらしいです。転移もしてます。余命は多分一年くらいです」

乳房にしこりがある気がして、病院に行った。あまりに仕事が忙しくて、一体いつからしこりがあったのかわからない。人一倍気をつけていたのに、身近な問題だったのに。

一ヶ月前からあったかもしれないし、下手したら半年前だったかもしれない。そう伝えたら、担当の医師は渋い顔をした。化学療法も放射線治療もホルモン治療もしたが、あまり効果がなかった。血液検査で妙な数値が出て、がんが肺と肝臓にも転移していることがわかった。手術では取り除けない、とも言われた。

「病院は？　ちゃんと行ってるんだよね？」

音楽準備室には自分達しかいないのに、声のトーンを落として先生は聞いてくる。

「こっちの病院に紹介状を書いてもらったんで、今度行きます。でも、副作用が少なそうな方法でやっていこうかなと思って」

先生が何か言いたそうな顔をしたから、京香は慌てて話を続けた。

「私、高校のときに母親が死んだじゃないですか。母も乳がんだったんです。一生懸命しんどい治療を続けて、乳房を取ったり髪が抜けたり、薬の副作用で毎日吐いたり。そういうのはちょっと勘弁だなと思って」

こう言っても、大体の人は納得しない。東京にいる友人も、口を揃えて積極的な治療を勧めてきた。でも、母は本当に辛そうだったし、ふとしたときに「こうまでして生きなきゃいけないのかね」とこぼしていたのを、京香はよく覚えている。それを聞いた祖母も、怒りはしなかった。京香も怒りなんて感じなかったし、むしろ「そうだよね」と頷いてしまいたかった。

闘病する本人も家族もみんな辛いとわかっているなら、わざわざそこに飛び込まなくたっていいじゃないか。ましてや、今度は祖母一人に自分の世話を任せてしまうことになる。何より、そんな思いをしてまで治療しても、治る確率などほとんどない。薬さえ服用していれば日常生活に支障はないし、できることならこのまま、すーっと眠るように死ねないだろうか。

「生きる長さじゃなくて、質の方を高められるように頑張ろうと思います」

長さより質。言っていることはもっともらしいが、東京で付き合っていた赤坂冬馬《あかさかとうま》という男には「要するに、死ぬ覚悟をしたってことだろ」とストレートな物言いをされた。ぼんやりと結婚だって思い描いた人だったけれど、その日のうちに別れることにした。

「そうか」

ペットボトルを握り締めたまま、瀬戸内先生は静かに頷いた。この人は祖母と全然似ていないけれど、心の奥の奥、精神的な柱みたいな部分が、祖母と同じような作りをしているのだと思う。京香がこの話をしたとき、祖母もやっぱり「そうか」と言ったから。

「踊場が自分で決めたなら、私はとやかく言わないよ」

そうだ。祖母も「あんたが決めたならそれでいいよ」と言った。

「こっちでどうするの?」

「しばらく家でゆっくりして、そのうち旅行に行くのもいいかなって思ってます。行きたかったところ、いろいろあるし」

海外は大学の卒業旅行を最後に行っていないし、国内だって行ったことのない場所ばかりだ。一人で気ままに巡るのもきっと楽しい。祖母も、誘えば付き合ってくれるだろう。

「ずっと仕事してたんで、時間が有り余ってるのが逆に気持ち悪いんですけどね」

あはは、と後頭部を搔《か》いたとき、タイミングを見計らったみたいに、四時間目が終わるチャイムが鳴った。もたついた鐘の音は、京香がよく知っているものだった。

「あ、先生、私、お弁当届けないといけないんです」

「さっきから膝に抱えてるそれ？」

瀬戸内先生が、膝の上に置いた紙袋を指さす。

「うちのカフェの常連にここの生徒がいて、祖母が毎日お弁当を作ってあげてるんです」

「名前は？」

「なんとか川、沖晴って言ってました」

瀬戸内先生は驚かなかった。「やっぱり」という顔で苦笑いした。

「やっぱり二年の志津川沖晴だったか。そんな気がした」

「先生、ご存じでしたか」

「そりゃあ、有名人だから。ていうかうちの部だし」

「えっ、あの子、合唱部なんですか？」

「合唱部だし、三年前からボランティア部の顧問もやってんの、私。志津川はそっちにも入ってるから、毎日のように顔見るよ」

「あの」

昨日今日で見たあの少年の妙なところをひとしきり思い浮かべ、京香は身を乗り出す。

「あの沖晴って子、なんで何があってもにこにこにこにこしてるんですか？」

まるで、笑顔でいることが平常状態みたいに。無理をしているようにも見えない。作りもののような笑顔を浮かべているわけでもない。強いて言うなら、神様が彼に《笑え》と命令を出し続けていて、それに喜んで従っているだけ、みたいな顔なのだ。

「さあ、どうしてだろうねえ。私もよくわかんないや。泣いてるよりは笑ってる方がいいんだろうけどさ。志津川、四月に転入してきたばかりなんだけど、それから二ヶ月もたってないのに、沖晴、沖晴っていろんな人に呼び捨てにされて楽しそうにしてるよ」

高校二年生から転入だなんて、珍しい。一軒家で高校生が一人暮らしをしているのも併せて、あの笑顔の裏に複雑な家庭事情が見え隠れしてしまう。担任の先生は、だいぶ気を遣っているんじゃないだろうか。もし自分が担任だったら、きっとそうする。

「いつもヘラヘラしてるけどさ、あれでも転入試験、満点だったんだよ」

「それ、凄いですよね？」

転入のための試験は、普通の入試より難易度が高いと聞くし、それを満点だなんて。

「転入して間もないのに、いろんな先生が言ってるよ。志津川沖晴は天才だって。まだ答案返却してないんだけど、先週やった中間テスト、どの教科も満点だったんだって。階段高校始まって以来の全教科満点だって、職員室で先生達がそわそわしてるよ」

「そ、そんなに勉強ができるようには見えなかったのに……」

「ホント、私もびっくりしちゃって。しかも運動神経も抜群でさあ、陸上部だったかどこかに誘われてちょっと走ってみたら、三年のエースよりいいタイムで走っちゃったらしいよ。いろんな部から勧誘されて困ってるみたい」

昨日、京香の前から走り去った彼の背中が思い出される。確かに、速かった。

いつもにこにこと笑みを絶やさず、勉強も凄くできて、スポーツも得意で。現実味がなさ過ぎる。小説や漫画の登場人物みたいだ。

でも、だからこそ、あの得体の知れない雰囲気と合っているとも思えてしまう。

「教室行く？　たしか二年五組だけど」

瀬戸内先生が椅子から腰を浮かしたときだった。音楽準備室の戸をノックする音がして、

「失礼しまーす」と誰かが入ってきたのは。

その声を、昨日も今朝も聞いたと気づいたのは。

「すいませーん、お昼ご飯取りに来ました」

志津川沖晴は、やはり笑いながら京香の前に現れた。

「沖晴、あんた、どうしてここに弁当があるとわかった」

沖晴はスラックスのポケットからスマホを出して、口元を綻《ほころ》ばせる。

「カフェ・おどりばの魔女さんから、『うちの孫が弁当を届けに行ったから受け取って』ってメッセージが来たから。『瀬戸内先生と一緒にいると思う』とも書いてあったんで」

「君、うちのお祖母ちゃんと結構仲良しだったのね……」

なんとなく、そんな予感はしてたけれど。しかも「魔女さん」なんて呼んでるし。

「はい、スタンプ交換したりしてます。この間これをあげたら喜んでました」

沖晴がスマホの画面を京香に見せてくる。タコが八本足をぐるぐると動かして「ありがとう」と言っているスタンプだった。

「お弁当、ありがとうございます。どうしようかと思ってたので助かりました」

カフェ・おどりばのロゴが入った紙袋を指さす沖晴に、ランチボックスを一つ差し出す。祖母はご丁寧にアイスティーまで水筒に用意していたから、それも渡してやる。

「ちょうどいい。今日、合唱部のランチミーティングだから、沖晴もちゃんと参加しな」

「ああ、忘れてました」

「嘘つけ、覚えてるけどわざとサボろうとしただろ」

「だって、バレー部に練習を手伝ってくれって言われたから」

「そうやって何でもかんでもホイホイと引き受けるんじゃない」

瀬戸内先生に叱られても、沖晴は笑ったままだった。へらへらと先生の言葉を躱《かわ》して「頑張りまーす」なんて首を傾げる。

音楽室の方の戸が開く音がした。女子生徒のきゃいきゃいとした声が聞こえてきて、瀬戸内先生が立ち上がる。

「あいつ等《ら》も来たし、さっさとやっちゃおうか。踊場、せっかくだから、OGとしてあんたも覗いていったら？　九月の文化祭で歌う曲、決めるんだってさ」

「OGって言っても、十年近く前ですよ？」

「何言ってる。合唱部史上、唯一全国コンクールに行った代だろ。みんな喜ぶよ」

そんなこともあった。瀬戸内先生と合唱部のみんなと、新幹線で東京に行って、大きな舞台で歌った。本当だったら母も見に来るはずだったけれど、全国大会の二週間前に亡くなった。コンクールに出ている場合なのか自分でもわからなかったけれど、母が出場できるタイミングで旅立ってくれたような気がして、葬儀の翌々日から練習に戻ったのだ。

そんなことも、あった。

準備室と音楽室はドアで繋がっている。音楽室では、五人の女子生徒が机を部屋の中央へ運んでいた。チャコールグレーのブレザーに紺色のスカート、赤いリボンという、とても懐かしい組み合わせだ。

「あんた等、合唱部の大先輩が遊びに来てくれたよ」

瀬戸内先生がそんなことを言って、京香のことを紹介した。「なんとあの全国コンクールに出場したときの部長だよ！」なんて、さも凄い人が来たみたいに。案の定、五人は瞳をキラキラとさせて「凄い……！」なんて言った。

全国大会には出場したけど、別にプロの道に進んだわけでもないのに。

「あれ……ていうか、五人しかいないの？」

自分が現役の頃は、二十五人の部員がいた。男子生徒だって八人いたのに。

「五人じゃなくて、六人です」

京香の後ろにいた沖晴が、ランチボックスを両手に抱えたまま自分の顔を指さす。

「あんたは練習もミーティングもサボってばっかりだろ」

瀬戸内先生が言う。五人の女子生徒も同時に頷いた。どうやら、サボりの常習犯みたいだ。

「サボってないです。他の部活の練習があるから来られないだけです」

「五つも掛け持ちしたらそうなるに決まってるだろ」

京香は沖晴を凝視した。笑みを絶やすことなく、涼しい顔で彼は「何ですか？」なんて聞いてくる。

「君、五つも部活やってるの？」

「はい、合唱部とボランティア部とバレー部と水泳部と野球部とテニス部です」

「今、六つ言ったよね？」

「一昨日から六つ掛け持ちになりました」

瀬戸内先生と合唱部員達が「えええー！」と声を揃えた。「あんた、それじゃあ碌《ろく》にうちの練習来れないじゃん！」「合唱部に一番に入ったのにそれは酷《ひど》くない？」「なんで沖晴が掛け持ちしまくってるって知っててみんな勧誘するわけ？」「いやいや、沖晴も断りなさい、ちゃんと！」……けんけんとした声が次々と投げつけられ、流石の沖晴も困ると思ったのに、やはり彼は穏やかな顔で笑っている。

「大丈夫です。ちゃんと本番では失敗しないように歌います」

わざとらしくサムズアップしてみせる沖晴に、「当たり前でしょ！」「音外したらビンタするから！」なんて言葉が女子生徒から飛ぶ中、京香は小さく溜め息をついた。

＊　＊　＊

「京香、お遣い行ってきて」

まるで子供にお願いするみたいな口調で言って、祖母はカフェのカウンターに蔓《かずら》編みのカゴを置いた。焦茶色のカゴの中には、眩《まぶ》しいくらい濃い黄色をしたレモンが五つ入っていた。

「またあっ？」

「藤巻さんがくれたの。お裾分《すそわ》けだって。たくさんあるから、沖晴に持っていってやって」

テーブルを拭く手を止め、京香は堪《たま》らず声を大きくした。お客がいなくてよかった。

「いいじゃないか。階段を二つ上がるだけだよ。それとも嫌いかい？　沖晴のこと」

「そんなことはないけどさ」

摑み所がないと言えば可愛《かわい》らしいが、得体が知れなくて、どう接すればいいのかわからない。

「あの子、いつもにこにこ笑ってるけど、見知らぬ土地で結構大変なんじゃないかと思うんだ。話し相手にでもなってやってよ。きっと喜ぶよ」

「学校でも楽しくやってそうだったし、私は必要ないと思うけどな」

部活を掛け持ちしすぎて合唱部の練習になかなか出られないことを、女子部員達は口うるさく咎めていたけれど、でも、本気じゃない。沖晴のことを嫌悪しているわけでも、部から追い出そうとしているわけでもない。

事実、あのあとのランチミーティングでは彼女達はちゃんと沖晴の意見を聞いてやっていた。ときどき沖晴が「あんた真面目に考えてないでしょ」なんて言われていたけれど、動物がじゃれ合うみたいで、微笑ましいくらいだった。

「閉店作業はやっておくから、行ってきちゃって。帰ったら、夕飯の仕度を手伝ってちょうだい」

カフェ・おどりばは六時閉店だ。あと十分もないし、ラストオーダーも終わっている。

「行ってくる」

レモンの入ったカゴを抱えて、京香はカフェを出た。ドアベルのざらついた音が、何故か心の端っこに引っかかって離れない。

煉瓦の階段と石の階段を上ると、木の塀で囲まれた二階建ての古い家が見えてくる。周囲を竹林で覆われ、建物はその一軒しかない。

インターホンを押したが、電池が切れているのか音が鳴らない。仕方なく、庭へ回った。

「沖晴くーん、帰ってるー？」

家の中に呼びかけながら庭へ向かうと、次第に歌が聞こえてきた。男子高校生らしい低音。でも、伸びやかで綺麗な声だ。夕日の柔らかい光に、声が溶けていく。じんわり、じんわり、染み込んでいく。

海を望む小さな庭には縁側があり、制服姿の沖晴がそこに腰掛けて歌っていた。素足を踏み石にのせ、声が出やすいように背筋を伸ばして。

歌っているのは、今日のランチミーティングで文化祭で歌うことに決まった曲だった。大切なものを失った人々が、喪失を胸に抱えながら未来へと歩き出すのを、花が咲く様に喩《たと》えた歌。

練習やミーティングはサボるのに、家では歌の練習をするなんて、いいところもあるもんだ。その姿が無性に眩しく感じて、眩しさの向こうに「羨《うらや》ましい」という感情が見えてしまう。私にもこんな頃があった。確かにあった。大人になっても、そんな自分はずっと胸の奥にいる。

「……上手」

歌の区切りがいいところで、京香は沖晴に声をかけた。

「わあ、びっくりしました」

その割には余裕の表情で、沖晴は穏やかな笑いをこぼす。

「どうしたんですか？」

「うちのお祖母ちゃんから、レモンのお裾分け」

カゴを差し出すと、沖晴は嬉しそうに中身を覗き込んだ。レモンの実を一つ摑んで、

「ありがとうございます」と匂いを嗅ぐ。

「皮まで食べられるから、塩レモンとか、はちみつレモンにでもしなよ。暑い日にソーダで割って飲むと美味しいから」

「へえ、やってみます」

さり気なく家の中に視線をやると、六畳ほどの和室の中央に卓袱台《ちゃぶだい》があり、木の座椅子があり、古い型のテレビがあり、棚には背表紙が日に焼けた本が並んでいた。かなり生活感があるが、高校生が一人で暮らしているようには見えない。前の住人のものがほとんど残されたままなのかもしれない。

「お茶でも淹れましょうか？」

カゴを抱えて部屋に上がった沖晴は、そのまま家の奥に消えた。冷蔵庫を開け閉めする音が聞こえる。ガラスポットと冷茶碗をお盆にのせて、すぐに戻ってきた。

「麦茶、適当に淹れてるんで、魔女さんの紅茶みたいに美味しくないと思いますけど」

廊下にお盆を置き、冷茶碗に麦茶を注ぐ。縁側に腰掛け、遠慮なくいただくことにした。

「偉いじゃない。ちゃんと練習してて」

麦茶はちょっと渋かったけれど、冷たくて美味しかった。ほんのり空色に染まった冷茶碗は涼しげで、オレンジ色の夕日に照らされ、淡く発光しているように見える。

「沖晴君、歌、上手だし」

「そうですか？　ありがとうございます。音楽の先生に褒めてもらえて嬉しいです」

笑みをふわりと周囲に広げるように言って、沖晴は冷茶碗に口を寄せた。

「でも、部活を六個も掛け持ちして大丈夫？　練習ばっかりで休めないでしょ」

「一人暮らしなんで、暇なんです。だから部活でもやらないとつまらないから」

一人暮らし。その単語が出てきて、京香は押し黙った。迷って、迷って、ゆっくりと口を開く。ご近所さんだし、祖母からも仲良くしてやってくれと言われたし、そもそも祖母がいろいろと世話を焼いているし……聞いても、構わないはずだ。

「どうして一人暮らししてるの」

「家族がいないからです。地元もこのへんじゃなくて、ずっと北の方なんで」

あまりにあっさりと、沖晴は答えた。京香は彼の顔を凝視した。麦茶を飲み干した沖晴は、側に放り出してあった楽譜を手に取る。先ほど歌っていた曲のものだ。

「どうして?」

聞かない方がいいと思うのに、聞いてしまう。沖晴の笑顔や、告白に何の痛みも感じていないような涼しい横顔に、引き摺《ず》られるようにして。

「死んじゃったからです。九年前に」

手の中で冷茶碗がするりと滑って、取り落としそうになった。

毎日のように、いろんなところで人が死ぬ。事故だったり、病気だったり、事件だったり、自殺だったり。いろんな理由で、人が死ぬ。

でも、地元が北の方で、九年前と言われたら、《いろんな理由で》が、たった一つに集約される。熟れすぎた果実が木からぼとりと落ちるみたいに、唐突に。

「ねえ、それって……」

「津波です。家族は流されて死んでしまいました」

九年前。京香が高校三年生の頃。卒業式の直後だった。東京の大学に合格して、上京の準備を進めていた。そんなとき、階段町から遠く離れた北の大地を、大きな津波が襲った。たくさんの人が死んだ。事故でも病気でも事件でも自殺でもなく、海によって死んだ。テレビを通してでしか見られなかったその光景は、遠く離れた階段町にいた京香の目にも、未《いま》だにはっきりと焼き付いている。

自然災害の多いこの国で、あの津波だけはある意味特別だった。津波に呑まれた街からどれだけ遠くに暮らしていたとしても、あの津波に無関係な人間なんてこの国にはいなかった。それくらい、大津波は大勢の人の心に傷をつけたのだ。

「それ、それ貸して……！」

気がついたら、沖晴から楽譜を奪い取っていた。体が熱い。もの凄く熱い。夕日のせいではなく、体の奥から違うものが湧き上がってくる。

立ち上がって、両足を踏ん張って、彼を見下ろした。

「この歌がどういう歌か知ってるの？」

楽譜を握り締めて、聞いた。

「この歌って、あの津波に遭った人のために作られた歌なんだよ？」

これは、あの津波の一年後に作られた合唱曲だ。理不尽で、どうしようもない大きな力によって大切なものを失った人々が、未来に向かって再び歩き出す歌だ。

「知ってますよ。今日のミーティングで話してたじゃないですか。それに、津波に遭った人のための歌なら、俺が歌ったって問題ないでしょう？」

「そうなんだけど、そうじゃなくて……。瀬戸内先生や合唱部の子達は、沖晴君が津波に遭ったって知ってるの？」

「知るわけないじゃないですか。言ってないんですから。階段高校の生徒にも先生にも、誰にも言ってないですよ。校長先生くらいじゃないですかね、知ってるの」

知っていたら、合唱部の生徒達はこの歌を歌いたいと提案しただろうか。瀬戸内先生はOKしただろうか。もし自分が部員だったら、顧問の先生だったら、しない。どんなに美しい歌でも、希望にあふれた歌でも、それが彼の傷を抉《えぐ》るのは間違いないって、そう思う。

「どうして？」

夕日が沖晴の顔を正面から照らす。オレンジ色の温かな光。光が、沖晴の顔に影を作る。口元に、くっきりと。

「……ねえ、どうして笑ってるの」

沖晴は笑っていた。京香が楽譜を奪ったときも、歌の意味を問うたときも、自分の口で津波の話をしたときも。

ずっと、志津川沖晴は笑っている。

「そんな話を、どうして笑いながらするの」

昨日、初めて会ったときの志津川沖晴。今朝、カフェで会った志津川沖晴。学校で会った志津川沖晴。常ににこにこと笑っている彼の顔が、京香を取り囲んで、見つめてくる。

「踊場さん、人間には五つの基本感情があるって知ってますか？」

掌《てのひら》をぱっと広げて、彼は突然そんな話を始めた。

「喜び、悲しみ、怒り、嫌悪、怖れ。この五つが、人間の感情の基本なんだそうです」

「それが、どうしたの」

「多分、俺は津波で死ぬはずだったんです。家族と一緒に、他の大勢の人と一緒に、海に流されて死ぬはずだったんです。でも死神か何かが気まぐれに、俺と取り引きをしてくれたんですよ。五つの感情のうちの《ネガティブな四つ》を差し出して、それと引き替えに、生きて帰ることができました。だから、ポジティブな《喜び》だけが残りました」

沖晴は笑みを絶やさない。目の奥は怖いくらい真剣な色をしていて、夕日の光を受け、それが際立っている。本気だった。本気で、この子は死神だなんて言っている。

「……じゃあ、聞くけど、死神はどうして都合良くポジティブな感情を貴方に残してくれたの？」

「相手は死神ですよ？ ポジティブな感情よりネガティブな感情をほしがるでしょう？《喜び》の感情をありがたがる死神とか、違和感ありますし。もしくは、一つくらい残しておいてやろうって情けをかけてくれたのかも。まあ、俺の勝手な解釈ですけど」

何だそれは。残酷なんだか、優しいんだかわからない。命を奪いたいのか。人間を苦しめたいのか。救いたいのか。一体何がしたいんだ。

ああ、でも。

「死って、そういうものかもね」

言葉は喉の奥に突っかかって、ほとんど声にならなかった。胸に手をやってみる。案外、自分も感情を奪われてやしないだろうか。怖れとか悲しみとか、死を目の前にして味わうはずの感情を、誰かに取られていやしないだろうか。

沖晴が小さく首を傾げて、いたずらでも企てるように笑う。

「踊場さん、俺が勉強もできて、スポーツも得意だって瀬戸内先生から聞きました？」

少し考えて、京香はゆっくり頷いた。

「海から生きて帰ったら、何故かそれまでよりスポーツが得意になって、一度見たものや聞いたものを忘れないようになって、怪我をしてもすぐに治るようになってたんです」

沖晴が左腕を見せる。昨日、ぱっくりと裂けたはずの場所を。

「昨日の傷は、夜には綺麗に治ってました」

無意識に、一歩後退っていた。両手を握り締めていないと、何かを言ってしまう。何かわからないけれど、めちゃくちゃなことを言ってしまいそうだった。

「死神と取り引きしたら、人間じゃなくなっちゃうんですかね。そのへんの条件、碌に説明してくれなかったからなあ。津波に流されてる最中じゃ、聞いてる暇なかったけど」

冗談としか思えないのに、彼の飄々《ひょうひょう》とした物言いは、妙に生々しかった。

命を刈る大きな鎌を携《たずさ》え、黒衣に身を包んだ——そんなわかりやすい死神の姿を京香は思い浮かべた。死神はわかりやすく髑髏《どくろ》の顔をしていた。その前に、小学生の志津川沖晴がたたずんでいるのも。私が死ぬときも、そんな姿をした死神が来るんだろうか。

「それとも、感情を失うと、代わりにこういう能力に目覚めるものなんでしょうか、人間って。意外と、俺はもともと運動神経がよくて、記憶力も抜群だったのかも。感情がなくなったから、それが開花したのかもしれないですね」

病気や事故で身体の健常な機能を失ったことで、それまでなかった新しい能力に目覚めることがある、なんて話を聞いたことがある……あるけれど。

「信じなくてもいいですけどね」

沖晴が立ち上がる。裸足で踏み石に立ち、合唱のときのように足を肩幅に開いた。

京香と彼の前に広がるのは、海だ。階段町から見下ろす、狭い海。大小さまざまな島が折り重なり、橋がそれを繋いでいる。夕日が、海を照らす。フェリーが向こうの島からやって来る。黒い影が、金色の海を切り裂くようにして。

大きく息を吸った沖晴は、歌い始めた。京香が握り締めた楽譜の通りに歌詞を紡ぎ、音程を外すことなく、伸びやかで澄んだ低音を響かせる。

先ほどは、綺麗な歌だと思った。歌っている彼を微笑ましいと思った。眩しいと思った。羨ましいとも思った。彼の表情もたたずまいも、何も変わらないのに、この志津川沖晴という少年を心底気味が悪いと思ってしまった。

死神？　取り引き？　感情がなくなった？　そんなの、信じられるわけがない。妄想だ。作り話だ。そう思う自分が確かにいるのに、彼の話を信じてしまっている自分も、確かにいる。信じられない自分よりずっと大きく、いる。

「思い出します」

一番を歌い終えた沖晴が、京香を見る。

「この歌、歌っていると死んだ家族とか友達を思い出します。学校から避難する途中で津波に呑まれたことを思い出します。音とか、匂いとか、寒さとか、思い出します」

まるで歌の続きを歌うように、沖晴は続ける。

「でも、俺には《悲しみ》も《怒り》も《嫌悪》も《怖れ》もないんで、思い出しても特に何も感じないんです。だから、結構楽しく生きてるんですよ」

ははっと笑って、白い歯を覗かせ、潮風に髪を揺らして、志津川沖晴は再び歌い始めた。

喪失から立ち上がる歌を、未来への希望を歌った歌を、喜びに満ちた声で、歌い続けた。

第二話　死神は嵐を呼ぶ。志津川沖晴は嫌悪する。

蟬《せみ》の声が聞こえる。喪服代わりの制服で歩くには暑すぎて、でも上着を脱ぐ気にもなれない。

向日葵を抱えて、志津川沖晴は石の階段を下りていった。階段に自分の影が落ちる。真っ黒な影は、段差に合わせて壊れたアコーディオンみたいに歪《ゆが》んだ。

先ほど見上げたカモメが頭上を横切ったのが影の動きでわかった。海から空に向かって階段みたいに積み上がるこの街で過ごした日々を、一段一段、階段を下りながら思い出す。

自分のことを、周囲の人は「気味が悪い」と言った。引き取ってくれた親戚も、転校先の学校のクラスメイトも。いつも笑っている、薄気味悪い子供だと。

踊場京香は、沖晴のことを気味が悪いと思っても離れていかなかった、珍しい人だった。何故だろう。あの人が、普通の人よりずっと死に近かったからだろうか。

にゃあ、と近くから可愛らしい鳴き声が聞こえた。石で作られた塀の上に猫がいる。三毛猫だ。尻尾を揺らし、ガラス玉のような瞳で沖晴を見ている。

猫は苦手だ。可愛いと思うし、みんなが可愛がって撫で回す気持ちもよくわかる。

でも、およそ一年前、階段町に台風が接近した日。

あの日から、沖晴は猫が苦手になった。

◆　◆　◆

志津川沖晴が跳んだ瞬間、無意識に息を止めていた。

時間の流れが緩やかになる。周囲から聞こえていた声援や、体育館の床をシューズが擦《こす》る音が消えて、まるで世界が彼に注目しているみたいだった。

高く高く跳躍した沖晴の背中には、羽でも生えているように見えた。

その掌が青と黄色のバレーボールに叩きつけられ、ボールは鋭い音をあげて相手コートに落ちる。梅雨の気配がひしひしと迫る湿った空気を切り裂くようにして。

コートに降りた沖晴の周りに、味方の選手が集まってハイタッチをしていく。笑顔でそれに応じる沖晴を、踊場京香はじっと、じっと見ていた。

日曜の午後。市立階段高校の体育館では、バレー部の練習試合があった。市内にあるライバル校が相手らしく、インターハイの予選かと見紛《みまご》うような白熱振りだ。両チームの応援にも随分熱が入っている。

試合は続く。沖晴が駆け出す。キュッと音を立て、膝を曲げて、跳ぶ。タイミングを合わせて側にいた選手が軽やかにトスを上げる。

沖晴のジャンプは軽妙なのに高い。ネットが胸の辺りにまで来るから、打点は三メートルを軽々と超えている。相手チームのエースの方がずっと背が高いのに、負けていない。ちょっと見ただけで、彼が全国大会レベルの選手なのだとわかる。何も知らなかったら――自分の母校にこんな凄い子がいるなんて、と感心していたかもしれない。

感心や賞賛は、奇妙な不気味さを孕《はら》んで京香の中に渦巻く。高校生の青春の一ページが、だまし絵みたいに見えてきてしまう。

沖晴の打ったスパイクに相手選手が手を伸ばしたけれど、拳一つの差で届かず、ボールは体育館の隅へ転がっていく。先ほどよりずっと大きな歓声が沸いて、ベンチからも選手がコートへ飛び出した。二十五対十二で、二セット目も階段高校が取った。高校バレーは三セットマッチだから、二セット連取した階段高校の勝ちだ。

チームメイトと喜び合った沖晴が、タオルを片手に京香のもとへ走ってくる。

「踊場さん、どうも」

額の汗をタオルで拭きながら、沖晴は「あはは」と笑った。曇りのない爽やかな笑顔に、京香は溜め息をつきそうになる。

「瀬戸内先生と合唱部のみんな、怒ってると思うけど。ていうか怒ってたけど」

「ご、ごめんなさい」

そう言いながらも、沖晴は笑みを絶やさない。今度は本当に溜め息をついて、京香は体育館を出た。沖晴もビブスを外し、バレー部の顧問に何やら言って、京香についてきた。

「今日は合唱部に来るんじゃなかったの？」

振り返らずに、京香は聞いた。いつまでたっても音楽室に現れない沖晴に痺れを切らし、合唱部は練習を始めてしまった。登校途中の彼を見た部員がいたから、合唱部が基礎練習をしている間に、京香が捜しに行く羽目になったのだ。

「バレー部のみんながどうしても練習試合に出てくれって言うんですもん」

「部活を六つも掛け持ちする君が悪いんだよ」

「だって、掛け持ちでいいから入ってくれってみんなが言うから」

彼は毎日どこかしらの部に顔を出している。運動部はさっき目の当たりにした通りの運動神経の良さで頼りにされるだろうが、合唱部とボランティア部では「ただのサボり魔」扱いされている気がする。少なくとも、京香が最近出入りしている合唱部ではそうだ。

階段を下りてきた男性教師が、京香を見て「お疲れさん」と足を止めた。「せっかく地元に帰ってきたのに、忙しいな」と言って、再び階段を下りていく。沖晴が「こんにちはー！」と笑顔で会釈すると「おう、頑張れよ」と彼の肩を叩いた。

「踊場さんも大変ですよね」

「何が？」

「なんだかんだでしょっちゅう学校に来て、合唱部を指導してるじゃないですか」

階段高校の生徒でもなければ教師でもなく、保護者でもない自分が校舎をうろうろしていることに躊躇《ためら》いを感じたのは、最初だけだった。旧知の先生も何人かいるし、京香が地元に戻っていることを知ると、「いつでも遊びにおいで」と言ってくれた。

「仕事辞めたから、時間だけはいっぱいあるの」

「魔女さんの手伝いはしないんですか？」

「たまに手伝ってはいるけど、『一人で大丈夫なのに』ってずっとぶつぶつ言ってるから」

「それで、瀬戸内先生を手伝ってるんですか」

「まあね」

顧問の瀬戸内先生に「暇で暇で仕方がないってときだけでいいから手伝いに来て」と打診され、その言葉に甘える形で京香は週に何度か階段高校に通うようになった。瀬戸内先生も、部活の外部指導者としてわずかながら時給まで出してくれている。

音楽室に向かって歩いていると、廊下に中間テストの学年順位が貼り出されていた。昔と一緒だ。数ヶ月前まで勤めていた都立高校ではやっていなかったけれど、階段高校では未だに継続されているらしい。

大きな模造紙の一番上に、沖晴の名前がある。学年一位──しかも全科目満点の、一位。階段高校始まって以来の快挙だと、瀬戸内先生がこの前言っていたっけ。

脳裏を、高校三年生の頃に見た光景が駆け抜けていった。海が少しずつ少しずつ陸を飲み込んでいって、いつの間にか真っ黒な固まりになって、街をなぎ倒した。テレビを通してでしか見たことのないその様子は、現実味はあるのにどこか作りものめいている。

『海から生きて帰ったら──』

およそ一週間前、沖晴は京香に言った。夕日に染まる海を眺めながら、言った。

『何故かそれまでよりスポーツが得意になって、一度見たものや聞いたものを忘れないようになって、怪我をしてもすぐに治るようになってたんです』

にこにこと笑いながら、大津波で命を落とした人々の心を想った歌を歌った。

「ねえ」

学年順位の貼り出しから沖晴に視線を戻して、京香は聞いた。

「一度見たものや聞いたものを忘れない能力、って……」

「その力のおかげで、教科書は一度読めば覚えられます。だからテストも楽勝なんです」

「数学とか、化学の計算問題は？」

「計算問題っていっても、教科書で似たような問題を解いてるじゃないですか。それに、みんなみたいに暗記に脳味噌の容量を使わなくて済むんで、心に余裕があるんですよ」

いたずらっぽく笑って自分の胸をとんとん、と叩いた沖晴に、京香は唇をねじ曲げて唸《うな》った。君は漫画かアニメの主人公か、なんて言いそうになる。「死にかけたことのあるだけの、ただの高校生です」と返されたらどんな反応をすればいいかわからなくて、やめた。

「ちなみに、歌も一度聞けば音を覚えられます」

沖晴は自分の耳を指さし、得意げに白い歯を覗かせる。

「それも、死神と取り引きしたおかげ？」

言葉にしてから、うなじのあたりが猛烈に痒《かゆ》くなった。《死神と取り引き》だなんて、大の大人が大真面目に言うセリフじゃない。

「そうですね」

すんなり肯定されるから、痒みが止まらない。

「そのこと、他の誰かに話したの？」

「階段町に来てからは、誰にも。前に住んでたところでは、話したり話さなかったり」

辛い経験を背負った子供の妄想。そう思ってしまえばそれまでだけれど、現に沖晴の怪我があっという間に治ってしまうのを京香は見た。運動部からこぞって頼られる運動神経の良さも、成績の良さも、彼の話を裏付けている。辻褄《つじつま》は合う。理解できる。

理解できても、とても納得はできない。


「遅刻してきたくせに完璧って、ホント、腹立つよね」

合唱の合間にそんな風に言ったのは、三年生の藤原友里《ふじわらゆり》という合唱部の部長だ。沖晴のことをじろりと睨んで、「あんたのことだよ、沖晴」と。

「え、完璧ですか？　嬉しいです、ありがとうございます」

友里の言葉の美味しいところだけを綺麗に切り取って、沖晴が礼を言う。

階段高校の合唱部は、女子五人に男子一人という非常に寂しい部だった。京香がいた頃はもっとたくさん部員がいて音楽室が狭苦しかったのに。

人数が少ないなりに練習は頑張っているようで、一人ひとりの歌唱力は申し分なかった。サボり魔であるはずの、沖晴も含めて。

「よーし、じゃあ、もう一回最初から行くよ」

指揮台の上に立った瀬戸内先生が右手を構える。グランドピアノの譜面台を見つめ、京香は鍵盤に指を下ろした。ポーンと軽やかな音が音楽室全体に広がって、白いカーテンがそれに合わせたみたいに風に揺れた。南から台風が近づいているらしいが、ここから見える海は穏やかそのものだ。その青色に溶け込むような澄んだ女子生徒の歌声に、沖晴の低い声が混ざる。

夏から始まる合唱コンクールの課題曲と自由曲、九月の文化祭で歌う曲。京香は言われるがままピアノを弾いた。部員が少ないため、ここ数年はピアノを弾ける生徒に助っ人で入ってもらい、コンクールや文化祭を乗り切っているらしい。このまま行くと、合唱コンクールも文化祭も、自分がピアニストになるんじゃないか。

それも悪くないな、と思った。担任でも顧問でもなく、部活を手伝うOG。そんな気楽さが、いなくなっても誰かがすぐに代わってくれる軽やかな立場が、今は安心できる。

文化祭で歌う予定の一曲を伴奏しながら、京香は沖晴を見た。何度目だろう。この曲を弾いていると、無意識に彼を見てしまう。

北の大津波の一年後に作られたこの歌は、理不尽に大切なものを奪われた人々が、喪失から立ち上がる歌だ。未来への希望を歌った歌だ。沖晴がその当事者であることを、瀬戸内先生も他の部員も知らない。何より沖晴本人が誰よりも笑顔でこの歌を歌うから、京香はどんな顔でそれを見ていればいいのかわからない。

そんなことはお構いなしに練習は進み、あっという間に夕方になってしまう。音楽室の窓から、先ほど体育館で練習試合をしていたライバル校の選手達が帰っていくのが見えた。友里が来週の練習スケジュールを伝える。ついでに、「遅刻は厳禁でお願いしまーす」と沖晴ただ一人に向けて注意する。相変わらず、沖晴はにこにこしたまま「頑張ります」だなんて返した。「笑って誤魔化すな！」と言った友里が、沖晴につられて笑ってしまう。

女子の先輩に「問題児」と言われながらも可愛がられているその様子は、それはそれで楽しそうで、《死神と取り引き》だなんて本当に嘘に思えてきてしまう。

でも。

高校生らしく高い声できゃっきゃきゃきゃっきゃと言い合う女子達の中で、一人だけ、沖晴に笑いかけない子がいた。周囲に合わせて頷いたり相槌を打ったりはするけれど、ときどき沖晴のことを、不可解なものを前にしたような醒《さ》めた目で見るのだ。

瀬戸内先生が音楽室を施錠し、帰り支度を終えた京香が教職員用玄関で靴を履き替えたところで、たまたまその女子生徒が生徒用の昇降口から出てきた。そんな偶然にぽんと背中を押されて、京香は彼女の名前を呼んだ。

「野間《のま》さん」

野間紗子《さえこ》。それが彼女の名前だ。沖晴と同じ二年生で、しかも同じクラスだと瀬戸内先生から聞いた。部活中も他の子と比べて口数が少なくて、大人しい生徒だ。

「……京香先生」

瀬戸内先生から「京香先生って呼んでやって」と言われた通り、合唱部の女子部員達は京香のことを《先生》と呼んでくれる。ずっとそう呼ばれてきたのに、数ヶ月呼ばれていなかっただけでくすぐったくなってしまう。

「野間さんって、沖晴君と同じクラスなんだって？」

正門に向かって並んで歩きながら、率直に、そんな風に聞いてみる。

「そうですけど」

「彼、クラスでもいつもあんな感じなの？」

一拍置いて、野間さんは頷いた。

「転入してきてまだ二ヶ月くらいですけど、笑ってる以外の顔、見たことないです」

「クラスでは普段どうなの？」

「頭もいいし運動もできるから、人気者ですよ」

含みを感じる言い方に、京香は確信する。多分、この子の中には、自分が抱えているのと似たような困惑が、不信感が、ある。

「彼、何か不思議な子だよね」

言葉を慎重に選んだつもりなのに、野間さんはハッと足を止めて京香を見た。こちらの意図が伝わったのだろうか。それとも京香と同じように、彼女も思ったのだろうか。「この人も、志津川沖晴のことを不審に思っているんだ」と。

「それ、いい意味で言ってますか？　それとも、悪い意味っていうか……変な意味で言ってますか？」

まだ練習をしているサッカー部の掛け声とホイッスルの音が、グラウンドから聞こえてくる。その向こうから、野球部のノックの音も。

野間さんの顔を見つめながら、京香は「変な意味、って？」と首を傾げた。

「だって、彼……」

再び並んで歩き出す。口の端から絞り出すように、野間さんは話してくれた。

「私、彼と同じクラスで、合唱部でも一緒で、ボランティア部でも一緒なんです」

「ああ、瀬戸内先生が顧問の？」

「月に一回、近くの老人ホームにボランティアに行くんです。入居者と歌を歌ったり、絵を描いたりするんですけど」

階段町という街は、山の斜面を這うように作られている。階段のように建物や道が積み重なり、山の上には学校や病院や公園や大きな寺や斎場が集まっていて、側に老人ホームもある。

「沖晴君、老人ホームのお爺ちゃん、お婆ちゃんにも気に入られてるんじゃないの？」

あの人懐っこい雰囲気と笑顔なら、自然と周りに人が集まってくるだろう。

「志津川君と仲良くなった入居者は、死んじゃうんです」

スクールバッグの持ち手を握り締めて、野間さんは言った。

「……え？」

「四月に、ボランティア部に入部したばかりの志津川君と老人ホームに行ったんです。彼が楽しそうに話してたお爺ちゃんが、一週間後に亡くなりました。先月、今度は別のお婆ちゃんと折り紙を折ってて……その人がこの前亡くなったって、老人ホームの職員さんから聞いて」

なんだ、たった二人じゃない。そんなの偶然に決まってるでしょ。そう言おうとした京香のことを、野間さんがじっと見つめてきた。言葉は呑み込むことにした。

「志津川君は、ホームに行くとラウンジに集まった入居者を見回して、一直線に一人のところに行くんです。で、そのままその人とずっと話してる。その人が、死んじゃうんです」

その場面は、簡単に想像できた。口元に微笑みを浮かべた沖晴が、ゆっくりゆっくり、一人の老人のもとに歩いて行く。笑顔の可愛らしい素直そうな高校生がやって来たと、その人は喜ぶ。沖晴の影から死神の鎌が首元に伸びているとも知らないで。

野間さんの話を、「偶然起こったことを大袈裟《おおげさ》に言っているだけ」とは思えなかった。

「志津川君と仲良くなった人は、死んじゃうのかもしれない。一度そんな風に考えたら私、彼のことが怖くなっちゃって」

半信半疑、でも、信じてしまう気持ちの方が大きい。彼女の横顔にはそう書いてあった。

同時に、沖晴と仲良くしている人間に思い当たって背筋が寒くなった。

踊場星子。京香の祖母だ。

＊　＊　＊

「ねえお祖母ちゃん、ちゃんと年に一回行ってるんだよね？　人間ドック」

京香の質問に、祖母がポットで湯を沸かしながら「しつこい」という顔をした。

「だから、行ってるって昨日も言ったじゃないか」

カフェ・おどりばの朝はモーニングを求めるお客で賑わう。カウンターでは常連の藤巻さんが食事を終えて読書を始めていた。

「再検査とか、一度も言われたことないんだよね？」

カウンター席で蜂蜜を塗ったトーストをかじりながら、京香はさらにたたみ掛ける。

「ないってば。健康そのものだっていつも医者に褒められるよ。毎日せっせと働いてるのがいいんだろうってね。だから、馬鹿なこと言ってないでさっさと食べなさい」

祖母が京香の前に紅茶の入ったカップを置く。カウンターに置かれた古いラジオからは、天気予報が聞こえた。昨日は遠くにあったはずの台風が、勢力を強めて階段町に近づきつつあった。上陸はないだろうが、夕方から夜にかけては雨風が強くなるみたいだ。

アナウンサーの声をぼんやりと聞きながら、添えられたスライスレモンをカップに浮かべ、紅茶の色が淡く変化していくのを見つめた。

昨日の野間さんの話が、頭の真ん中に居座って離れない。

「魔女さん、ごちそうさまでした」

モーニングセットの食器をわざわざカウンターまで戻しに来た沖晴は、今日も笑顔だった。神様にこれ以外の表情を与えてもらわなかったみたいな、入道雲のような眩しい笑顔。

「今日も美味しかったです」

「そう、そりゃあよかった」

祖母が使い捨てのランチボックスが入った紙袋を沖晴に渡す。今日の沖晴のお昼はロコモコだ。祖母が作っていたグレービーソースの香りが、まだカウンター越しに漂っている。

「それじゃあ、行ってきます」

祖母と、そして京香にも笑いかけて、沖晴は店を出て行った。

「ねえ、沖晴君って、お祖母ちゃん以外に誰か仲のいい人っているの？」

ステンドグラスのはめ込まれた窓から彼の背中が見えなくなるのを確認して、聞く。

「藤巻さんとはよく読んだ本の話をしてるけど」

すぐ側に座る藤巻さんを顎《あご》でしゃくって、祖母が言う。読んでいた本から顔を上げて、藤巻さんは口元の白いヒゲを指先で撫でた。

「あの子、結構本を読むのが好きみたいで。古いのも新しいのもいろいろ読んでるよ」

「あの、藤巻さん……」

ちゃんと健康診断とか受けてます？　そう聞こうとしたら、突然祖母が「ああっ」と珍しく大声を出した。

「どうしたの？」

「あんたがごちゃごちゃ話しかけるから、沖晴のロコモコにソースをかけるのを忘れた」

フライパンを片手に、祖母は肩を落とした。ハンバーグの肉汁で作ったグレービーソースがそのままになっている。

ソースをプラスチック製のカップに入れて蓋《ふた》をした祖母は、それを作り置きしている焼き菓子と一緒に小さな紙袋に入れて、京香の前にポンと置いた。

「はい、届けてきて」

「え？　いいじゃない。ソースくらいかかってなくたって」

「沖晴からお弁当代はもらってるんだ。そういうわけにはいかない。食べ終わったら行ってきてちょうだい」

「またか……」

サラダを急いで口に運び始めた京香を、藤巻さんが見る。

「京香ちゃんも、沖晴君とは仲良しだよね」

「仲良しってわけでもないですけど」

たまたま、本当に偶然、縁ができてしまっただけだ。なのに、どうして彼は京香に《死神との取り引き》のことを話したのだろう。信じてもらえるかもわからない、下手したら頭がおかしいと騒がれたり、気味悪がられたりする可能性だってあるのに。

「ごちそうさま」

「どう考えてもね」

「私のせい？」

トーストとベーコンエッグとサラダを平らげ、レモンティーを飲み干して、席を立つ。グレービーソースと焼き菓子が入った紙袋を手に、カフェ・おどりばを出た。

夏に向けて木々の葉が生い茂る庭を抜け、アーチの形をした石の門扉をくぐって、煉瓦が敷かれた階段を上った。途中、家と家の間を針の穴を通すようにして作られた細い道に、体を滑り込ませる。学校への近道なのだけれど、沖晴はこの存在を知っているだろうか。

石の階段を下って、煉瓦の道に出て、今度はコンクリートの階段を上る。新しい家と古い家、和風の家と洋風の家が混ぜこぜになった路地を出ると、階段高校は目の前だ。近道のおかげで随分早く着いた。正門の前で待っていれば沖晴と会えるだろう。

そう、思ったときだった。

階段高校の正門は、片側一車線の道路に面している。階段ばかりの階段町を貫くようにして走る道は、必然的に交通量が多くなる。朝のこの時間は特にそうだ。

そこに、猫が死んでいた。

キジトラ柄の大人の猫が一匹、車線の中央で血を流して倒れている。丸くなった姿は一瞬寝ているようにも見えたけれど、アスファルトに赤黒いタイヤ跡が走っていた。後続の車にも轢《ひ》かれたんだろうか、長い尻尾の一部が紙のように潰れ、前足も首も不自然な方向に捻れて、皮膚が千切れている。

横断歩道を渡りながら、思わず「うっ……」と声を上げてしまった。階段高校の正門に入っていく生徒達も同じような反応をした。女子生徒が「可哀想」と「気持ち悪い」が混ざり合った悲鳴を上げて、猫の死体から顔を背ける。

その中に、沖晴の姿を見つけた。彼も、車が不自然に何かを避けて坂を下っていくのを見て、猫の死体に気づいた。京香に気づくより先に、猫に気づいた。

肩から提げたスクールバッグの位置を直し、沖晴はすーっと車道に出た。軽快に、踊るように、重力を感じさせない足取りで。朝の車通りの多い道路にたたずみ、猫を見下ろす。クラスメイトだろうか。沖晴に声をかける生徒がいたけれど、猫の死体を前にその声が尻すぼみになっていく。

沖晴君。京香が名前を呼ぼうとしたら、彼は膝を折って猫の傍《かたわ》らに屈《かが》み込んだ。

そして、ふわりと風が吹いたかのように、笑みを浮かべた。

衣替えを終えた涼しげな半袖の制服から伸びた腕が、猫に触れる。死んでいることを確かめるみたいに、猫の首のあたりをくすぐった。そのまま彼は猫の死体を抱き上げる。もう、血は出ていないみたいだ。けれど……京香の目からも、沖晴の腕や真っ白なワイシャツが、赤黒く汚れるのがわかった。

うわあ、うわっ、うわっ、うわあ……。男女関係なく、そんな声が至るところから上がる。沖晴が猫を抱えたまま歩道に戻ると、それは大きくなった。沖晴を避けるようにして、みんな正門へ逃げ込んでいく。

朝っぱらから同じ学校の生徒が猫の死体を抱えて正門の前にいたら、きっと京香だってそうした。しかも、死体を見下ろして微笑んでいる。

「あ、踊場さんじゃないですか」

彼の目がこちらを向く。京香を見つけてしまう。まるで生きている猫を胸に抱くみたいにして、こちらへ歩み寄ってくる。

「ここの道路、危ないですよね。朝と夜はびゅんびゅん車が走ってるし。この猫、よく学校をうろうろしてたんですよ。生徒や先生から昼ご飯のおこぼれをもらったりして。車に撥《は》ねられちゃうなんて、可哀想ですね」

猫の死が微笑ましいものであるかのような顔で、沖晴は続ける。

「とりあえず、お墓作ればいいですかね?」

にこっと笑った沖晴の肩越しに、京香は野間さんの姿を見つけた。

死神でも前にしたような顔で、野間さんは沖晴の背中を凝視していた。

沖晴は職員室で大きなスコップを借りて校庭の隅に穴を掘った。京香が竹藪《たけやぶ》の近くから拾ってきた拳大の石を墓石代わりに置いてやると、「あ、いいですね」と笑った。「凄くちょうどいい大きさです」と。

そんな彼を、校舎のベランダや窓から見つめる生徒達がいた。ちゃんと数えたわけではないけれど、十数人いた。猫の死体を手袋もつけず素手で抱え、笑みまで浮かべていた志津川沖晴の動向を、彼等《かれら》は好奇心と冷ややかさと嫌悪が入り混じった様子で注視していた。死んだ猫を弔《とむら》ってやる優しさ。それ以上の——もっと別物の狂気的な、何か。それを、沖晴を見つめる誰もが感じているのだろう。

「もうすぐ朝のホームルームが始まっちゃいますね」

近くの水道で軽く手を洗った沖晴は、濡れた手を生ぬるい風にかざして乾かした。それだけで綺麗になったと思えるのだろう。生き物の死体に触れてついた血や汚れが落ちさえすれば、もう《綺麗》だと感じることができるのだ、この子は。

猫自体には指一本触れていない京香でさえ、自分の両手や足首、うなじや頬に言葉で言い表せない淀《よど》んだ空気がまとわりついているように思えてしまうのに。命を失ったものが発する、死の匂いというやつが。

確かに、彼にはないのだ。《嫌悪》が。何かを忌み嫌う感情が、不快感を抱く衝動が、ない。

「ねえ、沖晴君」

校舎に向かって歩く彼の背中に、京香は呼びかける。さっき渡したグレービーソースの紙袋を開けた彼は、「あ、フィナンシェが入ってる！」と声をあげ、あろうことか袋から一つ出して、包みを開けて、猫の死体を撫でた指先で摘《つま》み上げて、口に放り込んだ。

それを見ていたのは京香だけではなかった。ベランダからこちらを見ていた生徒達も、確かに目撃した。声にならない悲鳴が、京香まで届いた。

無理なのだ。生き物の死体に気軽に触れることも、水で軽く洗っただけの手で、焼き菓子を食べることも。言葉にできない嫌悪感に邪魔されて、できない。

「踊場さん、何ですか？」

口をフィナンシェでもごもごと膨らませながら、沖晴が振り返る。その胸には、猫の血がついていた。赤と茶色と黒のまだら模様は、生々しくて飲み込まれそうになる。何より、そのことを気にも留めていない沖晴に胸がざわつく。

「保健室に行って、ワイシャツを替えた方がいいよ。胸に血がついたままだから、クラスのみんながびっくりするよ」

喉の奥が震えた。それでもなんとか、大人らしく忠告してやる。本当ならベランダにいる生徒達と同じリアクションを取りたい。取ってしまいたい。そんな自分を宥《なだ》めて宥めて、説得して、何とか沖晴の半歩後ろをついていった。

笑顔以外の表情を見せない不思議な存在だった少年が、得体の知れない不気味さを、気味の悪さをまとった。薄曇りの空から差す光が、ぼんやりとグラウンドに彼の影を映す。今にもその影から、大鎌を持った死神がぬるりと顔を出すんじゃないか。

＊　＊　＊

お昼を過ぎると風が強くなり出した。自宅のモルタルの壁に絡まった蔦がざわざわと騒がしくなる。市内の学校は午前中で休校になったみたいで、午後には店の前をランドセルを背負った小学生が集団で下校していき、ちらほらと中学生、高校生の姿も見えた。夕方にはすっかり嵐になって、祖母はいつもより早く店を閉めた。

「五時にお店閉めて正解だったね」

雨戸を閉めて回ったせいで濡れた髪をタオルで拭きながら、リビングに戻る。二階の雨戸を閉めた祖母もタオルを頭にのせていた。

ステンドグラスの入った大きな窓も、雨戸を閉めたせいで色が沈んで、部屋全体がくすんでいた。そんな中、古い家には不釣り合いな液晶テレビが台風の動向を伝える。まん丸の予報円が、階段町に肩をぶつけるようにして画面を斜めに走っていく。

築五十年以上の古い家は雨風に晒されるともの凄い音を立てる。家全体が悲鳴を上げるみたいに、窓や柱や壁が、ガタガタと鳴るのだ。

「早めにお風呂沸かす？」

「そうだねえ。停電したりするかもしれない」

白髪をタオル越しに撫でながら、祖母はテーブルの上にあったスマホを手に取る。普段は碌にスマホを使わない祖母が、珍しく画面を見つめたまま動かなくなる。

「沖晴から、連絡が返ってこないんだよね」

そういえば、二人はメッセージアプリのスタンプを交換し合うくらい仲がいいんだった。

「あの家も古いから、雨戸を閉めろって連絡したんだけど、読んですらないみたいで。それに、二階の雨戸を閉めるときに見たんだけど、あの子の家、電気が点《つ》いてなくて」

「学校、午前中で休校になったはずだけど」

テレビが台風中継に切り替わった。ここからそう遠くない海辺の街から、アナウンサーが中継している。雨合羽を着て、ヘルメットを被って、「危険ですから海には近づかないでください」と訴えている。背後では、岸壁に打ち寄せる巨大な白波が薄暗い中でもはっきりと見えた。

九年前の北の大津波のことを話した沖晴の横顔を思い出し、京香は乱れた髪を手櫛《てぐし》で梳《す》いた。

「お祖母ちゃん、雨合羽ってどこにある？　私、ちょっと沖晴君の家の様子、見てくる」

「風が強くて危ないよ？」

「これくらいならまだ平気だよ。階段二つ上がるだけだし。もしかしたらだけど、あそこだけ停電しちゃったのかもしれない」

時間が経つともっと酷くなるだろう。行くなら今しかない。

玄関横の納戸に入っていた雨合羽を着て外に出ると、荒々しい風にポリエステル製の裾がばさばさとはためいた。

「気をつけて。お風呂沸かしとくから」

祖母に見送られ、沖晴の家へ続く階段を駆け上がった。周囲の家も雨戸を閉めてしまい、風と雨の打ちつける音しか聞こえない。街全体が息を潜め、嵐をやり過ごそうとしている。

竹林で囲まれた木造の古い家は、インターホンが壊れている。玄関の戸をノックしてみても応答はなかった。引き戸に手をやると、あっさりと開いてしまう。やっぱり、と思った。もしかしたら沖晴は、家に鍵なんて一切かけないのかもしれない。

「沖晴くーん、いるー？」

家の中は暗かった。「上がるからね」と一言断って、雨合羽と靴を脱ぐ。雨戸どころかカーテンも閉めていない。室内は薄暗く、風の音が耳のすぐ近くで蠢《うごめ》いた。冷たい廊下を進むと、ガラス戸の向こう側がぼんやり青く光っていた。微かに音が聞こえる。どうやらテレビが点いているみたいだ。なんだ、テレビを見ながら寝ちゃってるだけか。呆れて笑いが込み上げてくる。

ガラス戸を開けた瞬間、目の前に血まみれの女が現れて、京香は悲鳴を上げた。

「……び、びっくりした」

テレビ画面に映った黒髪の女には、見覚えがあった。有名なホラー映画のワンシーンだ。どうやらDVDを再生していたらしい。よく知っている映画とはいえ、暗がりで見ると迫力満点で、映画とわかっていても怖い。

「脅かさないでよ、もう……心臓に悪い。これで死んだらどうしてくれんの」

暗がりに手をかざして、蛍光灯の紐を引っ張る。明るくなる和室。卓袱台。木製の座椅子。隅の本棚には、日に焼けた古い本が並ぶ。

何か、硬いものを踏んだ。はっと足を上げると、DVDのパッケージだった。ちょうど再生されていたホラー映画のものだ。

でも、それだけじゃなかった。

「どうして……」

畳の上一面に、大量のパッケージが転がっている。ホラー映画ばかり。おどろおどろしいビジュアルのものばかり。一歩、一歩後退るたび、視界に入るパッケージの数が増えていく。テレビから悲鳴が聞こえて、無意識に肩が強《こわ》ばってしまう。

背後に人の気配を感じて、慌てて振り返った。しんとした廊下には誰もいない。

志津川沖晴には、《喜び》の感情しかない。悲しみがない。怒りがない。嫌悪がない。怖れがない。その彼が、どうしてホラー映画なんて観ていたのだろう。

一際強い風が吹きつけたみたいで、家全体がみしみしみしっと震えた。ただの風の音なのに、映画のせいで禍々《まがまが》しい何かに思えてしまう。

テレビの電源を落として、京香は窓の外を見つめた。

海が見える。階段町からでも荒れているのがよくわかる、嵐の海が。

初めて沖晴と出会ったとき、彼は防波堤から海を眺めていた。自分の家族や友人や家や学校や、例えばよく遊んでいた公園とか、例えば学校帰りによく立ち寄った小さな商店とか、例えば通っていた水泳教室とか、例えば片思いしていた子の家とか、その子そのものとか——そういったものをすべて飲み込んだ海を見ていた。

彼はあのとき、何を思っていたのだろう。海を見ても、悲しいとか怖いとか、そんな風に思えない自分を抱えて、何を思っていたのだろう。

玄関に脱ぎ捨てた雨合羽を着て、京香は来た道を戻った。カフェ・おどりばを通り過ぎ、階段をひたすら下る。煉瓦の階段、石の階段を下りて坂道に出ると、自然と駆け足になっていた。大粒の雨が頬に当たる。痛いくらい強く、息を潜めた階段町に打ちつける。

コンクリートの階段を抜けて踏切を渡ると、海は目の前だ。風が一層強くなる。車がまばらに行き交う交差点を渡るとフェリー乗り場の近くに出る。フェリーはもちろん欠航。近くの港も人の気配はなく、船は流されないように太いロープで繋留《けいりゅう》されている。

「やっぱり……！」

沖晴と初めて会った場所――沖合に向かって突きだした防波堤の先に、微かに、本当に微かに人影が見える。

息が整わない胸に右手をやって、京香は再び走り出した。体力には自信がある方だったのに、数ヶ月のんびりしただけでこんなに走るのが辛くなるなんて。

もしくは、自分がそれだけ死に近づいている、ということなんだろうか。

「沖晴君っ！」

風と雨と海の音に閉ざされ、京香の声は届かない。はためく雨合羽の裾を両手で押さえつけ、防波堤を慎重に進んでいった。

吹きさらしの防波堤では台風の風も容赦がない。フードが外れて、髪がめちゃくちゃな方向になびいた。波が高い。もしかしたら満潮の時刻が迫っているのかもしれない。京香の背丈を悠々と越えそうな波が、防波堤の下から噴き上がってくる。

ワイシャツと夏用のスラックスという頼りない格好で、沖晴は防波堤の先にたたずんでいた。初めて会ったときと同じように微動だにせず、島が点々と浮かぶ狭い海を見ている。

「ねえ、ちょっと——！」

やっと、その背中が動く。ずぶ濡れでこちらを振り返った彼は、プールで一泳ぎしたあとのように濡れた額を手で拭った。

「踊場さんじゃないですか」

白い歯を見せた瞬間、彼の背後で大きな波が弾ける。海水を被った沖晴は、頭を左右に振って雫《しずく》を飛ばした。何食わぬ顔で、京香に向かって首を傾げる。

「どうして来たんですか？　台風が来てるんですよ？　海の近くは危ないです」

「そっ……そんなこと言われなくてもわかってるに決まってるでしょ！　家に様子を見に行ったら、もぬけの殻だったから」

「でも、なんでここにいるってわかったんですか？」

「君こそ、なんで一人でホラー映画なんて観てたの。しかもあんなにたくさん」

DVDが広げられた和室を思い出す。再生されっぱなしだったホラー映画。

あれは、まるで――。

「ときどき、ああやって確かめるんですよ」

口角を上げたまま、沖晴は答えた。風の音に掻き消されそうになりながら、どこか楽しそうに、笑い声混じりに。

「ああいうのを観ても怖くないって――自分に《怖れ》の感情がないのを、確認するんです」

言いながら、沖晴は自分の胸をとんとん、と指さした。

「ときどき、ここに風が吹くときがあるんです。本当なら悲しみや怒りや嫌悪や怖れを感じるはずの場所を、何かが素通りしていくんです。ここで感じるはずのものがないんです。隙間風が吹き抜けるみたいに、すーっと音がするんです」

波飛沫《なみしぶき》が、彼の頬に当たる。雨と海水に濡れたワイシャツが肌に張り付いて、志津川沖晴という存在に濃い影を落としているようだった。

「俺ね、津波に遭ってから親戚の家を転々として、いろんなところに行きましたけど、海の近くは階段町が初めてなんです。ここの海は静かで、とっても穏やかです。だからやっぱり、ここの海を見てもちっとも《怖い》とは思いませんでした」

ほんの少し声のトーンを落として、沖晴は「でも」と続けた。

「今日の海は……台風で荒れた海なら、《怖い》と感じるんじゃないかと思ったんです」

あの暗い部屋で、怖いと名高いホラー映画を一人で観ている沖晴が思い浮かんだ。普通の人なら怖いと思う場面も、何も感じず、むしろ笑みを浮かべながら彼は観ている。頬や鼻先に、テレビから発せられた光が飛んでくる。血飛沫の赤や、幽霊の白い手、薄暗い廃屋の黒い影が、微笑む沖晴の顔に落ちる。

彼の顔がふと、窓へ向く。遠くに、台風で荒れる海が見える。沖晴の家族を奪った海が、友達を奪った海が、すぐそこで牙を剝いている。

何かに操られるようにして立ち上がった彼は、海に向かって一歩一歩、歩いて行く。

そんな光景を、想像した。

「ダメですね」

にっこり、という音が聞こえてきそうな顔で、沖晴が首を左右に振る。

「ぜーんぜん、怖くない」

この子はもしかして、いつもにこにこと笑っているだけのこの志津川沖晴という少年は、失った感情が何かの拍子に戻って来ないか、なんて考えているんだろうか。

「この海も、人の命を奪う怖い海ですよ。でも、あの日俺達を飲み込んだ海は、こういうのじゃなかった。あれは、海じゃなかった。海じゃないものが、海の顔をしてすべてを飲み込んだ。色も、匂いも、海じゃなかった」

——これは、まだ海です。

沖晴がそんな風に言ったのを掻き消すように、初めて聞く音がした。地の底から湧き上がるような轟音《ごうおん》に、一拍遅れて京香の視界に影が差す。

泡のような、綿のような、真っ白な飛沫が頬を打った。沖晴の体が大波に飲まれる。京香が階段町に帰ってきた日、この場所から転落したように、彼の体が防波堤の先に消える。海の底から伸びた死神の手が、男の子を一人攫《さら》って行くみたいに。

「沖晴君！」

彼に向かって手を伸ばす。肩にぴきりと痛みが走った。濡れた掌が沖晴の指先に触れる。摑んだと思った瞬間、耳の奥で鈍く湿った音がして、胸に痛みが走って、目の前で無数の泡が弾けた。口と鼻から水が入り込んで、息ができなくなる。

ああ、落ちた。海に落ちた。台風で荒れ狂う海に、投げ出された。

摑んだはずの沖晴の手はもうない。姿も見えない。何とか海面に顔を出す。息を吸おうとした瞬間、大きな波に体が沈んだ。

海の中は予想以上に静かで、風の音も雨の音もしなかった。水は澄んでいて、無数の泡がビー玉のように揺らめきながら上へ上へと浮かんでいった。

一瞬だけ、どうせあと一年くらいで死んじゃうなら、今死んでも一緒なんじゃない？ という声が聞こえた。くすくすと笑いながら、どうせさ、なんて言う自分の声が。

それが、「踊場さん」という声に掻き消された気がした。洋服を摑まれて、体を引き上げられる。京香を死から連れ戻す。

気がついたら、雨雲を仰いで大きく息をしていた。

お腹のあたりに、背中に、人の温度を感じる。波が何度も顔にかかって、そのたびに咽《む》せた。でも、誰かが確実に自分の体を運んでいた。波にもまれ、何度も引き戻され、最後は打ち上げられる形で岸壁を這い上がった。

四つん這いになって気管に入り込んだ海水を吐き出すと、背後から高波に襲われそうになる。手を引かれ、引き摺られるようにして海から離れた。

「大丈夫ですか？」

風をしのげる堤防の陰に京香を座らせ、沖晴がこちらを見下ろしてくる。

相変わらず、笑顔のまま。

何度か咳《せき》をして、大きく息を吸って、吐いて、また吸って。それを繰り返しているうちに、少しずつ頭が冷静になっていく。

「助けてくれてありがとう」

とりあえずそう言って、立ち上がった。着ていたはずの雨合羽がない。流されたんだろうか。助けるときに邪魔だと、沖晴が剝いでしまったのか。

あんな荒れた海を、人を一人連れて泳ぐなんて、化け物だ。人間じゃない。人間のできることじゃない。

「死にかけたのに、それでも笑うんだね」

「だってしょうがないじゃないですか。この顔にしかなれないんですから」

可愛らしく笑って濡れた頭を掻く沖晴のことを、今朝までの自分だったら怒鳴りつけたかもしれない。余命宣告される前の自分だったら、気味が悪いと逃げ出したかもしれない。

でも、今の踊場京香は、不思議と笑顔になってしまう。「なら、しょうがないね」なんて言って、肩を揺らして笑ってしまう。

風呂から上がってリビングに戻ると、先に風呂に入った沖晴がホットミルクを飲んでいた。ソファの上で体育座りをして、頭からバスタオルを被って、白い陶器製のマグカップに静かに息を吹きかける。着ている男性もののTシャツと綿のズボンは、祖父のだろうか。

「京香も飲む？」

キッチンからマグカップを持った祖母がやってくる。ほんのり蜂蜜の香りのするカップを受け取って、沖晴の向かいのソファに腰を下ろした。祖母が京香の隣に、どかりと座る。

「全く、人騒がせな孫とご近所さんだよ」

「いや、私は沖晴君を捜しに行っただけなんだけど……」

抗議する京香のことをちらりと見て、祖母は「予想より早くまた一人暮らしになるかと思った」なんて、皮肉っぽく言ってくる。

「沖晴も、なんでこんな日に海なんて見に行ったんだい」

台風情報を伝え続けるテレビに視線をやっていた沖晴が、「いやあ……」と笑って頬を親指で擦る。

「このへんの海、静かで穏やかだから、大丈夫だと思って」

「何言ってるんだい。海は海、危ないに決まってるだろ」

京香のことまで「呆れた」という目で見て、祖母は立ち上がった。

「夕飯、すぐに食べられるから。ミートボールをトマトソースで煮たやつ。沖晴も食べておいき。ていうか、今日は泊まっていきなさい。布団、余分にあるから」

「わあい、ありがとうございます。ごちそうさまです」

遠慮の欠片《かけら》も見せず、沖晴は両目を輝かせた。ふふっと笑って、祖母はキッチンへ向かった。程なくして、トマトとにんにくのいい香りが漂ってくる。

「どうして、確かめたくなったの。自分に、ネガティブな感情がない、って」

マグカップに口を寄せながら、防波堤での話の続きをする。ホットミルクを飲み干して、沖晴は「だって」とこぼす。

「今日、教室に行ったら、みんな俺を避けたから。そのときすーっと胸に風が吹いた気がして、あ、本当だったらここで悲しいって感じるはずなんだな、って思って」

「それは、沖晴君が猫の死体を持ったりしたからでしょ」

「だって、あのままだと、どんどん車に轢かれて、ぺちゃんこになっちゃいますよ」

「そうだけど、わかってても素手で生き物の死体を触《さわ》ったりできないんだよ、普通は」

「クラスの女子達は、俺が触った黒板消しやチョークを使いたがらないし」

無理もない。

「なんとなく確認したくなったんです。自分がなくしたものについて」

なくしたもの。人間の五つの基本感情から喜びを除いた、悲しみ、怒り、嫌悪、怖れの四つ。そして、家族とか友人とか家とか故郷とか……たくさんのもの。

「取り戻したいの？」

気がついたら、そう問いかけていた。

「沖晴君は、死神に持って行かれた感情を、取り戻したいって思ってるの？」

ほのかに笑みを浮かべたまま、沖晴が京香を見る。何を考えているかわからない顔。人間としての致命的な欠落を抱えた、歪《いびつ》な人間の顔。その笑顔の下に、欠けた感情を探して嘆く彼が確かにいるのだと、わかる。

「取り戻そうなんて虫のいいこと、考えたことないですよ。俺が生きてるのは、それ相応のものを差し出したからで、今更それを返してくれなんて、許されるわけがない」

でも、と、沖晴は確かにこぼした。擦《かす》れた小さな声で。

「卑怯だなとか身勝手だなって思いながらも、それでも、返してもらえたらいいな、なんてときどき思うことがあります。今日みたいに、みんなに気味悪がられたときとか」

「そんな風に思うんだね、君でも」

摑み所がなくて、入道雲のように、見上げている者を置いてどこまでも高く高く上っていってしまう。彼をそう思っていたのは、こちらだけだったのかもしれない。

「一度見たものを忘れない。運動神経がよくなった。怪我してもすぐ治る」

「はい」

「君の能力は、それだけ？」

沖晴が再びこちらを見る。ヘラヘラと笑うこともせず、静かに京香を見つめる。

野間さんから話を聞いたときから、ずっと考えていた。ずっとずっと。猫の死体やホラー映画のせいですっかり忘れていた。

「例えば、人がいつ死ぬかわかる、とか」

「大正解です」

あっさり沖晴は頷いた。気持ちのいいくらいすんなりと、カラッと晴れた夏空みたいに。

「正確には、死が近い人がわかる、なんですけどね」

「老人ホームでのボランティアのこと、野間さんから聞いたの」

「俺と仲良くなった人が、次々と死んでるって？」

温《ぬる》くなってきたホットミルクを見つめて、京香はぎこちなく頷いた。彼と話していると、自分が夢見がちな中学生にでもなった気分になる。現実から両足がふわふわと離れていくような、奇妙な違和感に襲われる。

「どれくらい前から見えるかは人によってまちまちなんですけど、死が近い人の顔はぼやけて見えるんです。どんどんぼやけて、死ぬ直前は表情がほとんど見えなくなります」

「じゃあ、老人ホームでは、顔がぼやけてる人と積極的に仲良くなってるってこと？」

「もうすぐ死んじゃうから、少しでも楽しい思いをしてもらった方がいいかなって」

キッチンから、祖母が京香と沖晴を呼んだ。夕飯の用意ができたらしい。「早くおいで」という声に、沖晴がソファの背もたれから身を乗り出して返事をする。

「ねえ、私はぼやけて見える?」

その背中に、京香は投げかける。投げかけないわけにはいかなかった。自分の余命はあと一年ほどだとわかっていても、それでも。

「見えないですよ」

花が咲くみたいにふふっと笑って、沖晴は立ち上がった。バスタオルをソファに置いて、キッチンを指さす。

「魔女さんにも見えないんで、安心してください」

笑顔を崩すことなく、トマトソースのいい匂いに誘われるように、ダイニングへ消える。

京香は、しばらくそのままでいた。そうか、私にはまだ死期が見えないんだ。まだ、死なないんだ。その事実にホッとしている自分がいた。まだ生きられることに、安心して、嬉しいと思う自分がいた。

どれだけ覚悟をしても、事実を事実として受け入れても、心のどこかで死に怯《おび》える自分がいる。それを、沖晴の言葉で思い知らされた。丸裸にされた。

「京香、冷めちゃうよ」

祖母の声に、京香は慌ててダイニングに向かった。いつもの場所に座ると、ご飯をよそった祖母も定位置につく。四人掛けのテーブルに沖晴がいるのは、何だか奇妙でおかしい。

クレープに普段は絶対注文しないトッピングがのっているみたいだった。

テーブルの真ん中に置かれた淡いグリーンのホーロー鍋には、真っ赤なトマトソースとミートボール。玉ねぎとしめじもたっぷり入っている。それを祖母が小鉢によそって、京香と沖晴の前に置いた。

いただきます、と三人揃って手を合わせ、大振りな肉団子を箸で割る。祖母の作るミートボールは一口で食べるには大きく、小さなハンバーグと言った方がしっくりくる。

「あ、レモンの匂いがします」

ミートボールを箸で摘み上げた沖晴が、そんなことを言った。

「ソースにレモンをしぼって入れてあるんだよ。あんたもやってみるといい」

「この間もらったレモン、全部はちみつレモンにしちゃったんですよね」

「まだうちにあるから、持っていきな。二人じゃ食べきれないから」

もらっていきます。そう笑った沖晴がミートボールを口に入れようとして、動きを止めた。

何故か、その顔が凍り付く。かたかたと、突然手が震え始める。

神様に操られるように、いつも微笑みばかり浮かべていた彼の表情から、笑顔が失せていく。氷が溶けて消えるみたいに、無表情になってしまう。

どん、と器と箸をテーブルに置いて、沖晴はダイニングを飛び出した。あまりに速くて、京香も祖母もただ見ていることしかできなかった。

「……おきはる、くん？」

席を立ち、沖晴を追いかける。リビングを抜けて廊下に出ると、トイレのドアが開いていた。げえっ、げえっ……と、嘔吐《おうと》する音が聞こえてきた。

洋式便器を抱えるようにしてへたり込んだ沖晴は、背中を痙攣《けいれん》させ、胃の中身を吐き出していた。吐き出すものがなくなっても、喉を震わせている。

「どうしたの？ 大丈夫？」

背中を摩《さす》ってやると、沖晴はゆっくり顔を上げた。口元を押さえ、浅い呼吸を繰り返す。

「……ねこ」

か細い声で、沖晴は答えた。

「猫？」

「ミートボールとトマトソースを見てたら……今朝の猫を思い出して」

そこまで言って、沖晴は喉の奥をうっと鳴らした。再び便器に顔を伏せて、胃液だけをぼとぼとと吐き出す。

「いや……でも……」

あれを見て猫の死体を連想するのもどうかと思うけれど、そもそも彼には《嫌悪》の感情がないのに。どうして突然、猫の死体に嫌悪感を抱くというのだ。

全身をひくひくと震わせながら、沖晴は両手で顔を覆った。

「なんで、いきなりこんな……」

気持ち悪い、不快、嫌悪。そんな感情は自分にないはずなのに。困惑に目を潤ませながら、沖晴は「なんで」と繰り返す。

「……きもちわるい」

「沖晴、大丈夫かい？」

祖母がトイレに顔を覗かせる。「水、持ってこようか」と言うので、代わりに京香が頷いた。

「手……」

顔を覆っていた自分の掌を呆然と見つめて、沖晴が息を止める。

「どうして、触れたんだろ」

猫の死体の感触が、まだそこに残っているんだろうか。じっと掌を見下ろした沖晴は、トイレの隣にある脱衣所へ駆けていった。

洗面台の蛇口の水を全開にした彼は、両手を流水にさらしながら、掌を擦り合わせた。何度も何度も、何度も何度も何度も。側にあった固形石鹸《せっけん》を摑むと、大量の泡を立てて手を洗い始める。

血がついているわけでも、体毛や体液で汚れているわけでもない。見た目は綺麗になった手。そこに残った《死の穢《けが》れ》を洗い落とそうとするみたいに、ひたすら洗い続ける。

大きなグラスに水をたっぷりと注《つ》いだ祖母が戻ってくる。脱衣所の入り口にいた京香と、洗面台の沖晴を見て、訳がわからないという顔をした。

「大丈夫なのかい？」

そんな声も、沖晴には聞こえていない。

「……わかんない」

がたん、と家のどこかの雨戸が音を立てた。台風はちょうど今、階段町に最接近している。まるで、死神が海の彼方に持ち去った沖晴の《嫌悪》が、台風によって本人のもとに戻ってきたみたいだった。

第三話　死神は命を刈る。志津川沖晴は怒る。

カフェ・おどりばの出入り口をぼんやり眺めていたら、背後で誰かの足音がした。

「火葬中なのに、いいんですか？」

踊場京香の祖母が、世界に穴が空いたみたいに真っ黒な喪服に身を包んで、煉瓦の階段を一歩一歩下りてくる。黒いベールのついた帽子を被っているから、表情は不鮮明だった。

「終わるまで時間がかかるからね。疲れたから家に一旦帰ろうと思って」

黒い手袋を外して、京香の祖母はハンカチで額を拭う。

手の中で向日葵の花をくるりと回して、沖晴は聞いた。

「泣かないんですね、魔女さん」

「葬式が終わるまではそれどころじゃないんだよ」

暑いねえ。ぽつりと呟いて、京香の祖母は石のアーチをくぐって行く。

「私の旦那のときもそうだったし、京香の母親のときもそうだった。葬式が終わったらいくらでも泣く時間があるから、今はいいんだよ」

何でもないことのように言うから、この人に比べたら自分は全然覚悟ができていなかったんだと思い知る。わかっていたのだ。踊場京香は死ぬと。わかっていたし、そのつもりで彼女と一緒にいたのに、心がそれを受け入れない。

「あんた、これからどうするの？」

振り返った京香の祖母が聞いてくる。

これから。踊場京香のいない、これから。

「大丈夫です」

短く答えると、「アイスティーでも飲むかい？」と全く違う話題に移った。海から風が吹いて、京香の家である洋館に絡んだ蔦がざわつく。笑い声を上げるみたいに揺れる。

「いらないです」

そうとだけ言って、沖晴は海に向かって階段を下った。

あの人は、離れていかなかった。だから、《喜び》だけで生きる必要がなくなった。《喜び》で自分を守る必要がなくなった。

だから、死神は返しにきた。全部抱えて、苦しみながら生きていけと、沖晴を嘲笑《あざわら》った。

代わりに、踊場京香を連れて行った。

◆　◆　◆

「あ、しまった」

祖母の声に、銀色のケトルからシューッと湯気が上がる音が重なった。

「どうしたの？」

慌てて、京香は茶葉を入れたティーポットに沸騰直後のお湯を注いだ。コンロの火から、できるだけケトルを離さないように。火元から離すとお湯の温度が下がってしまうから。

「沖晴の弁当、今日はチキンソテーにしようと思ったんだけど、トマトソースはやめてあげた方がよかったと思って」

ああ、と京香は隣に立つ祖母の手元を見た。フライパンの上では、鶏胸肉がこんがりとソテーされている。このあと鶏肉を焼いた脂でトマトソースを作るつもりだったようで、側にはトマトピューレとみじん切りの玉ねぎが準備されている。

「一応、避けた方がいいかもね」

陶器製のポットの中で茶葉が上下にぐるぐると広がっているのを確認して、京香はポットをテーブル席へ運んだ。分厚いトーストとサラダも持っていく。「お待たせしました」

と常連の一人に声を掛けると、「お店にもすっかり慣れたみたいだね」と笑いかけられた。

カウンターに戻ると、祖母は玉ねぎと醤油《しょうゆ》でオニオンソースを作っていた。

「トマトピューレは、私がお昼にパスタのソースにするからいいよ」

そう言って、祖母はランチボックスに詰められたチキンソテーにオニオンソースを掛ける。沖晴の分と、京香の分。

階段高校合唱部が出場する合唱コンクールの予選が今月末に迫っていた。七月になると土日の練習にも熱が入り、午前中から夕方まで長時間にわたるようになった。

土曜日の今日も、十時から夕方六時まで練習することになっている。昨日まで期末試験で練習が全くできなかったから、気合いが入っている。部の手伝いをしている（コンクールでは本当に伴奏者をやることになった）京香にまで、祖母は弁当を作ってくれた。

今日の弁当は、オニオンソースに変更になったチキンソテーと、ラタトゥイユとサラダ、山盛りの雑穀ご飯だ。デザートなのか三時のおやつなのか、パウンドケーキまである。輪切りのレモンがのった、祖母お得意の紅茶とレモンのパウンドケーキだ。

「肉が食べられない、なんてことにならなくてよかったよ。食べ盛りがそんな風になったら、具合悪くするから」

数週間前――今年最初の台風による嵐の日、志津川沖晴は《嫌悪》の感情を取り戻した。

トマトソースのかかったミートボールから猫の死体を想起して、嘔吐した。それ以来、祖母は沖晴の弁当のメニューに気を遣うようになった。

がらん、とドアベルが鳴る。噂の沖晴が「おはようございます」と笑顔で入ってきた。

「ギリギリだね。モーニングが終わるまであと十分だよ」

そう言いながら、祖母が厚切りの食パンをトースターに放り込む。

「だって、玄関の横の木から毛虫がぶら下がってて、家を出るのが大変だったんです」

カウンター席に座った沖晴が、思い出したように顔を強ばらせた。肩を竦《すく》めるようにして、ほんの少し眉を寄せる。

「毛虫?」

冷蔵庫からモーニングセットのミニサラダを出して沖晴の前に置き、京香は首を傾げた。

「あの家、古いもんね。木に囲まれてるし、そりゃあ虫くらい出るでしょ」

「しかも、ふと横を見たら葉っぱの裏に小さい毛虫が大量に這ってたんですよ。朝から気持ち悪いものを見ちゃいました」

半袖の上から二の腕を摩る沖晴の姿は、京香が出会った頃とは明らかに違う。

「それで、毛虫はどうしたの」

「気持ち悪くて触れそうになかったんで、諦めて放置してきました」

フォークをサラダのミニトマトに突き刺して口に放り込み、「夕方にはどっかに行ってくれるといいんですけど」と沖晴は笑った。

焼き上がったトーストを沖晴に出してやる。氷をぎっしり入れたグラスに紅茶を注いで、アイスティーも作ってやった。

「やった、冷たいの、飲みたかったんです」

初対面の頃は笑みを絶やさない不思議な男子高校生だった。彼を知っていくうちに、狂気を孕んだ不気味な少年になった。

今は、型崩れを起こしたレース編みみたいな——歪《いびつ》で奇妙な存在になった。

モーニングを食べ終えた沖晴が、弁当を持って店を出て行く。カウンター席の隅に置いておいた鞄を手に、京香も後に続いた。

「他に気持ち悪いって感じるもの、あるの？」

煉瓦の階段を上りながら、沖晴の背中に投げかける。

「虫が気持ち悪く思えるってことは、《嫌悪》の感情がやっぱり戻ってきたんでしょ？」

台風の日に猫の死体に対する嫌悪感から嘔吐した沖晴だったが、しばらくの間、自分に《嫌悪》が戻ってきたことを認めたがらなかった。というか、理解できなかった。

京香からしたらこれまでの沖晴が異常なのだけれど、彼にとっては九年間それが当たり前だったのだから、仕方がない。

「トウモロコシ」

こちらを振り返って、沖晴はぽつりと呟く。

「トウモロコシ？」

「一昨日、魔女さんからもらったトウモロコシ。昨夜、家で茹でて食べようとしたんですよ。そしたら、あれを見てると鳥肌が立つんです。整然と並んでるあたりはいいんですけど、つぶつぶが不規則に並んでる端っことか、ゾワゾワするんです。美味しいから食べますけど、できるだけ見ないようにして食べますけど！」

早口で捲《まく》し立て、二の腕を摩りながら、とんとんと階段を上って行く。

「それって、トライポフォビアってこと？」

「なんですか、それ」

「穴とか突起が集まってるのを気持ち悪いって思っちゃうこと。集合体恐怖症とも言うらしいけど……沖晴君の場合は恐怖を感じてるわけじゃないからちょっと違うのかな」

嫌悪感を抱いているという意味では、症状としては近そうだ。

「ていうか、やっぱりどう考えても取り戻してるよね？　嫌悪の感情」

「毛虫も気持ち悪いし、トウモロコシも気持ち悪いし、猫もちょっと苦手になりました。

これは認めるしかないです」

階段高校への近道である細い道を縦に並んで歩きながら、沖晴は「驚いちゃうなあ」と笑った。「返してもらえたらいいな」なんて言っても、いざ返ってきたら嫌悪の感情とどう付き合えばいいかわからない。そう、真っ白なシャツを着た眩しい背中に書いてある。

「今まで、そんなことなかったんだよね？」

「当たり前じゃないですか。津波から九年間、戻ってくる気配すらなかったんですから」

「他の感情は？　怖いとかむかつくとか」

「もの凄く怖いって言われてるホラー映画を観ても、号泣必至って書いてある小説を読んでも、うんともすんともでした」

「どうして戻って来たんだと思う？」

京香の質問に、沖晴はすぐに反応しなかった。石の塀に挟まれた細い道を黙って歩きながら、おもむろに「うーん」と笑いながら首を傾げる。

「踊場さんは、どうしてだと思います？」

「やっぱり、海に落ちたからじゃない？」

「やっぱり、そう思いますよね」

嵐の海と津波とでは、根本的に違う。でも、彼は九年前と同じように海に呑まれる経験をした。海やプールで泳ぐのとも、カモメに襲われて海に落ちるのとも違う。荒々しいエネルギーの塊に命を刈り取られそうになった。

「そんな簡単なことで、返ってくるものだったんでしょうか」

京香へなのか、自分へなのか、それとも他の何かへなのか、沖晴は低い声で呟く。

「台風の日に海に落ちることが《簡単なこと》ならね」

こちらは一緒に落ちて死を覚悟した。同時に、すでに覚悟なんてできていると思い込んでいた《死》に対する恐怖を、思い出してしまった。

「踊場さん」

路地を抜けて、階段高校の目の前を通る道路――この前、沖晴が猫の死体を抱き上げた場所に出る。歩みを止めた沖晴は、ちょうど猫がいたあたりを凝視していた。

「俺、もう一つ変なことがあったんです」

振り返った沖晴の口元は微笑んでいた。でも、本当はもっと違う感情表現をしたかったのだろうと、何故か伝わってくる。これも、一緒に海に落ちたからだろうか。

「忘れるようになりました」

笑みを浮かべつつも、どこか淡々とした声で沖晴は言った。

「昨日まで期末試験を受けていて気づいたんですけど、習ったはずの英単語や数式を忘れてるんです」

「だって、沖晴君は一度見たものや聞いたものを忘れないんじゃなかったの？」

死神に感情を差し出して、代わりに命を助けてもらって。海から生還したら、人間離れした不思議な能力を身につけていたと。

「俺にもわかりません。わからないけど、でも忘れちゃうんです。多分、今回のテストの成績、酷いことになってるんじゃないかな」

顎に手をやって困ったように笑う沖晴に、肩胛骨《けんこうこつ》が強ばった。また、開けてはいけない箱を開けてしまった気がする。沖晴が、自分には《喜び》以外の感情がないと話したとき。彼の家で大量のホラー映画のDVDを見つけたとき。あのときも、こんな気分だった。

「じゃあ、他は？　めちゃくちゃ運動神経がいいのとか、怪我がすぐに治るのとか、他人の死期が見えるのとか」

「身体能力と治癒能力は消えてないと思います。昨日、テストが終わってからボランティア部で老人ホームに慰問に行ったんですけど、顔がぼやけて見える人が何人かいたんで、それもなくなってないです」

さらりと老人ホームで近々死人が出ることを教えられ、とりあえず「そう」と相槌を打った。「よかった」と言えばいいのか、「残念だったね」と言えばいいのか。

「じゃあ、《嫌悪》を取り戻した代わりに、瞬間記憶の力がなくなっちゃったわけね」

「一つ力を返したら一つ感情を返してもらえるルールだとしたら、そうなります」

果たして、死神とやらはそんなに親切なのか。大体、《悲しみ》《怒り》《嫌悪》《怖れ》と引き替えに沖晴を助けたのなら、すべての感情を返すと沖晴の命を奪うのではないか。

あはは、と、沖晴は困ったように笑った。それしかやりようがないと、取り戻したばかりの《嫌悪》の感情を掌で撫でるようにして、微笑んでいた。

「笑ってはみましたが、こんなの初めてなので、ちょっと気持ち悪いです」

校舎に入ると、京香もよく知る数学と英語の先生が、二人揃って沖晴を捕まえにきた。「志津川、何かあったのか?」「体調でも悪かったのか?」と矢継ぎ早に質問を浴びせる。どうやら、昨日終わった試験の答案をチェックしていて、沖晴の異変に気づいたらしい。英語に至っては平均点以下だったという。

曖昧に笑うだけの沖晴に怪訝な顔をして、二人は「職員室はパニックだよ」と京香に囁いて去っていった。あの口振りでは、数学と英語以外の科目も同じ状態なのだろう。

《嫌悪》を取り戻したといっても、瞬間記憶がなくなったといっても、沖晴の様子は変わりなかった。抜群の歌唱力で楽しそうに練習をこなし、祖母の作った弁当を嬉しそうに食べて、午後の練習もサボることなく参加した。テストは苦戦しても合唱は難なくこなせるのは、もともと歌が得意だったのだろうか。

ピアノを弾きながらぼんやりとそんなことを考えた。危うく音を外しそうになって、慌てて演奏に集中する。合唱コンクールの伴奏者になった以上、本番のステージで失敗するなんて、考えるだけで嫌だ。

人数が少ないながら、合唱部の歌はいい仕上がりだった。全国は難しいかもしれないが、県大会くらいは突破できるかもしれない。ソプラノパートのソロを聴きながら、そんな風に思ったときだった。

ガラガラ、と歪な音を立てて音楽室の戸が開き、男性教師が一人駆け込んでくる。絡み合うような乱暴な足取りに、よくない知らせを運んできたんだろうなと、無意識に思った。

「藤原友里さん、いる？」

一音一音、言葉が沈み込む。合唱部の部長である藤原友里がぴくりと肩を揺らし、

「……はい」と返事をする。

「おうちから電話があって、老人ホームにいるお祖母さんが救急搬送されたって」

ささやかなざわつきが、潮が引くみたいに聞こえなくなる。ピアノの鍵盤に置いていた指が微かに震えて、ポロン、と音を立てた。弾かれるように藤原さんが顔を上げ、「どこ

の病院ですか？」と男性教師に聞く。

「親戚の方がすぐ迎えに来てくれるらしいから、急いで準備して昇降口まで来て」

瀬戸内先生が音もなく動いて、教室の隅にあった藤原さんの鞄を引っ摑んだ。

「ちょっと早いけど、今日の練習は終わりにしよう。片付けと戸締まり、よろしくね」

藤原さんの背中を押し、先生が音楽室を出て行く。「びっくりさせてごめんね」と言い残し、男性教師も慌ただしく去っていった。

「そっか」

音楽室の戸を見つめる沖晴の口元が、ふっと緩む。風でも吹いたみたいに、ゆるりと笑った。

「あの人、藤原先輩のお祖母ちゃんだったんだ」

その言葉に、野間さんが怖いくらいの速さで首を動かし、沖晴を見た。

「どういうこと」

一歩、野間さんが沖晴に近づく。彼女の確信が、その横顔から伝わってくる。

「それって、昨日ボランティア部で老人ホームに行ったことと、関係あるの？」

沖晴は答えなかった。笑みを浮かべたまま、野間さんを見ている。その姿が野間さんからどう見えているか。どれだけ不気味か。猟奇的か。気持ち悪いか。

「志津川君がずっとお喋りしてたお婆ちゃん、藤原さんって名前だったよね」

野間さんの問いに、沖晴は頷いた。手持ち無沙汰だった他の部員達が、それぞれの顔を見合う。ああ、これはまずい。

「ほら、今日の練習はもう終わりなんだから、早く片付けして帰ろう」

ぱん、と両手を叩いた。必要以上に大きく叩いた。もの言いたげにこちらを見る野間さんを余所《よそ》に、京香は率先して窓を閉めた。彼女の視線が背中に痛かった。

結局、藤原さんのお祖母さんは助からなかった。もともと心臓を患っていたらしく、その日の夜に亡くなってしまったと、瀬戸内先生から聞いた。

＊　＊　＊

合唱部に差し入れだと祖母が持たせてくれたレモンゼリーが、嫌に重く感じた。保冷剤を入れたバスケットを持ち直し、気分がのらないのは別にゼリーのせいじゃないなと思いながら、京香は階段高校の正門を通過した。

期末試験を終えた校内は、夏休みに向けてギアを入れ替えたような清々《すがすが》しい空気に包まれていた。野球部の部員が、太陽の日差しも何のそのという様子でグラウンドにホースで水を撒いている。キラキラと光る水滴が舞うのを横目に、京香は教職員用の昇降口で靴を履き替えた。部活に向から生徒達が、階段を駆け下りてくる。

「京香先生」

下駄箱の蓋を閉めた京香の前に、女子生徒が一人やって来る。

「……野間さん」

涼しげな半袖のワイシャツに似合わない沈んだ表情で、野間さんは「あの」とこぼす。

「今日から、友里先輩、練習に来るそうです」

お祖母さんが亡くなってから、もう一週間以上たつ。通夜、葬式が終わっても彼女は学校に来ていなかった。お祖母ちゃん子だったらしいから、無理もない。

でも、野間さんがそれを伝えるためにここに来たわけではないと、わかる。

「あと、志津川君のことなんですけど」

やっぱり、本題はそっちだったか。野間さんはスカートのポケットからスマホを取り出した。画面を何度かタップして、「これ、見てください」と京香に差し出してくる。

表示されていたのは、メッセージアプリのトーク画面だった。

「これ、本当はグループ外の人に見せちゃいけないことになってるんですけど」

「誰かの悪口を言うためのグループでしょ。どこの学校もやることとって一緒だよね」

冷たい言い方になってしまった。勤めていた都立高校でも、こういうことは行われていた。特定の人やグループの悪口を言い合う場所としてアプリ内でグループを作って、そこで楽しく誰かを虐《しいた》げる。目に見えない分、教師側も対応に苦慮した。

「これ、沖晴君を悪く言うためのグループ？」

トーク画面に沖晴の名前は出ていないのに、彼のことを話しているのだとわかる。

「転校生で、勉強も運動もできて、いつもにこにこしてるなんて、いろんな人から嫉妬されること間違いなしだもんね」

誰のものかもわからない文章を遡《さかのぼ》っていく。勉強ができるからって生意気だとか、転校生のくせに馴れ馴れしいとか、あいつのせいでレギュラーの座を奪われたとか、運動神経がいいからって部活をサボって腹が立つとか、八方美人だとか。

書き込みが始まったのは、どうやら二週間ほど前から。彼が、笑いながら猫の死体を素手で抱き上げた日から。その日の書き込みは酷いものだった。気持ち悪いとか、近づきたくないとか、あいつはやばい奴だとか。

「みんなが溜め込んでた鬱憤《うっぷん》が、あれのせいで表に出るようになっちゃったってわけね」

トーク画面の中に「死神」という文字を見つけて、京香はすっと指を止めた。

《あいつと話した人間は死ぬ。Sは死神》

Sとは、沖晴を指すのだろう。万が一この画面を本人が見ても、ばれないように。証拠を握られないように。

スマホを野間さんに返す。「野間さんも書き込んだの？」と聞くと、彼女はばつが悪そうな顔で押し黙った。

「グループに入ってるってことは、書いたんだよね？　もしかして、沖晴君と仲良くした老人ホームの入居者が死んじゃうって、そう書き込んだの？」

顔は笑っていると思うけど、胸の奥が冷たい。教師をしているとき、受け持っているクラスや部活で問題が起こると、よくこんな気分で生徒から事情を聞いた。

「猫の死体を笑いながら触ってた志津川君を見て、つい……。でも、すぐに消したんです。だけどみんなそれを見てて、志津川君のことを死神って陰で呼ぶようになって」

自分が高校生の頃にこんなことがなかったかといえば、あった。メッセージアプリの中ではなかっただけで、確かにあった。どこだって、いつだってこういうことは起こる。

「友里先輩のお祖母ちゃんが亡くなったことも、志津川君のせいなんじゃないかって、昨日あたりから言われるようになりました」

「アプリの中で？　それとも教室で？」

「両方です」

「沖晴君は、教室ではどういう感じなの？」

「みんな、ちょっと遠巻きにするようになって、特別仲のいい子達とはまだ一緒にいますけど、その子達もちょっとずつクラスの様子がおかしいのに勘づき始めてると思います」

ああ、それはまずいな。奥歯をかんで、京香は目を閉じた。

「私、志津川君が友里先輩のお祖母ちゃんと老人ホームで話してたことは、クラスの子には言ってないです。でも、他のボランティア部の子から話が回ってきちゃって」

「うん、わかった。もういいから」

野間さんも、自分が陰口の原因を作ってしまうなんて思ってなかったんだろう。不信感を吐き出したかったのかもしれない。浅はかだけれど、でも、高校生なんてそんなものだ。

肩を落とす野間さんと一緒に、そのまま音楽室に向かう。とりあえず、練習が終わったら瀬戸内先生にこのことを相談しよう。

そう心に決めて音楽室の戸を開けて、思わず足を止めた。

「あ、京香先生、こんにちは」

久々に学校に来た藤原さんが、一人黒板の前にいた。普段通りだ。やつれた様子もない。

「こんにちは。早いね」

「コンクール前なのに一週間も練習サボっちゃったんで、張り切っていこうかと思って」

彼女は白いチョークで黒板に今日の練習メニューを書いていく。基礎練習をやったら、コンクールの課題曲と自由曲を。合間に九月の文化祭で披露する曲を歌う、という流れだ。そこにはもちろん、あの歌もある。北の大津波の犠牲者を想った歌。いなくなってしまった誰かを思い浮かべる歌。

「藤原さん」

手についたチョークの粉を払う藤原さんに、京香は堪らず歩み寄った。

「コンクールの曲だけでもいいんじゃない？　今日は暑いし、頑張り過ぎもよくないし」

やんわりと突き放すような言い方だった。どうやら、京香のお節介を察しているようだ。

「大丈夫です」

「文化祭は合唱部にとって数少ない学校内で発表できる機会だし、コンクールのついでじゃなくて、いい発表にしたいですし」

藤原さんが言い終えないうちに、音楽室に瀬戸内先生が入ってきた。彼女が書いた練習メニューを見て京香と全く同じことを言い、藤原さんに全く同じ返答をされた。

けれど——部員が久々に六人揃い、基礎練習をやって、コンクールの課題曲と自由曲を合わせて、パートごとに瀬戸内先生が指導して、文化祭で歌うあの歌の伴奏を京香が始めた途端、音楽室の空気がひりりと緊張した。いつも通りの練習風景に、亀裂が走った。

前奏がいつもより長く感じた。弾いても弾いても歌唱パートに入らない。いや、いっそずっと入らない方がいい。なんて思っていると、六人分の歌声が鍵盤を覆い尽くす。潮が満ちるみたいに、否応《いやおう》なく、残酷に。

いつもの合唱部の歌ではなかった。ソプラノもアルトもどこか強ばった歌声で、一音一音、石橋を叩くように発せられる。そんな中、沖晴の歌声だけがいつも通りだった。無神経なくらい伸びやかで、澄んでいて、聴いている人間を突き刺す。

大切なものを失った人々が、喪失を抱えながら再び歩み出す。それを花が咲く様に喩えた歌。死者がそれを温かく見守る歌。藤原さんが声を震わせて歌うのをやめたのは、一番のサビに入った直後だった。両手で顔を覆って、喉を痙攣させて、その場に立ち尽くす。歌がやんで、ピアノが止まって。藤原さんの隣にいた女子生徒が肩を貸す。

「藤原、今日はもう帰りな。無理しなくていいから」

瀬戸内先生の一声に、京香は椅子を引いて立ち上がった。

「……送ってきます」

藤原さんの鞄を抱えて、彼女の肩を叩く。小さく頷いて、藤原さんは瀬戸内先生や他の部員達に「ごめんなさい、早退します」と頭を下げた。誰も何も言わなかった。

いや、違う。

「藤原先輩、お疲れ様です」

にこりと笑って、沖晴がそんなことを言う。

「早く元気になってくださいね」

隣にいたアルトパートの部員がやや強めに彼の足を踏んで、無理矢理黙らせた。「痛いっ！」と声を上げて、沖晴は首を竦める。

「ほら、行こ」

藤原さんの肩を抱くようにして、音楽室を出る。白い腕で目元を拭った彼女は、京香の抱えていた鞄を自分でしっかり肩から提げて、「すみません」と謝ってきた。

「私もね、高三のときにお母さんが死んだの」

廊下を歩きながら、友人にも恋人にも進んですることのなかった話を、した。

藤原さんは静かに顔を上げ、何も言うことなく京香の顔を見つめていた。

「闘病してたんだけど、高三の合唱コンクールの、全国大会の直前に死んじゃったの」

「でも、京香先生は全国大会に出場したんですよね」

「頑張って練習してるのをお母さんも知ってたし、出た方が喜んでくれると思ったの」

言葉が途切れ、途端に廊下の静けさが肌に染み入る。外から蟬の鳴き声が聞こえた。囲碁部だろうか、碁石を打つ音がする。誰かの笑い声が廊下の先から響いてきた。

「別に、貴方より大変だった人や辛かった人がいるのよって言いたいわけじゃないの」

そんなことしたら、地球上の誰も、泣くことも悲しむことも、怒ることもできない。

「もちろん、元気を出してってわけでもない。ただ、今の藤原さんの気持ち、私は結構わかるよ、多分」

優しい言葉をかけられても、励まされても、喪失感は埋まらない。でも、そんな自分の心に寄り添ってくれるだけで、どれだけ穏やかな気持ちになれるか。貴方の吐き出す感情を受け止める人間がここにいると、そう示してもらえるだけで、どれだけ救われるか。

「一昨年にお祖母ちゃんが老人ホームに入ることになって、私、最初のうちは週に何度も顔を出してたんです」

足下をぼんやりと見下ろしながら、藤原さんは話してくれた。一歩一歩、ゆっくりと進みながら、ときどき洟《はな》を啜《すす》りながら。

「それが、合唱部の部長になって、練習が忙しくなって、どんどん行く頻度が低くなって、最近は月に一回とかになってました。それでもお祖母ちゃんは怒らないし、寂しいとも言わないし。むしろ『学校が楽しいなら何より』なんて笑ってて」

「もっと遊びに行ってあげたらよかった?」

京香の問いに、藤原さんは少し考えて、静かに頷いた。

「そういうものだよ。人が一人死んじゃって、死んじゃった人も残された人も、誰も後悔がないなんて、そんな幸運なこと滅多にないよ」

「京香先生は、お母さんが亡くなったときに何を後悔したんですか」

「本当に大変な闘病生活だったから、あんなに辛い思いをさせるなら、もっと楽な道を選ばせてあげたかったなって今でも思う」

多分その後悔は、余命一年を宣告された自分に深く深く繋がっている。どうせ死ぬなら、穏やかに。安らかに。母が味わった後悔を繰り返さないように。同じ後悔を、また祖母に押しつけないように。

「だから、そういうものだよ。藤原さんが酷い子ってわけじゃない。誰だって、亡くなった人にもっとああしてあげればよかった、こうしてあげればよかったって思うんだよ」

階段を下りて、昇降口で靴を履き替える。外は暑かった。目の前のグラウンドで練習するサッカー部の姿を見ているだけで、汗がどっと噴き出してくる。

青空に入道雲が積み上がって、空が高く広く感じた。こちらを押し潰そうとするような雲と暑さに、ふと、沖晴の顔が浮かんだ。

「沖晴君のこと、腹立つだろうけど許してあげてね」

「沖晴ですか?」

「無神経だなって私も思うけど、悪気はないっていうか……悪気がないからといって何でも許されるわけじゃないんだけど、あの子はあの子でちょっと複雑な事情があるから」

まどろっこしい言い方に、藤原さんが微笑んだ。本当に久々に、笑みをこぼしてくれた。

「沖晴が無神経で空気が読めないのは、あいつが転入してきてからの数ヶ月でよーくわかってるんで。別に怒りません」

藤原さんが最後にもう一度大きく洟を啜る。赤くなった目元を指先で擦る。

暑いね、なんて言いながら藤原さんと正門に向かって歩き出したとき、背後から一人分の足音が駆け寄ってきた。「友里」と、藤原さんの下の名前を呼ぶ。

眉間に皺を寄せて現れたのは、男子生徒だった。サッカー部だ。スパイクを履いて、真っ青な練習着を着ている。

「部活出たのかよ」

京香になんて目もくれず、彼は藤原さんに話しかける。その口調や声色《こわいろ》で、これは彼氏だな、と京香は察した。

「泣いてたの?」

藤原さんの返事を待たず、彼は続ける。表情が一際険しく、苛立たしげなものになった。

「ああ、うん。ちょっと、練習してたらね。今日はもう帰る」

赤くなった目を隠すように、俯《うつむ》きがちに藤原さんは答える。

「サッカー部が終わるまで待ってろよ」

「いいよ。まだだいぶあるし、先帰るよ」

グラウンドから「カズヤー！　彼女といちゃいちゃしてんなよ」と声が飛んでくる。

「うるせー！」と返したカズヤを振り払うようにして、藤原さんは歩き出した。

「とにかく、大丈夫だから。練習戻りなよ」「でも」「いいから。大丈夫だから」「いや、大丈夫に見えないから言ってんだろ」……そんな押し問答をどうしたものかと眺めていたら、カズヤが苦々しい顔で、吐き捨てた。

「友里、あの志津川って転入生に何か言われたのか？」

藤原さんが「は？」と小首を傾げる。思わず京香も同じようにしてしまった。

もしかして、沖晴のことを許してやって、という言葉が、彼に聞こえていたんだろうか。

「いや、どうして沖晴がそこで出てくるの」

「あいつが陰で何て言われてるか知ってるだろ？　友里のばあちゃん、あいつのせいで死んだって言われてるんだから」

「そんなわけないじゃない」

ぴしゃりと言い捨て、藤原さんは踵を返す。カズヤはまだ何か言おうとしたけれど、

「ついてこないで」と言われ口を噤《つぐ》んだ。

慌てて彼女を追いかけると、ばつの悪そうな顔で謝罪されてしまった。

「なんか、最近束縛してくるっていうか、いろいろうるさくて困ってるんです」

「はあ……そうなの」

ずんずんと正門に向かう藤原さんの足取りには、先程までなかった力強さが戻っていた。

「沖晴のこと、私が可愛がってるのが気に入らないんですよ。あんな馬鹿みたいな噂、信じちゃって。沖晴のこと、《死神》って言ってるんですよ？　ホント、馬鹿ですよね」

私のお祖母ちゃんの死を、陰口の道具にしないで。藤原さんの横顔から、そんな声が聞こえてきそうだった。

家まで送ろうと思ったのに、藤原さんとは正門を出たところで別れた。「カズヤのせいでカッカして、ちょっとエネルギーが湧きました。一人で帰れます」なんて言われて、京香は坂を下っていく彼女を黙って見送った。

藤原さんが一人いなくなっただけで、六人しかいない合唱部の歌声はバランスが崩れてしまう。合唱もイマイチ「やる意味あるのかな」という空気になってしまい、部活終了時刻である六時になった瞬間に今日の練習は終了となった。

「藤原、大丈夫かな」

音楽準備室で部員名簿を確認しながら、瀬戸内先生は苦い顔をする。藤原さんの自宅に電話でもかけるつもりなのだろう。

「一応、大丈夫そうな様子で帰っていきましたけど」

「しっかりした子だからさ、ああいう子ほどぽっきり折れちゃわないか心配になるよね」

そういえば、踊場もそうだったけど。なんて付け足して、瀬戸内先生はデスクの上で書類に埋もれていた固定電話に手を伸ばす。

母が死んで、葬儀の翌々日から合唱部の練習に参加したときも、先生に随分心配された。無理を、していたわけじゃない。母の死を振り切りたかったわけでもない。

ただ、自分が生きていることを全身で感じたいだけだったのだと思う。

受話器を片手に藤原さんのお母さんと話す瀬戸内先生を横目に、そんなことを思った。

「踊場さーん、一緒に帰りましょう」

電話が終わると同時に、沖晴が音楽準備室の戸を開ける。土日は一緒に登校しているから、夕方も一緒に帰るのが当たり前になってしまった。

音楽室を出て、人がいないのを確認し、京香は沖晴の肩を小突いた。

「あんなこと言っちゃ駄目だよ」

「あんなことって？」

「藤原さんに、早く元気になって、なんて言っちゃ駄目。元気出したくても、元気の引き出しが空っぽになっちゃってるんだから」

「でも、俺にはみんな言いましたよ？」

皮肉でも嫌みでもなく、怖いくらい澄んだ瞳で、沖晴は京香を見た。咄嗟《とっさ》に足が止まりそうになって、京香は咳払《せきばら》いをした。

「……それは、九年前に？」

「『家族はいなくなっちゃったけど元気を出して』とか『命が助かっただけでも奇跡なんだから頑張れ』とか」

何故だろう。沖晴にそんな言葉をかけた人達は、後になって「元気を出して」「頑張れ」と言ったことを後悔しているような気がする。

「沖晴君は、そう言われてどう思ったの？」

「励ましてくれて優しい人だなと思いました」

彼は笑顔で「ありがとうございます」と言ったのだろう。瓦礫《がれき》の山を前に、もしくは避難してきた人でぎゅうぎゅうになった冷たい体育館の一角で、満面の笑みで。

それを見た人は、「ああ、この子の心は壊れてしまったんだ」と思ったかもしれない。

「今だったら、ちょっとは違うんですかね」

昇降口についたところで、沖晴がそんなことを口走った。返す言葉を探しているうちに、沖晴は下駄箱へ行ってしまう。仕方なく京香も靴を履き替えて、生徒用の昇降口へ回った。

カズヤがいた。土で汚れたソックスとスパイク、日に焼けた肌を汗で白く光らせて、険しい顔でエントランスのガラス戸の前に立っていた。

昇降口を出てきた沖晴と、対峙《たいじ》していた。

慌てて京香が駆け寄ると、カズヤは案の定「お前、友里に何か言ったのか」と高圧的な口調で沖晴に問いかけた。

「はい？」

純粋さを絵に描いたような顔で、沖晴が首を傾げる。数瞬置いて「ああ、藤原先輩ですね」とカズヤに笑いかける。

「練習中に泣き出してしまったので、『早く元気になってくださいね』と言いました」

あー、言ってしまった。京香が「沖晴君……」と言いかけたところで、カズヤが苛立たしげに沖晴に一歩近づいた。

「いや、あいつのばあちゃん、死んじゃったんだぞ？　それを、簡単に元気出せとか言うなよ。余計に友里が傷つくじゃんか」

沖晴に悪気はないのだ。あれが通常運転なのだ。だからといって何でも許されるわけじゃないけれど、彼にはあれしかできないのだ。

でも、どう見たって、相手を舐《な》めくさっているようにしか受け取れない。

「お前、自分が周りから何て言われてるか知ってるか？　死神だよ、死神。老人ホームでお前と話した人がばたばたと死んでいくから、みんな、お前と話したら死ぬって噂してる」

「知ってますよ」

あっけらかんと認めた沖晴に、京香も息を吞んだ。

「同じ教室で過ごしてるんだから、聞こえてこないわけないじゃないですか。ていうか、俺が知らないと思って噂してるんですか？」

部活を終えた生徒達が昇降口から出てくる。自転車に乗った生徒達が、昇降口の前を通過する。沖晴の言葉を聞いて、足早に去っていく者も何人かいた。

何より、笑顔でそんなことを話す沖晴のことを、カズヤも、通りがかった生徒達も、心底怖いと思ったはずだ。

「じゃあ、お前は自分のせいで人が死んでるって認めるんだな。友里のばあちゃんが死んだの、お前のせいなんだな」

カズヤがそんな歪曲《わいきょく》したことを苦し紛れにこぼしてしまうのも、恐怖心を振り払いたいからかもしれない。あと、藤原さんのことは確かに好きなんだろう。恋人として、何かせずにいられないんだろう。高校生の恋心なんて、暴走したら常識なんて通用しない。

「さあ、それはわかりません。人って、結構簡単に死にますからね」

煽っているようにしか見えない沖晴に、ついにカズヤの手が動いた。京香が声を上げるより早く、沖晴の胸ぐらに摑みかかる。

「友里は家族を失ったんだ。お前、わかってんのかよ。責任とか感じねえのかよ」

ガラス戸に沖晴の体を押しつけて、カズヤが凄む。

「へらへらへらしやがって。お前に友里の気持ちがわかるかよ」

荒々しくざらついた言葉に、京香は咄嗟に二人の間に割って入った。

「やめなさい」

カズヤはすんなりと沖晴から手を離した。代わりに京香に向かって「あんた誰だよ」と吐き捨てる。「合唱部のコーチの踊場さんです」と沖晴が涼しい顔で答えて、「お前に聞いてねえから！」と怒鳴られた。

「はいはい、合唱部のコーチです。カズヤ君、気持ちはわかるけど落ち着こうね」

「あんたに関係ないだろ。知った顔でしゃしゃり出てくんな」

「いや、どう考えたって関係あるでしょ。沖晴君は合唱部で、私はコーチなんだから」

沖晴の体を肘でぐいぐいと押して、とにかくカズヤから距離をとらせた。

「あのね、藤原さんを心配する気持ちはわかるけど、『お前にはあいつの気持ちはわからない』なんて軽々しく言わない方がいいよ」

言いながら、自分がちょっと怒っていることに気づいた。多分、沖晴の境遇を知っているから。同情だろうか、哀れみだろうか、共感だろうか。とにかく、怒っていた。

「いや、なんであんたに突然そんなこと言われなきゃいけないの」

「もし、沖晴君も藤原さんみたいに家族を亡くしてたら、貴方は同じことを言える?」

「は、意味わかんね」

言いながら、カズヤの目が一瞬だけ泳ぐ。沖晴に、「もしかして」という視線を向ける。

「だからって、こいつが友里を傷つけていいことにはならないでしょ」

カズヤが乱暴に沖晴を指さす。それはそうだけど、と言おうとしたら、沖晴が京香の背後からすっと顔を出して、「まあまあ落ち着いて」と、あろうことかカズヤの肩を叩いた。

「いや、お前のせいだろ!」

沖晴のことを、カズヤが突き飛ばす。沖晴は心臓のあたりを殴られたような形になって
——そのまま後ろに吹っ飛んでいった。

不自然なくらい勢いよく、沖晴はガラス戸に頭から突っ込んだ。耳の奥が裂けるような

鋭い音に、ガラスがばらばらと崩れる音が重なって、四方八方から悲鳴が聞こえた。

「……え？」

一番驚いているのはカズヤだった。確かに突き飛ばしたけれど、そこまでの力を込めたつもりなんてないのに、という顔。

知らぬ間に周囲に生徒達が集まっていた。「やばい」「ガラス割れた」「血が出てる」という声が聞こえて、京香は沖晴に駆け寄った。

倒れた沖晴の頭から、血が流れる。腕や頬や脇腹からも。首にも切り傷がある。肩にはガラスの破片が刺さっている。タイルの敷かれたエントランスに、血が広がっていく。

「沖晴君、沖晴君！　大丈夫っ？」

ガラスの割れる音を聞きつけて教師が何人か職員室から飛び出してきた。

「救急車呼んでください！　あと、男の先生はこの子を運ぶのを手伝って！」

女性教師が一人、職員室へ戻っていく。突然の惨状に貧血でも起こしたのか、地面に座り込んでしまった生徒もいた。

「沖晴君、血液型わかる？」

万が一、輸血する羽目になることも考えて、そう問いかけた。目を開けた沖晴が、額から流れてきた血を拭おうとして、腕の痛みに顔を歪める。

「い、痛いです……これは痛い。流石《さすが》に痛い。本当に痛い。どうしよ、痛い」

まるで足首でも捻ったような口振りで、痛い痛いと繰り返す。

「うわあ、踊場さん、これ、抜いたらまずいですかね？　このままにしておいた方がいいかな？　超痛いです」

肩に刺さったガラス片を指さして、呑気にそんなことを聞いてくる。その言葉に、担架を運んできた男性教師までが足を止めた。

流石の彼も、笑顔は浮かべていない。でも、大人でも泣き喚《わめ》きそうな切り傷を負ってなお、沖晴はいつもの調子を崩さない。

周囲の生徒達が言葉を失う。猫の死体事件のときと一緒、いや、あれ以上だ。

「と、とにかく、保健室に行くよ」

沖晴は、大人しく担架に横になった。誰の助けも借りず、自分で。

「痛いなあ」

呻き声を上げて運ばれていく沖晴に、潮が引くみたいに生徒達が道を空ける。

「えーと、なんかすみません、大事《おおごと》になっちゃって」

沖晴は笑いながら、傷の少ない方の手をカズヤに振った。掌は血まみれだった。

化け物でも見たような顔をカズヤはしていた。自分がしでかしてしまったことの重大さより、恐怖の方が勝っているみたいだ。心底、彼に同情した。

冷蔵庫を開けたら、祖母が何日か前に沖晴にあげたレモンが入っていた。蜂蜜もある。バターもある。醬油や塩、砂糖もある。

男子高校生の一人暮らしの割には整頓された冷蔵庫に大きく頷いて、包丁を手にした。まな板の上には、鶏の肝《きも》。肝の下処理なんてしたことないから、スマホで検索しながら、レバーと心臓を切り分けていった。

しかし、人の血を散々見た後に、今度はどうして鶏の血を見ないといけないんだろう。

沖晴の怪我は、出血量の割にたいしたことはなかった。傷口を縫うことすらしなかった。医師は「たいしたことなくてよかったね」と笑い、同行した瀬戸内先生も「とりあえずよかったよかった」と胸を撫で下ろした。そうですね、と微笑むのが、本当に大変だった。

タクシーで沖晴の家の近くまで行き、車が入れない道を歩いて帰った。祖母にそのことを連絡すると、食事も風呂も洗濯も大変だろうからと、一晩だけ京香が世話をしてやることにした。「私も行こうか？」と祖母は言ったけれど、あえて断った。

沖晴には、話さなければいけないことがある。

怪我をしたならと、祖母が先ほど鶏の肝を届けてくれた。「レバーペーストを作ろうと思ってたけど、ちょうどよかったよ」と。

レバーを水洗いして、塩をひとつまみ入れた水に漬ける。このまま二十分ほど置いておけばレバーの臭みが取れるらしい。

レバーを下処理する前に作っておいた野菜スープを器によそい、冷蔵庫に入れる。トマトにナスにアスパラガスと、目についた野菜を片っ端から入れた和風出汁《だし》のスープは、三十分もすれば美味しい冷製スープになる。昔、夏に母が作ってくれたメニューだ。

手が空いたので、居間に沖晴の様子を見に行った。暗い和室で、座椅子に座った沖晴はぼんやりとテレビを見ていた。病院を出たときはまだ日が落ちていなかったのに、あっという間に海の向こうに太陽が姿を消そうとしている。

「電気点けるよ」

紫色に染まった海を横目に、蛍光灯から伸びた紐を引っ張る。明かりの下で、頭や手を包帯でぐるぐる巻きにした沖晴の姿は痛々しかった。頬と手の甲には大きなガーゼが貼られて、指先には絆創膏が何枚もある。

「痛い?」

傷だらけの自分の両手を見下ろして、沖晴はふふっと笑った。

「痛いですけど、さっきほどじゃなくなってきました。明日には治るんじゃないかな」

そもそも、あの怪我はもっと重症だったはずなのだ。救急搬送の間に少しずつ治って、病院に着く頃にはたいした怪我ではなくなった。明日には傷一つ残っていないだろう。

「一日で治ったら周りがびっくりしちゃうから、嘘でも包帯は巻くんだからね？」

「はあい」

悪気が全くなさそうな顔に、京香は膝を折って畳に腰を下ろす。卓袱台に両手をついて、沖晴の方へ身を乗り出した。小さく息を吸って、眉に力を込める。

教師だった頃は、よくこうやって生徒を叱った。

「わざとだよね？」

「はい？」

「わざと、ガラスに頭から突っ込んだでしょ」

カズヤは沖晴を突き飛ばしたけれど、ガラス戸をぶち破ってしまうほどの力ではなかったはずなのだ。側で見ていたから、わかる。

笑みを浮かべたまま、沖晴は答えない。

「すぐ治るから、ちょっと怪我するくらい構わないと思った？」

詰問するような言い方になった。沖晴がわずかに、ほんのわずかに、戸惑ったような顔をした。目の奥が、京香の知らない色にゆらりと光った。

「だって、あの人、ああでもしないと折れてくれないかなって思ったから」

「周りで見てた生徒達はね、あのカズヤって子が沖晴君に大怪我させたって思ってる。カズヤって子も、自分が怪我をさせちゃったって、ショックを受けてると思う」

彼女を守りたいという正義感なのか、頼れる彼氏像をこじらせてしまったのか。痛々しくて幼い行動だったけれど、代償が大きすぎる。

「沖晴君が転んでガラスに突っ込んだって言い張っても、あれだけ目撃者がいたら、噂はすぐ広まる。沖晴君のことをいろんな人が悪く言うようになっちゃったみたいに」

下手したら、暴力事件として高校卒業後のあの子の進路も左右してしまうかもしれない。

「踊場さん、随分と藤原先輩の彼氏の心配をするんですね」

すーっと、沖晴の顔から笑みが引いた。濡れた土が、乾いていくみたいに。

「俺が他の生徒から悪く言われるのは何とも思わないけど、あの人のことは可哀想って思うんですか？」

沖晴の声が荒っぽく震える。まるで、乾燥しきった地面にヒビが走るようだった。

「誰もそんなこと言ってないじゃない」

「だって、さっきからあの人の心配ばかりしてるじゃないですか」

「だから、そうじゃないから」

「でも」

「違うって言ってるでしょ」

ぴしゃりと、沖晴の脳天に叩きつけるように言い放つ。自然と声が低くなっていた。

「沖晴君のことだって心配してるから、こうやって家まで来たの。いくら怪我がすぐ治るっていっても、痛覚はあるでしょ？　もし手足の腱《けん》を切ったら大変なことになるし、首の太い血管を切っちゃったら、下手したら死んじゃうかもしれないんだよ？　なのに……」

そこまで言って、この子に恐怖心がないことを思い出す。痛みに対する恐怖心がない。怪我はすぐに治る。大怪我をするくらい、彼は何とも思っていないのだ。

「なのに？」

長い長い沈黙の果てに、静かに、沖晴が聞いてくる。唇の端が微かに震えたように見えて、京香は言葉を失った。

「なのに、どうしてあんなことができたのかって、そう聞きたいんですか？　そんなの、怖いって気持ちがこれっぽっちも湧いてこないからに決まってるじゃないですか」

いつもの彼なら、ここで笑みの一つも浮かべるはずなのに。その気配すらない。上気した頬を痙攣させて、京香を見る。

テレビから笑い声が聞こえた。七時を回って、バラエティー番組が始まったみたいだ。

「踊場さんも、俺のことを気持ち悪いって思いますか?」

初めて聞く声だった。電気を点けても家の中がどこか薄暗くて、冷たくて、鬱蒼とした雰囲気だからだろうか。暗闇からひたひたと足音が近づいてくるような、そんな声だった。

「死神だって、思ってるんですか? 関わったら死んじゃうって思いますか? 近づきたくないって思いますか?」

たたみ掛けるようにそう言われて、息を吸うタイミングがわからなくなる。

「やっぱり踊場さんも、みんなと同じように、そう思いますか?」

彼の言う《みんな》には、学校で彼の陰口を言う生徒だけじゃなく、この街に来る前にどこかで一緒に過ごした誰かも含まれている気がした。京香の知らない誰か。沖晴のことを遠ざけて、もしかしたら家や学校や街から追い出したかもしれない、誰か。

「……貴方は死神なんじゃなくて、死神に感情を持っていかれたんでしょ」

「じゃあ、そんな俺をどう思いますか?」

京香をちらりと見て、沖晴は窓の外に視線をやった。目が充血している。赤く血走っている。目には何も異常はないと、病院で言われたのに。

違う。これは、怒っている人間の顔だ。

「沖晴君、熱出てる? 傷口からばい菌でも入ったかな」

彼の頬に手の甲を押し当てようと、腕を伸ばした。それが視界に入った途端、沖晴がぱっと身を引いて、包帯の巻かれた掌を振り上げた。乾いた音を立てて、京香の手をはたき落とす。熱の籠《こ》もった手から伝わってくるのも、やっぱり怒りだった。

「はぐらかさないではっきり言えよ！　他の連中みたいに気味が悪いって言えばいい！」

喉をずたずたに裂くように、沖晴が叫ぶ。怒鳴り慣れてない声が、古い家屋に染み込む。

中途半端な位置で動かせなくなった互いの掌を見つめながら、外から響いてくる虫の音を聞いた。次第に沈黙に耐えられなくなって、京香は立ち上がった。

「お水、汲んできてあげる。飲んでちょっと落ち着こ——」

「踊場さんに……」

京香の言葉を、また沖晴が遮る。手負いの獣みたいに、息が荒い。

「酷いことを言うからですよ。あのままだともっと酷いことをあの人は言うんじゃないかと思ったから、わざと、怪我をしました。こんな大事になるとは思いませんでした」

ゆっくりと、彼を振り返る。充血した目が、京香を見ていた。

「なのに、踊場さんが、俺のことを気持ち悪いって思うからだ」

俯いた沖晴が、京香の手を振り払った左手を、卓袱台の天板に打ちつける。甲高《かんだか》い音と共に古い卓袱台が揺れて、隅にあったテレビのリモコンがかたりと動いた。

苛立ちを物にぶつける。あまりに人間らしい衝動に、京香は呆然と沖晴を見下ろした。

「ああ……」

喉の奥から絞り出すみたいに、沖晴が嘆く。二度、三度と、卓袱台に拳を振り下ろす。

「なんだこれ」

赤らんだ目をあちこちに泳がせながら、沖晴は喉を震わせた。なんだこれ。わかんない。ごめんなさい。気持ち悪い。途切れ途切れに言葉を紡いで、絆創膏だらけの掌で胸を押さえる。

「……知らないです。こんなの知らないです」

擦《かす》れた声で必死に訴えてくる沖晴の傍《かたわ》らに、京香は屈み込んだ。

「沖晴君ね、多分、今、怒ってるんだよ」

薄々勘づいていたのか、彼は苦しそうに眉を寄せた。

「もしかして、また感情が戻ってきた？」

「わかんないです」

首を小さく横に振った沖晴の目が、京香に向く。充血が少し治まってきたみたいだった。

「ただずっと、胸が熱いです。踊場さんにお説教されて、ずっと熱いです」

「わかった、ごめん。沖晴君、私のためにあんなことしたんだね。なのに、あのカズヤって男の子の話ばかりしてお説教するから、怒ったんだ」

誰かのために行動したつもりが、その当人は攻撃してきた相手の方を気遣うなんて。どうして貴方を助けた俺を褒めてくれないんだと、彼は思ったのだ。本来なら胸を空虚な風が吹き抜けるはずだったのに、そこに、死神が気まぐれに《怒り》を返しに来た。

「ごめんね。庇《かば》ってくれてありがとう。お礼、先に言っておくべきだった」

「……別にいいです」

口をへの字にして唸《うな》った沖晴の顔は、とても幼い。目の前にいた男子高校生が、一気に小学生に戻ってしまったようだった。

怪我をした場所を避けて、沖晴の頭を撫でてやった。柔らかい髪をくしゃくしゃにすると、彼は大人しくされるがままでいた。

「ご飯、すぐにできるから。とにかくご飯食べよう。お腹空いてるとイライラするから」

突如戻ってきた怒りの感情を腹の底に押し込めて、沖晴はゆっくりと首を縦に振ってくれた。

「レバー、苦手です」

京香が作った鶏レバーのソテーをフォークで口に入れた瞬間、沖晴はそんなことを言った。伏し目がちに、ちょっとふて腐れた顔で。

「食感がぼそぼそしてて生理的に嫌いです」

「え、嘘」

「先に言ってよ。作る前にさ」

「食べるまでは平気だと思ってたんです」

包帯の巻かれた手で苦戦しながらもう一口レバーをかじって、沖晴はしかめっ面をした。

塩水につけてしっかり臭みをとって、輪切りにしたレモンと一緒にバターで炒めた。味付けは蜂蜜と醬油と塩コショウ。夏でも食べやすいさっぱりとした味付けにしたのに。

「あ、こっちは美味しい」

今度は野菜がたくさん入った冷製スープをスプーンで口に運んで、小さく微笑む。

「せっかく作ったんだから、頑張って食べてよ。鉄分多いから食べた方がいいよ」

一口大に切ったレバーを口に入れて、「ほら」と沖晴に目配せする。沖晴は渋々という顔でスプーンからフォークに持ち替えた。

けれど、すぐに取り落としてしまう。

「痛っ……」

右手に比べたら軽傷だった左手も、何かを握ろうとすると痛むみたいだ。もしかしたら、さっき卓袱台を殴ったせいもあるだろうか。

「レバーは嫌いって言ったり痛いって言ったり拗《す》ねて怒ったり、今日は手がかかるね」

座布団に座り直して、京香は箸で沖晴のレバーソテーを摘み上げた。

「ほら、口開ける」

じっとレバーを見つめてから、沖晴は大人しく口を開いた。レバーを放り込んで、ついでに白米も詰め込んでやる。

「……ご飯と一緒に食べても、やっぱり食感が嫌いです」

「ほれ、じゃあ次はスープと一緒にいきなさい」

「冷たい汁物とはますます合わない気がするんですけど」

「文句言わない」

嫌い、という割に、食べさせてやったら沖晴はレバーもスープもご飯も残さず食べた。食べ終わる頃には、いつも通りの笑顔もときどき見せるようになった。

「なんで《怒り》を取り戻したんだろうね」

風呂に入れない沖晴のために背中を濡れタオルで拭いてやりながら、そう聞いた。包帯と傷テープだらけの背中は見るからに痛々しいけれど、沖晴の口調は穏やかだった。

「怪我をしたから」

「私も、そんな気がするよ」

台風の日に海に落ちて《嫌悪》が戻ったなら——津波に呑まれたのと近い経験をしたのが理由だとしたら、大怪我をして血を流したために《怒り》が戻ってきたとも考えられる。被災に関連する何かをきっかけに、感情を取り戻していくとでもいうのだろうか。

「《怒り》を取り戻した代わりに、何がなくなったんだと思う？」

「傷の治りは早いから、身体能力か死期がわかる力のどちらかじゃないでしょうか。今更、どっちでもいいですけど」

「どっちでもいいの？」

「もう、いろんな部活に顔を出すこともないだろうし。みんな俺に近づかないだろうし。運動神経がよくても使いどころがないですよ」

「でも、合唱部の練習には来るんだよ？　沖晴君がいなくなったら、コンクールどころじゃなくなっちゃうから」

首回りを拭いてやると、沖晴はくすぐったそうに首を竦めて笑った。

「今日の踊場さん、先生みたいです」

「もともと先生だから。それに、いくら先生でもここまでお世話は焼かないと思うよ」

「じゃあ、母親ですか？」

「どうだろうね」

戯《たわむ》れに「そうだね」と返すこともできた。でも、母親のいない沖晴にそう言っていいのか、京香には判断できなかった。

「私ね、沖晴君に出会った当初は、笑ってばかりの不思議な子だなって思ってた」

前は自分で拭いて、とタオルを差し出すと、沖晴は何も言わず胸や腕を拭き始めた。

「喜び以外の感情がないって話を聞いて、ちょっと怖いなって思った。正直、気持ち悪い、とも思った」

沖晴の腕が止まる。強ばった指先が、タオルをぎゅっと握り締めた。

「でも、感情を取り戻したがってるんだってわかったし、少ない感情を使って頑張って生きてるのがわかったから、今はそうは思わないかな」

沖晴はしばらくそのままでいた。京香が奥の部屋にあったタンスからTシャツを持って来てやると、黙ってそれを着た。

「それはよかったです」

砂糖菓子みたいな甘くて柔らかい顔で笑って、沖晴は俯いた。

「冷蔵庫にピオーネが入ってたね。食べる?」

「食べます」

確かあれも祖母がお裾分けしたものだ。京香も昨夜食べた。甘くて美味しかった。

台所で冷蔵庫からピオーネを取り出して、せっかくだからとガラスの器に移しながら、ふと――赤の他人の高校生の家で何をやっているんだろう、と思ってしまった。

せっせと世話を焼いてやって、ご飯まで食べさせてやって、体まで拭いてやって。沖晴がいつか、すべての感情を取り戻して平和に生きていくことを、ぼんやり願っている。

爽やかな香りのする大粒のピオーネを指先で突いて、京香はふっと笑った。

無理を、しているわけじゃない。死ぬ前に少しでも誰かのためになることをしなきゃ、なんて思ってない。自分が短い人生で味わえなかった《母親としての何か》を急いで回収しているわけでもない。

死から生還した彼と一緒にいると、自分の死を忘れずにいられる。でも、恐怖や虚しさや寂しさを遠ざけることができる。

そうだ。ただ、自分が生きていることを全身で感じていたいだけだ。

第四話　死神は連れてくる。志津川沖晴は泣く。

海に向かって階段を下っているうちに、気づいたら額やうなじに大量の汗を掻いていた。何度も何度も手で拭って、その度にどうしてだか、生きてるんだな、と思う。踊場京香にないものを自分は持っているんだと、実感する。

暑ければ、汗を掻く。怪我をすれば血が出るし、痛い。お腹が空く。喉が渇く。そんな人間の抱える《当たり前》が自分にとって色濃いものに変わったのは、感情を取り戻すようになってからだった。

それまではただの現象でしかなかったものが、愛おしいものになった。世界はこんなに鮮明で刺激的だった。自分の体はこんなにもたくさんのものでできていて、生きていた。

石の階段を中腹まで下りていくと、小さな広場に出た。階段を延々と上ってきた人が休めるようにベンチが置かれ、沖晴が名前を知らない赤い花が植わっている。

綺麗な赤い花だなと思ったのに、何故か去年の夏にガラス戸に頭から突っ込んで大怪我をしたことを思い出してしまう。

あのときざっくりと切った右手を、沖晴はじっと見つめた。当時は怪我をしてもすぐに治ってしまう体だったから、掌には傷一つ残っていない。

あんな怪我をしたのは、津波に呑まれたとき以来だった。津波に流されながら瓦礫で手足を切った。掌や腕にどんなに食い込んでも、刺さっても、血が出ても、しがみついていないと死ぬと思った。

自分の血が黒い水と溶け合っていくのを見つめながら、このまま全身の血を失って死ぬんじゃないかと思った。怪我がすぐ治ればいいのに。そうしたら、意地でもこの板きれを離さないで、生きて家に帰るために踏ん張れるのに。

もっと──普通の人では考えられないくらい、自分に力があって、腕力や脚力が強かったら、この大きな流れに逆らって泳ぎ、どこか高い場所に這い上がることができるのに。

そんな奇跡は起きるわけがなくて、志津川沖晴は平凡なただの子供だった。

なのに、死神は自分を選んだ。

風が吹いてきた。こちらの頬を叩くような強めの風に、向日葵がふらりと沖晴を見た。

まるでこちらを見上げたみたいだった。

そうだ。そんなことを考えたら、また踊場京香に怒られる。

「怒ると先生みたいになるからなあ、踊場さん」

いや、もともと先生なんだけどさ。

ふふっと笑って、沖晴は再び石の階段を下った。

津波から生還したら家族が死んでいた。だから、彼等のことを一生忘れないでいたいと思った。自分に死が近い人がわかる力があったら、いろいろ楽だったのに、とも思った。

自分の願いがすべて叶っていることに気づいた頃には、側にいてほしいと思った人は、誰も側にいなかった。

◆　◆　◆

高校生のときに立ったステージに、まさか大人になって戻ってくるとは思わなかった。

照明が眩しい。真っ白な光が、ステージ上に立つ合唱部の六人と瀬戸内先生の姿を、ぼんやりと浮き上がらせる。

瀬戸内先生から合図が送られて、京香は鍵盤に指を置いた。ぴかぴかのグランドピアノに、少しだけ強ばった自分の顔が映り込んでいる。久々に着たかしこまったデザインのジャケットは、何だか重たい。おかしい、吹奏楽部の顧問をしていた頃は、年に何度もこうしてステージに立ったのに。まるで、高校生の自分に戻ったような緊張感だった。

指先が震えないか、一瞬だけ不安が過《よぎ》る。けれど、瀬戸内先生の指先が空気を切るのに合わせて、大きく息を吸った。全身の力を指先に集中させる。ぐん、と沈み込む鍵盤の感触と共に、体の深いところに音が染み入ってくる。

自分の弾く伴奏に、合唱部の歌声がふんわりとのる。出だしはいい感じだ。伸びやかで澄んでいて、人数は少ないけれど華がある。

何せ、この日のためにたくさん練習してきたのだから。部長の藤原さんも、お祖母さんが亡くなってからあまり日がたってないのに、誰よりも積極的に練習に参加した。その甲斐もあって、階段高校合唱部は八月の頭に行われた県大会で金賞を受賞し、支部大会に進んだ。「六人で頑張って活動している」と、地方紙の取材だって受けた。ささやかながら、記事の内容はネットニュースとしても配信された。

今日、このステージを無事終えて、もしまた金賞をもらえたら、次は全国大会だ。

一つ前に歌った学校は、総勢四十名の大所帯だった。階段高校の後に歌う学校も、同じ規模。各県の予選を勝ち抜いてきた学校ばかりが集まる支部大会は、そう甘くはない。

課題曲が終わり、自由曲が始まる。客席の静けさが、ピアノを弾いていると怖い。静寂が背中を刺してくる。六人の歌が、その背中を摩ってくれているみたいだった。

結果はどうであれ、六人が悔いのないよう歌い切れたら、それでいい。そう思いながら、慎重にピアノを弾いた。高校生の頑張りに、自分が失敗して水を差すことはしたくない。

自由曲が終わる。瀬戸内先生が客席に一礼して、拍手が湧く。次の学校がステージ袖に控えているから、急いで反対側の袖へと捌《は》ける。

「京香先生、どうでしたか？」

ステージ裏の通路を歩きながら、藤原さんが聞いてきた。

「ソロ、綺麗だったよ」

「本当ですか？」

藤原さんは嬉しそうに頬を紅潮させて、隣にいた同じパートの子に笑いかけた。

「金賞、取れるかな」

部員の一人が、誰へともなくそう言った。瀬戸内先生が「これぱっかりはわかんないねー」と苦笑いを浮かべる。

「でも、駄目なところなんて一個もなかったから、これで全国に行けなかったら、もうしょうがないよ」

藤原さんがそんな前向きで健やかなことを言って、他の部員達も、瀬戸内先生も「そうだね」なんて頷いた。

一人だけその波に乗らなかった沖晴のもとに、京香は歩み寄った。

「どうだった？」

ネクタイが苦しいのか、本番を終えてホッとしたのか、襟元を緩めながら沖晴が京香を見る。

「失敗しなくてよかったです。あと、県大会のときも思いましたけど、始まっちゃうと結構楽しいですよね」

「沖晴君、なんだかんだで歌が上手いからね。私も別に、そこは心配してなかったし」

「もうこれくらいしか取り柄がないですからね」

苦笑いを浮かべて、沖晴は立ち止まる。側に人がいないのを確認し、その場で軽く助走して――飛んだ。いつか、体育館でバレーボールをしていたときのように、右手を伸ばす。通路の天井は高かったが、これまでの彼だったら易々《やすやす》と届いたはずだ。ところが、ぎりぎりのところで指先は虚空《こくう》を掠める。

「これじゃあ、前みたいなスパイクは打てないですね」

一ヶ月と少し前。沖晴は《嫌悪》の感情と引き替えに瞬間記憶を失った。そのあと、《怒り》と引き替えに並外れた身体能力を失った。走る速さも人並みになったし、バレーボールをやらせても平々凡々の選手だろう。もう嵐の海に落ちたら命はない。

藤原さんの彼氏であるカズヤと揉めて大怪我を負ったことは瞬く間に学校中に広まって、沖晴はますます「やばい奴」になった。血まみれで笑いながらカズヤを殴った、自分の体から引き抜いたガラス片でカズヤに襲いかかった、なんて噂まで飛び交った。幸いだったのは、「カズヤが沖晴に大怪我をさせた」という話が、その陰に隠れたことだろう。

「来週から学校始まるけど、どうするの？」

沖晴は、夏休み前の二週間、まともに学校に通わなかった。朝登校したと思ったら昼前にふらりと家に帰ってきて、夕方になって合唱部の練習に参加したり。放課後にしか学校に行かなかったり。午後からの登校だったり。

運動神経抜群で、いろんな部活から助っ人を頼まれて、編入試験も満点で、いつもにこにこしている転校生——そんな漫画かアニメの登場人物みたいな生活はどこへやら。瞬間記憶を失った状態で受けた定期テストも酷い有様で、沖晴はすっかり成績不振に陥った。

「文化祭で合唱部の発表があるから、それには出ないと、藤原先輩に怒られます」

前を歩く藤原さんを見つめて、沖晴は答えた。藤原さんは沖晴が怪我をしたあと、カズヤと別れたらしい。彼女が変わらず沖晴のことを可愛がっているから、幸い合唱部には彼を死神と呼ぶ部員はいない。

「授業はどうするの、授業は。瞬間記憶がないんだから、ちゃんと授業受けないと」

「そりゃあ、そうなんですけど。クラスのみんなと喧嘩しちゃったら嫌じゃないですか。俺、今なら普通に喧嘩しちゃうから」

何を言われてもにこにこと受け流せた沖晴はもういない。腹の立つことを言われれば怒る。苛立って言葉が乱暴になる。手だって出してしまうかもしれない。何せ、彼は九年ぶりに《怒り》という感情を取り戻し、ただでさえその扱いに困っているというのに。

「みんな大変ですよね。毎日毎日、こんなにいろんなことを感じながら生活しなきゃいけないなんて」

通路を抜けてホールのロビーについた。出番を待つ学校の生徒達や、逆に出番を終えた学校が行き交い、ステージ裏とは打って変わって賑やかだった。

「それが普通なんだよ。沖晴君だって、九年前まではそうだったでしょ？」

「そうですけど、正直、もう鮮明に覚えてないっていうか、感情が五つも揃ってた頃が信じられないっていうか」

失った感情が戻ってきたらいいのに。そう言っていたのは自分自身だけれど、いざ取り戻したら、どう扱っていいかわからない。ならいっそ、《喜び》しか持ち合わせていない頃の方が楽だった。そんな本音が横顔から透けて見えるのも、彼の心根がぼんやりと伝わってくるのも、彼が感情を取り戻しつつあるからなのかもしれない。

結果発表があまりに呆気なく終わってしまって、「ああ、私はもう高校生じゃないんだ」と思い知った。客席の椅子にぼんやりと体を預けて、白く光るステージを見つめた。高校生の頃、この場所で沖晴や藤原さんと同じように、祈るようにして結果発表を待ったことがある。一分一秒が堪《たま》らなく長かった。

大人になってしまうと、そんなどきどきは随分と遠くに行ってしまうみたいだ。

階段高校は銀賞を受賞し、金賞を取った二つの高校が全国大会へ進むことが決まった。合唱部の夏はこれでおしまい。三年生である藤原さんは、文化祭が終われば引退となる。

でも、ステージ上で賞状を受け取った藤原さんを始め、合唱部の面々には意外と悲愴感《ひそうかん》はなかった。近くの席で敗れた高校の生徒が肩を震わせて泣いている。それに比べたら、こちらはあっけらかんとしたものだった。「うわあ、駄目だった！」「くやしー！」なんて言いながら、ちょっと悔しそうに、悲しそうにしながら、でも顔は笑っている。

全力でやり切って、もう自分達にこれ以上はないと思えるときは、案外悔しい涙や悲しい涙は出てこないものだ。むしろとてもすっきりして、胸が軽くて、自分の中に爽やかな青空が広がっていくような感覚がする。真っ白な雲が、天高く立ち上る気がする。

高校三年生の頃、合唱コンクールの全国大会で銅賞を受賞したときも、そうだった。母が死んだ直後だったけれど、それでも全力で一つのことをやり切った。もうこれ以上なんてないと思えた。だから悔しいなんて、悲しいなんて思わない。

私の余命はあと一年だけれど、そんな気分で人生を終えられたらいい。青空と入道雲に見下ろされながら、天から誰かが、何かが迎えにくるのを待てれば、それで充分だ。

ステージを下りてきた藤原さんと合流して、ホールの外で簡単なミーティングをして、電車で帰ることになった。合唱部は部員が六人しかいないからマイクロバスを借りることもせず、移動はもっぱら電車や市営バスなのだ。

せっかくだから、帰りにちょっと美味しいものでも食べていこうか。日が傾いて淡い色になった海を背に瀬戸内先生がそう言って、歓声が上がったときだった。

「——沖晴っ!」

そんな、知らない声が背後から聞こえたのは。凛とした、元気で小気味のいい声だった。

「沖晴は何食べたいの?」と藤原さんに聞かれて「何でもいいです」と言いかけた沖晴が、声に引っ張られるようにそちらを見る。

釣られて京香が振り返ると、一人の女の子がいた。

「よかった、見つかった」

ギンガムチェックのショートパンツからすらりと伸びた長い脚が、妙に印象的だった。

白いTシャツが陽の光を反射して眩しい。

長い黒髪を揺らして、彼女は沖晴に駆け寄ってくる。大人っぽい顔立ちをしているけれど、歳はきっと沖晴と変わらない。

沖晴は、彼女が誰だかピンときていない顔をしていた。首を捻りかけて、ふっと何かを思い出したように「あ」と声を上げる。

「……梓《あずさ》」

彼の口が呆《ほう》けたように動く。梓と呼ばれた少女の反応は正反対だった。

「あんた、今、一瞬わかんなかったでしょ。私のこと忘れてたでしょ。酷い！」

沖晴を指さして、少女は唇を尖《とが》らせる。でも、すぐに表情を変えた。懐かしくて大事なものを両手で掬《すく》い上げるみたいに、ふっと笑う。

「背、伸びたね。もう私より大きいじゃん」

沖晴が自分のつむじに手をやって「そっか」と呟く。そのやり取りから、空気感から、知り合いや友達なんかより、もっともっと近しい匂いがした。

こちらを振り返った藤原さん達が、両目を好奇心できらきらに光らせている。「彼女？彼女なの？」と色めき立った声が聞こえて、沖晴がほんの少し嫌そうな顔をした。

そしておもむろに、京香を見る。

「入谷《いりや》梓」

目の前の少女を指さして、そう言った。

「うちの隣に住んでた、幼馴染みです」

「はい、幼馴染みです」

笑顔で京香を見た梓は、「入谷梓です。突然すみません」と丁寧に頭を下げてきた。

幼馴染み。それは、つまり、彼女も九年前に北の大津波を経験しているということだ。

どうしてだろう。そう思うだけで、彼女の笑顔がとても張り詰めたものに見えてしまうのは。それはとても失礼で身勝手なことだとわかっているのに、それでも。

「どうしたの、突然」

沖晴の問いに、梓はポケットからスマホを取り出した。

「私も高校で合唱部に入ってるの。コンクールのニュースを見てたらこれが流れてきて」

階段高校合唱部が県大会を突破したときの記事だった。ネットニュースとして配信されたものが、彼女のもとへ届いたらしい。

「ほら、ここ、あんたも写真に写ってるじゃない。これ見て『あ！　沖晴だ！』って思って、来てみたの」

「ねえ、入谷さんは、今どこに住んでるの？」

言葉を選びながら、京香は聞いた。梓は、北のとある街の名前を出した。沖晴が以前、故郷だと話してくれた地名だった。

「一人で来たの？」

「はい。大阪に親戚がいるので、そこに遊びに行くついでに。学校も夏休み中ですし」

にこっと笑った梓に、京香は言葉を呑み込んだ。親戚の家に遊びに行くついでに沖晴に会いに来たんじゃなくて、沖晴に会うために親戚の家に来たんじゃないの、と聞きたかった。

だって、沖晴は高校生になった梓が誰だかわからなかった。梓も、ネットニュースの記事を頼りに遠く離れた土地で行われる合唱コンクールに来るなんて。

そんなの、ずっと——九年前、沖晴が家族を失って親戚に引き取られてから、連絡すら取り合ってなかったということじゃないか。

「志津川」

瀬戸内先生が沖晴を呼ぶ。

「お友達が来てるなら、志津川だけ別に帰るか？　今、みんなでケーキでも食べて帰ろうかって言ってたんだけど」

沖晴が、どうしてだか京香を見る。梓は梓で、「せっかくだからもう少し話そうよ」と沖晴に笑いかける。

でも、沖晴は彼女に対して、小さく首を振った。

「いや、一応、部活の途中だから」

そんな、万年遅刻魔とは思えない真面目なことを言い出す。

「え、嘘、遥々《はるばる》やって来た幼馴染みと挨拶しただけで帰るのっ？」

信じられない！　と梓が沖晴に詰め寄る。小さく溜め息をついて、京香は瀬戸内先生を見た。

「先生、私、沖晴君をちゃんと連れて帰りますから。先生はみんなと一緒にどうぞ」

梓が笑顔の下でほんの少し不満げな顔をしたけれど、見ないふりをした。わかってる。沖晴と二人で話がしたかったのに、どうしてこの先生なのか何だかよくわからない人がくっついてくるのと思うのも、わかる。

でも、どうしても、沖晴と彼女を二人きりにしてしまうのが、心配だった。

感情を取り戻しつつある彼が、何かの拍子に心が破裂して、いろんなものをあふれさせて、壊れてしまいそうで。

「仲、良かったんでしょ？」

梓がトイレに行った隙に聞くと、沖晴はテーブルに頬杖をついて唸った。

コンクール会場を出たときはもう五時を回っていたから、駅に向かう道すがらにあった喫茶店に入った。通してもらったテラス席は京香達以外おらず、川が目の前を流れていて涼しい。昼間の暑さが嘘だったように、上流から気持ちのいい風が吹いてくる。

「そりゃあ、小さい頃から一緒だったから」

「じゃあ、どうしてそんなに素っ気なくするの」

お冷やのグラスをぼんやりと見下ろして、沖晴は答える。

「何年も会ってなかったんですから、今更、昔みたいにできないですよ」

「そう？」

「だってさっきも、最初、誰かわからなかったし」

それに。

ぽつりと呟いた沖晴が、小さく溜め息をついた。

「俺のこと、最初に『おかしい』って言ったの、梓だった」

「そうなの？」

「親も死んじゃったのに、俺がずっとにこにこしてたから。俺の肩を摑んでぐわんぐわんして、『あんた、おかしいよ』って泣き叫んでた」

親戚でも、ただのクラスメイトでもなかったから、彼女は我慢できなかったのかもしれない。「ああ、志津川沖晴は家族を失って、壊れてしまったんだ」と、幼馴染みだからこそ納得することができなかった。

「だから、梓とは引っ越して以来、それきりです。なんで会いに来たんだろうと思って」

店員がアイスティーを三つ運んでくる。スライスされたオレンジが浮かぶ、甘酸っぱい香りのアイスティーだった。店の奥のトイレのドアが開き、梓が戻ってくる。「お待たせしました」と沖晴の隣に彼女が座ると、沖晴が居心地悪そうに身をよじって横にずれた。

「あ、美味しい、これ」

アイスティーを一口飲んで、梓はふふっと笑う。そして、さり気なく聞いてきた。

「踊場さんって、先生じゃないんですよね？　沖晴とはなんで仲いいんですか？」

ここまでの道中、彼女はずっと沖晴に今の生活について質問していた。ここにきて興味の対象が京香に移ったようだ。

「そんなに仲良く見える？」

「見えます」

にこやかに、でも、きっぱりと頷かれる。

自分が沖晴のいる合唱部のコーチであること、沖晴の家の目と鼻の先に住んでいて、家はカフェをやっていて、毎日朝ご飯を食べに来てくれる。そんな話を、アイスティーを半分ほど飲みながらした。ときどき、沖晴が相槌を打つ。そのたび、梓がちらちら彼を見た。京香と梓。沖晴の接し方には明らかに温度差があって、困った。沖晴が京香に何か言うたび、梓は不審そうな顔で瞬きをする。その視線を、沖晴が居心地悪く感じているのも、わかった。苛立ちにも似た戸惑いが、彼の目元に見え隠れする。

彼はもう、何があってもにこにこしている不思議な少年じゃない。嫌悪もすれば、怒りもする。突然現れた幼馴染みに対して、再会を喜ぶよりも煩わしいと感じてしまう道理も、なんとなく理解できる。

「ねえ沖晴、昔、日曜日によくうちの庭でバーベキューしたの覚えてる？　いつも最後に焼きそば作るんだよね、余った具材で」

手持ち無沙汰な様子でストローを弄《いじ》くり回しながら、梓がテラスの向こうに広がる川を見る。話題を探すように、沖晴を必死に自分の側に引き寄せるように、弾んだ声を上げた。

「覚えてるよ」

グラスから滴る雫《しずく》を指で掬い、沖晴が答える。彼は一口もアイスティーを飲んでいなかった。溶けた氷がアイスティーを薄め、グラスの中に透き通った二つの層を作っている。

「覚えてる」

「そっか、よかった。あれから別の場所に家を建てたんだけどね、今もたまにやるの。やっぱり最後は焼きそばなんだけどね」

それからも梓は、沖晴の地元の話をした。沖晴が通うことのなかった中学校、今彼女が通っている高校のこと。部活のこと。友人のこと。北の大津波で失われたものと、そこから伸びていく今と未来の話。沖晴のいない世界の話。

まるで、合唱部が文化祭で歌う、あの歌みたいだ。

梓にとっても、沖晴にとっても、九年前のことだ。乗り越えられるもの、乗り越えられないもの、受け入れられるもの、できないもの——そんなのたくさんあるだろうけど、同じ九年だ。

でも、沖晴の感情だけは、違う。彼の感情は、九年前のままだ。

「ねえ、梓」

初めて、沖晴から梓に話しかけた。その瞬間、彼のアイスティーのグラスの中で、氷がカランと音を立てた。溶けて丸くなった氷が、グラスの中を泳ぐ。

「どうして俺に会いに来たの」

氷をじっと見つめて、沖晴は梓に問いかけた。

「ニュースを見て、俺がもう頭のおかしい奴じゃなくなったって思ったから、だから会いにきたの？」

棘《とげ》のある言い方だった。沖晴も、わかっていてそういう言い方をしている。

「そうじゃない」

沖晴を正面から見据えて、梓が首を横に振る。長い髪がさらさらと左右に揺れた。

「確かにきっかけはニュースだったけど、沖晴が元気にしてるってわかって安心して、酷いこと言っちゃったから、ちゃんと謝りたいって思ったんだよ」

きっと、本当だろう。彼女の口振りとか表情からそれが伝わってくる。

「あのね、私がこっちに来る前にお父さんとお母さんが言ってた。沖晴がもし嫌じゃなければ、うちで一緒に暮らしてもいいって。私が中二のときに新しく家を建てて、やっと落ち着いて、でもその頃はもう沖晴がどこにいるのかわからなくなっちゃってたの。本当だよ？」

沖晴を引き取ったらしい親戚に連絡を取っても、「うちにはもういない」と言われた。親戚家族ぐるみで親しくしていたとはいえ、なかなか沖晴の足取りを掴むことはできず、親戚も沖晴の存在を隠匿《いんとく》しようとしているような、そんな雰囲気がした。

沖晴がどこにいるかわからないまま時は過ぎ、梓は合唱コンクールのネットニュースの片隅に沖晴の姿を見つけた。だから、会いに来た。

梓の話は切実だった。少しずつ暗くなる周囲と、人気《ひとけ》のないテラス席、大きくなっていく川のせせらぎ。梓の声が、そこを切り裂いていく。沖晴の心を逆撫でしてしまう。

「津波のあとに引っ越しちゃった子もいたけど、みんな戻ってきたの。帰ってくればみんないるよ。帰ってきてないのは、マキとタカちゃんと沖晴だけだよ」

一呼吸置いて、梓は続けた。

「生きてるのは、沖晴だけだよ」

その意味を、北の大津波を遠くから眺めているだけだった京香が嚙み締める間も与えず、沖晴が口を開く。

「俺の家族はいないけどね」

音もなく立ち上がった沖晴が、冷たい目で梓を見る。テラス席に洒落たオレンジ色の照明が灯《とも》ったせいで、沖晴の顔に濃い影が差した。

「俺、まだおかしいままだよ。今、学校にほとんど行ってないんだ。友達もいないし、クラスのみんなから死神って呼ばれてる。ときどき、もの凄く誰かを怒鳴りつけたくなったり、誰かを痛めつけたくなるときがある。今もそう」

あまりに冷徹な口振りに、梓が顔を強ばらせる。ふと、彼女の知る沖晴はどんな子なんだろうと思った。九年前、まだ八歳だった彼は、どういう子供だったのか。感情に振り回され、怒ったり戸惑ったりする子だったのか。穏やかで聞き分けのいい子だったのか。

「ケーキ」

今にも店を飛び出してしまいそうな沖晴を引き留めようとしたら、変に大きな声になってしまった。店内にも聞こえていたようで、店員がちらりとこちらを見る。

「このお店、ケーキが美味しいんだよ。フルーツがごろごろのったタルトがあってね、特にそれがオススメ。他にもいっぱい種類があるから、食べて行こう」

レジ横のショーケースに入ってるから、見に行こう、見に行こう。わざとらしく弾んだ声で言って、京香も立ち上がった。まるで、沖晴が席を立ったのもそのためだったかのように、彼の背中を押して店内へ誘う。

「バタークリームケーキも美味しいんだよねえ」

なんて言った京香を、沖晴がほんの少し、鬱陶《うっとう》しそうに見る。

「初めて来た喫茶店なのに、どうしてそんなことわかるんですか」

そう言った沖晴だったけれど、ショーケースに本当にフルーツタルトとバタークリームケーキがあって、目を丸くした。

大阪まで帰る梓を新幹線の改札まで送ると、彼女は伏し目がちにこちらを振り返り、沖晴の名を呼んだ。

「さっきは、いきなりごめん」

しゅんとした声で、でも沖晴の目を真っ直ぐ見て、梓は言った。

「でも、私もお父さんもお母さんも、同じ小学校だったみんなも、沖晴が帰ってくるのを待ってるから。その気になったら、戻って来なよ」

待ってるから。

何度も何度もそう言って、梓は改札をくぐった。煌々《こうこう》とした明かりの下を、エスカレーターに向かって歩いていった。

「俺達も帰りましょうか」

白いTシャツを着た後ろ姿が見えなくなってから、沖晴はのろのろと踵を返した。京香も、黙って後ろをついていった。

在来線の切符を買って、電車の時間まで余裕があったから駅弁を二つ買った。「穴子飯、食べられる?」と聞いたら、沖晴は意外と素直に頷いた。

階段町へ向かう電車に揺られながら、ボックス席で駅弁を食べた。無言というわけでもなく、沖晴も穴子飯の感想や、今日のコンクールの出来映えについて話してくれた。

「踊場さん、お酒飲むんですね」

売店で買った缶ビールを開けた京香に、沖晴が首を傾げる。まだ、どこか表情が硬い。

「大人だからね」

とはいえ、やっぱり生徒の前で飲むのはまずかったかな。なんて思って、今更失うものなんて何もないことを思い出す。

アルミ缶に口を寄せ、冷たいビールを一気に呷《あお》った。舌の根元に染み込むような苦味と引き替えに、喉を清涼感が走り抜けていく。

「うわ、美味しい」

シートに背中を預け、そのまま溜め息をつく。コンクール本番の伴奏も緊張したし、そのあとも梓の登場によってずっとハラハラしていたから、アルコールが美味しい。

「でも、やっぱり生徒の前で飲酒はNGだったかな」

ビールを半分ほど飲んで、《先生》の自分がしつこく顔を出す。沖晴が唇の端についた穴子のタレをぺろりと舐めて笑う。氷を削り取るような、どこか儚《はかな》い笑い方だった。

「今更、何言ってるんですか」

「そうだね」

ビールを空にして、駅弁を食べ終えて。それでも目的の駅まではまだ時間があった。他愛もない話をしているうちに、車内からは少しずつ人が減っていく。

「俺の家と梓の家、十メートルも離れてないんですよ」

あと三駅というところで、電車に揺られながら沖晴がそんな話を始めた。

「なのに、梓の家は全員無事で、俺の家は、俺以外みんな死んじゃった」

ここまで不自然なくらいに避けてきた、梓のこと、沖晴の故郷のこと、家族のこと、北の大津波のこと。

「俺と梓が通ってた小学校は、全校児童が五十人もいないような小さなところで、教室で授業を受けている最中に地震が起こりました。二日前にも大きな地震があったんですけど、あれとは比べものにならない揺れでした。黒板の上にあった時計が落ちて割れたのが、俺の席からはよく見えました。みんなで校庭に避難して、津波警報が聞こえたから、裏山に逃げようって先生達が言い始めたんです」

どう相槌を打てばいいのか、わからなかった。「うん」とか「そうなんだ」とか、絶対に言えなかった。

「そうこうしているうちに、正門から何台か車が走ってきました。尋常じゃない地震だったから、保護者が慌てて子供を迎えに来たんです。その中に、俺の両親もいました」

暗くなった窓の外と、煌々と明かりの灯った車内。夜になっても蒸し暑い外の空気と、冷房が効いて涼しい車内。自分の顔が映り込む窓ガラスを見つめて、沖晴は淡々と続けた。

喜んでいるわけでも、嫌悪しているわけでも、怒っているわけでもない顔で。

「踊場さん、俺ね、弟妹《きょうだい》ができるはずだったんです」

「……え？」

「大津波の年の夏に生まれるはずでした。母さんはその日病院に行っていて、父さんは仕事でした。揺れが収まったあと、父さんは急いで病院に母さんを迎えに行ったんです。そのあと、俺を迎えに来た。知ってますか？　あの当時、車で避難しようとした住人が大勢いて、道路が渋滞して、そこを津波が襲ったことで、たくさんの人が死んだんです」

そんな痛ましい話を、何度も何度もニュースやドキュメンタリー番組で見聞きした。そういえば教師になってから、「語り部」として当時のことを語り継ぐ活動をしている人を学校に呼んで、全校生徒で被災地の現状を聞いたこともあった。

「俺達も案の定、渋滞に巻き込まれて。父さんが『駄目だ、走って逃げよう』って言ったんです。俺は車の後部座席から飛び出して、父さんは助手席に回って、母さんを車から降ろそうとした——そこに、津波が来ました」

淡々と、何の感情も京香に見せることなく、沖晴は話した。

後続の車が突然、歪《いびつ》な音を上げて、うねるように沖晴に迫ってきた。組むのに失敗したパズルみたいだった。誰かの悲鳴と怒鳴り声が聞こえて、断末魔のようなクラクションの音が鳴り響いた。足下を、真っ黒な水が覆い尽くした。

両親は車を挟んで反対側にいたから、二人がどんな顔をしていたのかわからなかった。でも、父親が自分を呼ぶ声が、やや遅れて母親の声が聞こえて、逃げないと、と思った。思った瞬間には、沖晴はもう海の中にいた。

「いや、海じゃなかったな」

ふふっと笑って、沖晴が小さく小さく、首を横に振る。

「真っ黒で、臭くて、飛沫が顔にかかっただけで殺されるってわかる《何か》かな」

それからのことは、あまり覚えていない。真っ黒な《何か》から必死に顔を出して、息をして、自分を助けてくれる誰かを捜した。

目の前を人や車や家や、もともと何だったのかもわからない瓦礫の山が流れていった。あれに掴まれば助かるかもしれない、あれによじ登れば助かるかもしれない。もがいてももがいても体が思うように動かず、気がついたら腕や掌が血だらけだった。左手の人差し指に、鉄なのか木なのかわからない細長い棘が刺さっていた。

瓦礫と瓦礫の間で、沖晴は海に——《何か》に沈んだ。真っ暗だった。色も匂いも温度もなかった。

誰かが沖晴の肩を叩いた。まるで遊びに誘いに来た友達みたいに、軽やかに。

「それが、死神?」

最後の最後にそんなファンタジーな要素が飛び出してくるなんて、本当に、ふざけている。不謹慎だ。今の自分じゃなかったら、そう思っただろう。

「死神はさ、沖晴君に何て言ったの」

京香の問いに、沖晴は困った顔で首を傾げた。

「『生きたい?』って、聞いたんじゃないですかね。そりゃあ、『生きたい』って答えますよね。『お前以外の家族もみーんな死んじゃって、お前は一人でへらへら笑うだけの人間になって生きていくぞ』って言われてたら、どうしたかわからないけど」

それでも、『生きたい』って言えたかな。自分自身に問いかけるように、沖晴はもう一度首を小さく傾げた。

「気がついたら、沖に流されてました。屋根の破片みたいなのにしがみついて、気を失ってたんです。偶然、漁港から避難して津波を逃れた漁船が、俺を見つけてくれて、助けられました。漁師さん、最初に俺を見つけたときは、死んじゃったに違いないって思ったらしいです。海にいっぱい死体が流れてたから」

電車のスピードが緩み、駅に停車する。車輛《しゃりょう》の端にいた乗客が一人、下車していく。この車輛にいるのは、もう京香と沖晴だけだ。

「父さんと母さんは、車を降りた場所からそんなに離れてないところで見つかりました。ちゃんと二人……いや、三人一緒に。弟なのか妹なのかわからないまま、死んじゃいましたけど」

とても悲しい話をしているのに、お伽噺《とぎばなし》でも聞いているような気分になる。話している当人が《悲しい》と思っていないから、なのだろう。

でも、本来なら《悲しい》と思うはずの場所を乾いた風が吹き抜けていくのを、沖晴は今、感じているはずだ。

「だから、死神と取り引きして、よかったと思うんですよ」

長い長い沈黙の果てに、沖晴は呟いた。一駅間ほど話さないでいたから、「だから」という言葉が何に繋がるのか、一瞬わからなかった。

「まだ死にたくなかったし。でも、生き残ったら生き残ったで、悲しくて怖くて寂しくて、生きていられなかっただろうから。だから、感情を奪ってもらえてよかった、って」

車内にアナウンスが響く。階段町の最寄り駅の名が告げられ、沖晴は下車する準備を始めた。弁当のゴミをまとめて、鞄を膝の上に抱く。

「でも、人間って強いですよね。梓、自分は何も失わなくて運がよかったみたいな顔してますけど、死んじゃったマキっていうのは梓の親友で、タカちゃんっていうのはあいつがあの頃片思いしてたクラスメイトですよ」

故郷に戻ってきていないのは、マキとタカちゃんと沖晴だけ。生きているのは、沖晴だけ。梓の言葉を思い出して、京香はゆっくり、大きく息を吸った。体に酸素を取り込まないと、沖晴の話を聞いていられない。

「たった九年で……いや、もっと早く、悲しいことや辛いことを乗り越えちゃうんだ。前を向いちゃうんだ。俺が、悲しむことも怖がることも苦しむこともしないでいるうちに、別の世界を生きるようになってた。見ててイライラしますよね。俺、今、性格悪いから」

電車のスピードが緩み、駅のホームに停車する。言葉を交わすことなく、京香は沖晴と駅を出た。海沿いの道を、階段町まで歩いた。

街灯がぽつぽつと灯る暗い道は、普段より波の音が大きく聞こえた。

沖晴を家の前まで送って帰宅すると、祖母は食事も風呂も済ませてリビングでテレビを見ていた。

「ご飯、食べたんだろう？」

「電車の中で穴子飯」

キッチンの冷蔵庫からお茶を出して、一杯だけ飲んだ。冷たくて美味しかった。夜になったとはいえ階段を上っているうちに汗を掻いた。

「コンクール、どうだったの」

「全国には行けなかったけど、銀賞だったよ。みんな、やり切ったっていい顔してた」

「そう。そりゃあよかった」

テレビの方に顔を向けたまま、祖母は言った。

「疲れたでしょ。甘いものでも食べるかい？」

冷蔵庫にシュークリームがあるけど、と祖母が冷蔵庫を指さす。そういえば、中に馴染みのあるケーキ屋の箱が入っていた。

「いいよ、コンクールのあと、沖晴君とケーキ食べたから。甘いものはお腹いっぱい」

「じゃあ、明日の夜にでも食べようか」

「そうだね」

沖晴のこと、梓のことは、話さなかった。そのうち、祖母にも話した方がいいだろう。でも、今日はその気になれない。

梓のことだけじゃない。沖晴が北の大津波で家族を失ったこと、死神との取り引きのこと。祖母にはいつか話さないといけない。じゃないと、京香がいなくなったあと、彼を側で見ている人がいなくなってしまう。

「ねえ、お祖母ちゃん」

コップを洗って水切り台に置き、祖母のいるリビングに戻る。

「沖晴君のこと、どうして気にかけてあげてるの？」

「あんたが言うのかい？」

苦笑いを浮かべて、祖母が振り返る。「そうだけどさ」と笑い返すと、祖母はすーっと静かな目をした。目の奥に月明かりでも見えたような、そんな気がした。

「もちろん、岡中さん夫婦によろしく頼むって言われたのがきっかけだけどね。それに、人懐っこい素直な子だったから、こっちも世話を焼いていて気持ちがいいんだよ」

だけど。

ぽつりと呟いた祖母は、一呼吸、間を置いた。京香のことを、じっと見ていた。

「沖晴、あんたに似てるんだ。にこにこしてるのに、心のどこかでここじゃない別の世界を覗き込んでるみたいな子だから。だから世話を焼きたくなるんだよ。あんたの居場所はこっちでしょ、って」

何も言えなかった。祖母も、京香が何か言うことを期待していなかった。すぐにテレビに向き直り、始まったばかりの夜のニュース番組を見始めてしまった。

案外、自分が沖晴のことを構ってしまうのも、それが理由なのかもしれない。彼が自分に死神のことを打ち明けたのも、もしかしたら、そういうことなのかもしれない。

リビングを出て、風呂に入った。部屋に戻ったらどっと疲れてしまって、そのままロフトのはしごをよじ登った。ベッドにごろんと横になって、三角屋根の天井を見つめる。穴子飯を食べたはずなのに、口の中には夕方に食べたバタークリームケーキの味が蘇った。

偶然入った喫茶店なのに、どうしてフルーツタルトが美味しいと、バタークリームケーキが美味しいと知っているんだ。

沖晴は、そう言った。

「……初めてじゃないからだよう」

歌うように、天井に向かって呟く。

月に一回、京香は電車に乗ってあの街へ行く。駅から歩いて十分ほどのところにある、大学病院に。そこで診察を受けて、がんの進行に合わせて薬をもらう。幸運なことに、今のところ痛みもないし、日常生活に支障が出るような症状も、薬の副作用もない。

診察を受けた帰り、川辺の遊歩道を歩いて、あの喫茶店に寄る。特に理由があるわけじゃないけれど、たまたま最初に訪れたとき、ケーキが美味しいなと思ったから。

だから、フルーツタルトもバタークリームケーキも、知っている。瑞々《みずみず》しい果物を使った甘さ控えめのタルトと、濃厚なクリームが塗られたケーキ。涼しい川辺のテラス席で、よく一人で食べている。

それを沖晴が知ったら、彼はどんな顔をするだろう。

体を起こして、ベッドの側の天窓を開けた。夜の海風はだいぶ涼しくなってきた。蔦に覆われた屋根から、海を眺める。暗くなった階段町には、ぽつりぽつりとオレンジ色の明かりが灯っていた。その先に見える海は当然暗いけれど、港やフェリー乗り場には微かに明かりがあり、幹線道路では車のヘッドライトとテールライトが蠢《うごめ》いている。

そんな光景を、京香はしばらく眺めていた。

＊　＊　＊

秋晴れ、と言うには少し気温が高いけれど、文化祭日和のいい天気だった。校門をくぐって、京香は堪らず頰を緩めた。

文化祭当日を迎えた階段高校は、普段とは全く違う雰囲気の中にあった。正門から昇降口に向かって屋台が並んで、来場者や生徒達で通路があふれ返っている。お昼の時間も過ぎて、随分盛り上がってきたみたいだ。

音楽室への道中も賑やかだった。囲碁部が囲碁教室をやっていたり、美術部や写真部が作品展示をしていたり、階段や廊下の壁には色とりどりのポスターが貼られ、天井を大量の風船が覆っていた。

「あれ、早いんだね」

無人だと思っていた音楽室には、沖晴がいた。夏休みが明けてからも学校に行ったり行かなかったりが続いていた沖晴だったが、クラスメイトである野間さんがここのところ彼を気にかけてくれている。昨日も合唱部の練習後に、「志津川君もちゃんと係に入ってるから、ちょっとくらいおいでよ」と彼をクラス企画に誘っていた。

「二年五組、喫茶店やってるんでしょ？」

グランドピアノの椅子に腰掛けて文庫本を捲《めく》っていた沖晴は、「そうですよ」と本を閉じてピアノの蓋の上に置く。何気なく手に取ってタイトルを確認すると、夏目漱石の『夢《ゆめ》十夜《じゅうや》』だった。学校の図書室のラベルが貼ってある。

「接客と調理、どっちの担当だったの？」

「調理実習室でひたすら調理する係です」

「野間さんと一緒？」

「気を遣って、一緒の班になってくれたみたいで」

「なのに、サボってるわけ？」

沖晴は煩わしそうな顔で京香を見上げた。小言を言う母親を見る息子みたいな顔だ。こっちは心配して言ってるのに、と思わなくもないけれど、まあ、いい。

この子は、こういう顔をできるようになったのだから。

「野間さんが気にかけてくれるのはありがたいんですけど、やっぱり居心地悪かったから。俺がいなくても、別に何の問題もないみたいだったし」

沖晴が窓際へのろのろと歩いていく。ちょうどここからは屋台の様子が見える。ステージ発表が行われている体育館も、ゲーム大会が行われているグラウンドも見える。

そして、海も見える。

沖晴は何も言わずそれらを眺めていた。合唱コンクールの支部大会が終わってから——梓と再会したあの日から、彼はこんな風に黙って何かを見つめていることが増えた。カフェ・おどりばに朝ご飯を食べに来ても、合唱部で練習をしていても、一緒に登下校していても。今までと変わりない様子で話していたかと思ったら、ふと押し黙ってしまう。どこか、ここではない記憶の奥底に、深く深く沈み込むみたいに。

京香がピアノの椅子に腰掛けて『夢十夜』を流し読みしているうちに、合唱部の面々がやって来た。瀬戸内先生もやや遅れて音楽室に現れ、簡単な基礎練習と通し練習をして、体育館へ移動する。

三年生の藤原さんは今日のステージで引退だから、二週間前のコンクールのときと同じくらい張り切っていた。今日歌う曲は、彼女のソロもある。

体育館へ続く通路をスキップするように歩く彼女の後ろ姿から、京香は背後へと視線をやった。クラス企画をサボった沖晴に、野間さんが何やら話しかけている。「明日もおいでよ。私、ホットケーキを丸く焼くのが苦手みたいなの」と、野間さんが苦笑いしている。

演劇部の発表が終盤に入ったところだったから、体育館は静まりかえっていた。ステージ袖まで移動したところで、スマホにメッセージが二件届いているのに気づいた。

一通は祖母から、もう一通は、梓からだった。

支部大会の日、梓を新幹線の改札口まで見送った際、「帰ったら連絡をちょうだい」と、連絡先を交換した。彼女が大阪の親戚の家に着く頃には九時を過ぎてしまいそうだったし、直前の沖晴とのやり取りのこともあって心配だった。

あの日、京香が家に帰ると梓からお礼と謝罪のメッセージが送られてきた。彼女の沈んだ様子まで伝わってきて、思わず「沖晴が貴方と連絡を取りたいって言ったら、連絡先を伝えるから」と返した。

とりあえず梓からのメッセージを開いてみる。文面は意外と簡素だった。

〈今日、文化祭なんですね〉

あれ以来連絡はなかったのに、階段高校のことを、たまたま調べたんだろうか。それとも、コンクールの日に沖晴と仲良く別れていたら、遊びに来るつもりだったのだろうか。

〈そうだよ〉と返信すると、すぐに〈沖晴の様子はどうですか？〉と送られてくる。

〈これから合唱部の発表なの。あとで写真送ってあげるよ〉

可愛らしいタヌキのスタンプと共にそう返したら、ヒヨコが小さく会釈しているスタンプが届いた。

「踊場さん」

祖母からのメッセージを開こうと思ったら、背後から沖晴に呼ばれた。

「なあに？」

出番を控えた合唱部は、ステージ袖の暗がりでじっと待機している。演劇部の演目がクライマックスを迎えたようで、みんな身を乗り出すようにしてステージを注視していた。

沖晴は一人、隅の方にたたずんでいた。振り返った京香のことを、じっと見てくる。

怖い、と思った。

遠くの何かに思いを馳《は》せる彼の表情は見るからに脆《もろ》くて、《喜び》しか持ち合わせていなかった頃とは違う怖さがある。不思議でも不気味でもない。痛ましすぎる過去を背負った限りなく普通の男の子。だから、怖い。いとも簡単に壊れてしまうのが想像できるから。

「どうしたの？」

「支部大会の日から、ずっと考えてたんです」

歩み寄った京香の顔を見つめて、彼は薄く微笑んだ。

「どうして俺だったんだろうって」

沖晴の言葉に、京香は無意識に奥歯を噛んだ。余計なことを聞かなくても、彼の言おうとしていることを、理解できてしまう。

「あの津波で死んだ人、たくさんいるのに。死神はどうして俺を助けたんだろうって。俺、家族も死んじゃったし。もっと他に……助かったことを喜んでくれる家族がいる人とか、守らなきゃいけないものがある人とか、人の役に立つことができる人とか、そういう人をどうして助けなかったんだろうって。俺、生き延びても、特に何もしないで毎日適当に過ごしてるだけだし。それこそ、もっと復興の役に立てる人を助けたってよかったのに」

沖晴のその疑問は、どの感情に染まるべきものだったのだろう。彼は今、何を思いながらそんなことを京香に話したのだろう。

この子はもう、《喜び》しか感じない強い子じゃない。

「違うよ」

わかっているのに、腹の底から湧き上がってくる言葉を、京香は止められなかった。

「誰かが生きてるとか、死んじゃうとか、そういうのに理由なんてないの。偉いからとか、誰かの役に立つとか立たないとか、運命とか罰が当たるとか、そんなことは人の生き死にには関係ないんだよ」

だって、もし関係あるなら、私はどうして余命一年なの。

そう言いそうになって、慌てて飲み込んだ。拍手が聞こえてくる。演劇部の発表が終わったみたいだ。拍手が鳴り止まない。ステージ袖まで、空気の震えが伝わってくる。

「人は、特に理由もなく死ぬの。むしろ生きてる方が凄いんだよ。私達って、きっと、運よく、死んでないだけなんだよ」

だから、死ぬのは怖くない。人は理由なく死ぬのだから。普段の行いがいいとか悪いとか、社会に貢献するとかしないとか、愛する人がいるとかいないとか、愛されているとかいないとか、そんなことは死の理由にならない。

死神は、気まぐれに命を奪う。気まぐれに私の命を奪うし、気まぐれに沖晴を助けた。ただそれだけだ。それだけじゃないと、いけないんだ。

「踊場さん、どうして泣いてるの？」

沖晴の声に、戸惑いの色が滲《にじ》む。目を瞠《みは》って、「踊場さん」と京香の名前を繰り返す。

頰を涙が伝っていることに、やっと気づいた。

おかしい。

覚悟して、階段町に帰ってきたのに。「人は理由なく死ぬ」とわかっているのに、涙が出る。私はまだ死ぬのが怖いの？　そんな段階、とっくに通過したつもりだったのに。

「ごめん、何でもないよ」

慌てたら余計に怪しまれるだろうと思って、できるだけ冷静な声で言って、静かに静かに涙を拭った。幸い、涙はもう止まっていた。

アナウンスが聞こえる。ステージ袖にいた実行委員の生徒が、合唱部を誘導し始める。

「ほら、始まっちゃうよ」

何か言いたげな沖晴の肩を叩いて、京香もステージに出た。

グランドピアノの椅子に腰掛け、瀬戸内先生に目で合図を送って、鍵盤に指を置いた。

歌うのは三曲。まずは、合唱コンクールでも歌った二曲。惜しくも全国大会には進めなかったけれど、何ヶ月も練習した成果が歌声にしっかり表れていた。コンクールというプレッシャーがない分のびのびとしていて、聴いていて気持ちがいい。

その間、京香はできるだけ沖晴の方を見ないでいた。なんとなく、彼が京香に視線を寄こしているような、そんな気がしてしまったから。

二曲を無事歌い終え、最後の曲が始まる。あの歌だ。北の大津波から生まれた歌。大きな喪失を抱えた人々が、一歩一歩新しい生活を作りあげていく歌。それを、死者の目線で温かく見守る歌。やはりいい歌だ。歌詞も美しく、伴奏はどこか切ない。

歌に亀裂が走ったのは、二番が始まった直後だった。

バスパートのソロで、沖晴の声が聞こえてこなかった。

不自然な間に、ピアノの音だけが響く。歌詞を飛ばしたんだろうかと、他の部員が一斉に沖晴を見る。京香も同じように思って沖晴に視線をやった。

沖晴の両目から大粒の雫がいくつも——いくつもいくつもいくつも流れていた。

ソプラノとアルトが歌い出しても、沖晴の歌は聞こえない。曲は進む。どんどん進む。ときどき、喉の奥から絞り出すような沖晴の声が聞こえた。涙で湿った声は震えて、歌にならない。か細い声は、観客のざわめきに飲み込まれてしまう。

沖晴の涙は止まるどころか、曲が進むごとに増えていった。壊れた蛇口みたいに、止まる気配すらなく流れ続ける。誰よりも彼自身が、それに驚いていた。

あっという間に、曲は終わってしまう。ステージの幕が下り始める。何食わぬ様子で「合唱部の発表でした」なんてアナウンスが入る。

幕が下りきるまで、誰も何も言わなかった。幕がステージと観客を完全に隔てた瞬間、瀬戸内先生が沖晴の名前を呼んだ。

先生の声と同時に、京香は立ち上がった。ピアノの椅子が勢いよく倒れて、けたたましい音が鳴った。みんながこっちを見た。でも、沖晴に駆け寄った。彼の手を取って、下手《しもて》側の袖に走る。そこには実行委員の生徒が何人もいて、外へ続くドアを体当たりするようにして開けた。

九月中旬の、蒸し暑さの存分に残る体育館裏を、駆けた。

沖晴は何も言わなかった。彼の呼吸がどんどん震えていき、嗚咽《おえつ》に変わった。竹林沿いの人気《ひとけ》のない場所で立ち止まると、彼は空いている方の腕で両目を擦った。

擦っても擦っても、涙が止まらない。

《嫌悪》を取り戻したときとも、《怒り》を取り戻したときとも違う。彼は自分に何が起こったのかをはっきり理解していて、取り戻した感情に打ち拉《ひし》がれていた。

悲しみ。九年前も今も、一人の少年が背負うには大きすぎた、悲しみだ。

「ごめんなさい……」

腕で顔を隠して、沖晴が言う。しゃくり上げながら、何度も何度も謝る。何に対する謝罪なのかもわからないくらい、何度も。

「泣けばいいよ」

ゆっくり、沖晴に近づいた。互いの吐息が頬にかかりそうなくらい近くまで体を寄せて、思い切って彼の体に腕を回す。一瞬だけ体を強ばらせ、沖晴は京香の肩にしがみついた。

これが必要なんだと、自分は知っている。母が死んだとき、自分が余命一年だと知ったとき、そうだった。これがほしかった。

大切な何かを失った人に必要なのは、ただ寄り添ってくれる人だ。あらゆる感情を受け止めてくれる人。慰められたって何も戻ってこない。悲しみの量はかわらない。乗り越えるのも前を向くのも自分でやらなきゃいけない。

でも、そんなのすべて承知の上で、「貴方の《辛い》も《苦しい》も軽くできないけれど、貴方が何を言っても何を思っても、全部横で聞いているよ」と誰かに言ってもらえるだけで、どれだけ救われるか。

そんな存在がいないとわかっていたから、沖晴は感情を殺してしまったのかもしれない。

ああ、違う——死神が、奪って行ったに違いない。なんで返しに来たんだろうと考えて、合唱コンクールの日のことを思い出した。梓と再会して、京香に津波の日のことを詳しく話して聞かせて。あれからずっと、津波で失ったいろんなものについて、彼は思案していたんだろう。

被災に関連する何かをきっかけに、死神は律儀に感情を返しにくる。そうなのだとしたら、有り得るかもしれない。沖晴があの日のことを明確に思い出して、誰かに語って聞かせたから、返しにきた。

「今まで泣けなかったぶん、いくらでも泣けばいいよ」

そのまま、沖晴は声を上げて泣いた。子供みたいに大声で、泣き喚いた。

この慟哭《どうこく》は、きっと、九年前に響くはずだったんだ。沖晴の背中を撫でながら、そんなことを考えた。

肩が沖晴の涙ですっかり濡れてしまった頃、遠くで名前を呼ばれたような気がした。気にせず、頭上に広がる入道雲を見ていた。夏に散々見た、天高く積み上がる入道雲ではない。空に溶けていく途中のような、淡い入道雲。夏の終わりの入道雲というやつかもしれない。

もしかしたら、自分が人生で最後に見る入道雲かもしれない。

そう思った瞬間、再び名前を呼ばれた。

「京香！」

はっきりと、鮮明に。しかも、馴染みのある声に。

振り返ると、一人の若い男がいた。紺色のスラックスにワイシャツを着て、腕にジャケットを持って、険しい表情でこちらを見ている。

凜とした佇《たたず》まいやくっきりとした目鼻立ちは、京香のよく知るものだ。同じ大学の、同じサークルにいた同い年の男。大学卒業間近に付き合い始めて、そのうち結婚するだろうと思っていた相手。

「何やってんだよ」

憤《いきどお》り半分、呆れ半分。そんな声で彼は——赤坂冬馬《あかさかとうま》は、言った。

「実家に行ったら、ここで合唱部のコーチをやってるなんて言われるし。京香、故郷でのんびりゆっくり過ごすんじゃなかったのかよ」

先ほど、祖母からメッセージが届いていたことを思い出す。確認を後回しにしたことを、後悔した。あれはきっと、冬馬がカフェ・おどりばに来ているぞという内容だったのだ。

「なんで……」

京香が呟くと同時に、大きく洟を啜った沖晴が顔を上げ、冬馬を見る。

京香の元恋人を、赤くなった両目で、見つめた。

第五話　死神は弄ぶ。志津川沖晴は恐怖する。

踊場京香と出会ったのは、海に突き出た防波堤の先端だった。海の真ん中にたたずんでいるような気分になり、そこにいるといつか死神が迎えに来るような気がした。

でも、現れたのは彼女だった。

海を眺めながら目を閉じると、瓦礫と油まみれの海水が脳裏を過る。耳の奥で何かが蠢いて崩れていく音がする。人の声がする。人の命が消える音がする。

波はすべてを呑み込んで、海に帰っていった。あらゆるものを海へ引きずり込んだ。

京香と出会った場所にこうして腰を下ろし、穏やかな海を眺めていると、自分の記憶が紛《まが》いもののように感じられる。悪夢を見ていただけな気がしてしまう。あんなに恐ろしかったのに、怖かったのに、痛かったのに、悲しかったのに、不思議だ。

「この街、本当に階段と坂ばっかりだな」

背後から聞こえた声に、沖晴はゆっくり振り返った。喪服のジャケットを片手に、額の汗を拭いながら、その男は歩いてきた。

赤坂冬馬。踊場京香の恋人だった男。

「京香の苗字が《踊場》なの、なるほどなって思うよ」

沖晴から数メートル離れたところで立ち止まった冬馬は、心地のいい海風に目を閉じる。口元がうっすらと微笑む。

「何しに来たんですか？」

自分の声が、素っ気ない。貴方のことが嫌いです、という本音が見え隠れしている。

「お前の姿が見えなくなったから、まさか変なことを考えてやしないだろうかと心配をしてやったんだろうが」

腰に両手をやって、呆れたという顔で冬馬が眉を寄せる。

「カフェ・おどりばに行ったら、京香のお祖母さんに、ここにいるんじゃないかって教えられた。だからわざわざ来てやったんだよ」

「それはどうも」

「お前に何かあったら、京香が天国に行けないからな」

「心配いりませんよ」

足下で波が弾けて、軽やかな音が響いてくる。汐《しお》の香りが鼻先をくすぐる。抱えた向日葵の花びらを、親指の先で撫でた。

「結構、大丈夫ですから」

「大丈夫そうな人間ほど、実は大丈夫じゃないもんだ」

「悲しくなったら悲しむし、泣きたくなったら泣くんで、お構いなく」

「生意気言うなあ。あのときはびーびー泣いてたくせに」

事実だし、彼にも迷惑をかけた。そう思うのに、ムッとする自分を止められなかった。

「貴方に、踊場さんを取られちゃうような気がしたからですよ」

「知るか。ガキかよ」

「ガキですよ」

冬馬が現れたときの京香の顔は、今でも覚えている。悲しい顔をしていた。愛しいものが目の前に現れた目をしていた。

悲しさと愛しさが混ざり合ったその表情に、きっと、彼女はこの男が好きなんだと思った。離れて暮らしていようと、別れていようと、好きなんだと。

踊場京香は、自分にとっての唯一だった。何もかもを無条件で許してくれた、寄り添ってくれた、唯一の人だった。そんな彼女がどこかに行ってしまうのが耐えられなかった。

「大体さあ」

こつ、こつ、こつ。コンクリートを靴の踵で鳴らしながら、冬馬が近づいてくる。背後に立った彼が、真上から自分を見下ろしていた。

「お前、本当に死神なんて見たのか？」

顎をくいっと上げて、真下から冬馬を見上げる。

「なんでそれ、知ってるんですか？」

「あのあと京香がくれた手紙に、お前のことが詳しく書いてあった。お前が被災に関連した経験をすると感情が戻るとか、大真面目な考察つきで」

手紙なんて、あの人は書いていたのか。一体どんな思いで死神のことを綴ったのだろう。

「妄想だとでも言いたいんですか？」

「普通の大人はそう思う」

「踊場さんは信じてくれましたよ」

「あいつも変わってるよ。心に傷を負った子供の妄想を本気で信じたなんて」

今となっては、自分にもわからない。冬馬の言う通り、何もかも妄想だった可能性だってある。自分を守るために、この体は、脳は、心は、何かを歪めていたのかもしれない。

辛い思いをしないために自ら感情を捨てて。少しでも生きやすいように、居場所を作れるように、運動神経と記憶力が良くなって。他人の死期が見えるのだって、自分がそう信じていただけかもしれない。

でも、怪我がすぐ治る力だけは、《不思議》なままだ。京香もその目で見たのだから。

ああ、でも、京香すら沖晴の妄想に飲み込まれていたのだとしたら。津波で何もかも失った自分と、余命幾ばくもない京香。二人とも、おかしかったのかもしれない。

学校で大怪我をしたときも、傷が治ったことを隠すためにしばらく包帯を巻いて登校していた。実は、怪我は治ってなんかいなかったのだろうか。治っていると、自分と京香が信じていただけ。そう言われたら、もう何も言い返せない。

「……わかんないや」

呟いたら、背後で冬馬が不審そうに首を捻るのがわかった。向日葵までが、風に吹かれて首を傾げた。

◆　◆　◆

母が死んだとき、私はどうしたんだっけ。

薄暗い和室で膝を抱えながら、そんなことを考えた。意外と涙は出なかったのだ。これで母は痛みからも苦しみからも解放されたんだと、安堵した。

そんな自分を薄情かなと思った。思ったけれど、祖母が「あんたの感じ方に文句をつけようなんて思わないよ」と言うから、悲しんでいない自分をすんなり許すことができた。コンクールに出よう。そう思った。

沖晴の啜《すす》り泣きが途切れることなく響く部屋の中で、高校生の自分に想いを馳せた。

「沖晴君、お水飲んだら？」

お盆の上のコップを手に取って、目の前の布団に差し出す。膨らんだ掛け布団は、小刻みに震えるばかりで反応はなかった。

文化祭真っ最中の学校から沖晴を連れ出した。自分の家に向かう道中も、帰宅してからも、沖晴はずっと泣いていた。あまりに泣くものだから寝室に布団を敷いてやったのだけれど、布団を頭から被った沖晴は、やっぱり泣き止まなかった。

このまま、体中の水分を失って、干からびて死ぬまで泣き続けるんだろうか。

途切れ途切れに聞こえる嗚咽に、京香はコップをお盆に戻し、沖晴の背中を布団越しに撫でてやった。

彼はやっと悲しむことができたんだ。家族を失ったことも、故郷が津波に呑まれたことも、親戚をたらい回しにされたことも、誰かから心ない言葉をぶつけられたことも、悲しむときに悲しめなかったことも、やっと。

「沖晴君」

何と続けようとしたのか、名前を呼んだ瞬間にわからなくなる。

代わりに、玄関の戸が開く音がした。

「ちょっと待っててね」

きっと祖母だろう。そう思って部屋を出て、玄関に立っていた人物に京香はうなり声を上げた。暗くなった屋外から、秋の気配を感じさせる風が入り込んでくる。

「冬馬だったか」

仏頂面をした元恋人は、辛子色のホーロー鍋を両手で抱えていた。初めて来た街をどうして鍋を抱えて歩かなきゃいけないんだ、という顔だ。

「なんだよ、『だったか』って」

「いや、お祖母ちゃん、冬馬にお遣いを頼まなくてもいいのに、と思って」

体育館裏で久々に元恋人と再会した。沖晴は《悲しみ》を取り戻した。頭の中がやるべきことでいっぱいいっぱいになった。こういうときは優先順位をつけるに限る。一番から順番に片付けていこう。

そう思って、京香は冬馬をカフェ・おどりばに待機させた。「紅茶飲んで待ってて!」とちょっときつめの言い方をしてしまい、冬馬はあからさまに不満そうな顔をした。

「俺も変わったお祖母さんだなと思ったよ。よく知りもしない男に、紅茶を飲み終わったら炊き込みご飯を届けてくれ、っていきなり言ってくるから」

冬馬から鍋を受け取る。ずっしりと重い鍋に、二人分にしては多くないか？　と思って、ちらりと冬馬を見た。

「牛肉とキノコの炊き込みご飯だそうだ」

居心地悪そうに鍋を指さした冬馬が、溜め息を一つつく。

「俺も一緒に食って来いだって」

「やっぱり」

無意識に、視線が沖晴のいる和室に向いてしまった。冬馬は、それを見逃さなかった。

「正直、頼まれたときは、京香に鍋だけ渡してそのままホテルに帰ろうと思った。どうしてるか気になって、大阪出張のついでに来てみただけだったし」

京香と同じ方向を見つめた冬馬は、小さく、また溜め息をついた。

「なに、あの高校生」

妙に平坦な声で、聞いてくる。彼がこう話すときは、不快感を抱いているときだ。大学からの付き合いだから、よくわかる。

「だから、さっきも話した通り、手伝いをしてる合唱部の、部員」

「その合唱部の部員となんで体育館裏で抱き合ってるわけ」

やましいことなんて、何一つない。でも、説明するとなると堪らなく厄介だ。説明したところで冬馬が納得しないのはわかりきっているから、余計に。

「夕飯、お祖母さんの言う通り俺も食っていくわ」

呆れた、という顔で靴を脱いだ冬馬が、京香から鍋を奪う。あたりを見回して、廊下の先にある台所に向かっていった。

「いや、ちょっとそれは……」

「あれもこれもすぐに説明してくれるなら、さっさと帰るよ」

台所のテーブルにホーロー鍋を置いた冬馬の目が、一点を見つめて止まる。テーブルの端に置かれた、紅茶の缶だ。蛍光灯の明かりで鈍く光る、銀色のブリキ缶。

「これ、京香の家にもあったよな」

缶を手に取って、ぽつりと冬馬が呟く。彼の言う「京香の家」とは、東京で一人暮らしをしていた頃のマンションの一室のことだ。確かに、キッチンには必ずこの紅茶があった。

「何度も淹れてもらった記憶がある」

この紅茶はカフェ・おどりばで出しているものと同じだ。上京して以降、なくなるたびに祖母に送ってもらった。冬馬が手にしている紅茶も、祖母が沖晴にあげたものだ。

だから、やましいことなんて何もないのに。

「そうだよ。沖晴君も好きなんだよ、それ」

ヤカンに水を入れてコンロにかけた。せっかくだから、沖晴に紅茶でも淹れてやろう。冷蔵庫を開けたら、この間、祖母がお裾分けしたピクルスの瓶が入っていた。春菊とレタスもあったから、簡単な和え物も作れそうだ。

「いつもそうやって飯作ってやってんの？」

「たまにだよ」

本当に、たまにだ。祖母が沖晴を夕飯に招待することもあるし、今日のように夕飯のおかずを京香に届けさせることもある。お裾分けした食材をどう料理すればいいかわからないと沖晴が言えば、戯れに京香が手料理を振る舞ってやったりする。

「親、いないのか？」

「そう」

レタスと春菊を洗って、一口大に切って器に盛り、ごま油と塩と醤油をかけて混ぜる。お湯が沸く。古びた白いティーポットに茶葉を入れ、お湯を注ぐ。

「運ぶの手伝って」

ポットとカップを差し出すと、冬馬は唇をひん曲げたまま「どこに？」と聞いてきた。

「テレビのある畳部屋」と廊下を指さすと、左手にティーポットを、右手で器用にカップを三つ持って台所を出て行く。彼は学生時代にカフェでバイトしていたんだった。

居間と台所を冬馬と何度か往復して、三人分の夕飯の準備をした。廊下ですれ違うときに「箸どこ?」「水切り台の端!」「わかった」「赤いのが一応私のだから」と声を掛け合うのが、付き合っていた頃みたいで懐かしくなってしまう。

それほど大きくない居間の卓袱台は、紅茶と炊き込みご飯とピクルスと和え物を並べたらいっぱいになった。

「先、食べてていいよ」

何か言いたそうな冬馬を残し、京香は隣の部屋の襖を開けた。

沖晴は布団に起き上がり、片膝を抱えてこちらを見ていた。背後から視線を感じて、慌てて襖を閉める。部屋は真っ暗なのに、沖晴の両目からまだ涙が伝っているのがわかった。

「電気、点けないで」

蛍光灯の紐に手を伸ばしかけた京香に、沖晴が言う。泣き疲れて擦れた声は、まだ嗚咽が混じっている。

「多分、酷い顔をしてるから」

「だろうね。きっと、目も顔も真っ赤だよ」

手探りで水の入ったコップを探す。中身は空だった。自分でちゃんと飲んだんだと、胸を撫で下ろした。

「あの人、どうしているんですか？」

「お祖母ちゃんが、炊き込みご飯を届けてほしいって頼んだみたいでね」

沖晴には冬馬が何者なのか体育館裏で簡単に説明した。したけれど、見ず知らずの他人が家に上がり込んでいるこの状況は、不快に違いない。

「ご飯、食べられる？　紅茶も淹れたけど」

洟を啜って黙りこくった沖晴は、しばらくすると首を横に振った。

「こっちに持ってきてあげるから、ちょっとでもいいから食べなよ。沖晴君が気に入ってるピクルスも出したからさ」

また、首を振る。そのまま横になって布団を被ってしまう。

「わかった。じゃあ、沖晴君の分、取っておくから。食べたくなったら食べようね」

肩の辺りをぽんと叩いて、居間へ戻る。ホーロー鍋から炊き込みご飯をよそいながら、冬馬が口をへの字にしていた。「何だこの状況は」とでも言いたげだ。

「食べたくないってさ」

どうせ沈黙が気持ち悪くなるのだからと、テレビを点けた。七時を回って、夜のバラエティー番組が始まったところだった。一番騒がしそうな番組にチャンネルを合わせる。

「病院、行ってるのか？」

箸を持った冬馬が聞いてくる。シーッと唇に人差し指を持っていき、京香は声を潜めた。

「沖晴君、知らないから」

炊き込みご飯を一口だけ食べた冬馬が、案の定、これでもかというしかめっ面をする。

「何だよ、それ」

「別に、べらべら人に話すことでもないじゃない。病院はちゃんと行ってるし、薬も飲んでるし、意外と普通なの。痛いとか苦しいとかもない」

少し冷めてしまったが、祖母の作った炊き込みご飯は美味しかった。牛肉とキノコがごろごろと入っていて、お米にも味が染みている。

「ご飯も美味しいし、このままころっと逝《い》けないかなって思ってる」

ピクルスも、程よい浸かり具合だった。春菊とレタスの和え物も、急ごしらえだが美味しく仕上がっている。箸の進まない様子の冬馬を尻目に、ほいほいと口に運んでいった。

冬馬との別れは、唐突だった割にとても静かだった。余命宣告を受けたと伝えて、手術を受けないことも告げて、実家に帰ると言った。冬馬は、どれも納得しなかった。

余命一年だということに、納得しなかった。手術も、生きるための治療をしないことにも。階段町に戻ることにも。それじゃあ、もうどうしようもない。

「あのときは悪かった」

いつのことなのかは、聞かなくてもわかる。

「もう付き合ってもいないんだし、今更、京香の人生をどうこう言うつもりもない」

言葉を探している間の沈黙を咀嚼《そしゃく》で埋めるみたいに、冬馬は箸を動かす。食べ物が口に入っている間は絶対に喋らない。箸の持ち方も綺麗で、ときどき素っ気ない言葉遣いで話すくせに、どこか育ちの良さを感じる。赤坂冬馬は、学生時代からこういう人だった。

「それだけ、言おうと思って来た」

「ありがとう」

京香も炊き込みご飯を口に運んだ。何が楽しいのか、バラエティー番組からはゲラゲラと笑い声がずっと聞こえている。

その声に紛れて、かたん、と音がした。隣の部屋からだった。

「沖晴君？」

襖に向かって問いかけても、返事がない。でも、確かに、何かが蠢いている気配がする。

嫌な予感がした。とてもとても、嫌な予感が。

襖を開ける。居間から光が差し、真っ暗な和室に白い線が走る。

その先に、沖晴がいた。タンスの前に座り込んでいる。古く大きな和箪笥《わだんす》だ。きっと、前の住人の洋服が入ったままになっている。

真っ赤に腫れ上がっているに違いない瞼《まぶた》は、こちらに気づくことなく暗闇をぼんやりと見つめていた。光に照らされて、溶けて消えるんじゃないかと思った。

「沖晴……」

沖晴が、右手を振り上げた。彼の手の中で、何かが鈍く光った。

それが大きな裁ちばさみだと気づいて、京香は飛び上がった。

「――やめなさい！」

襖を開け放って、沖晴に摑みかかった。同時に、柔らかいものが裂ける音が聞こえた。

ぶちん、と歪で湿った音が。

一滴、二滴、三滴と、色褪せた畳の上に赤黒い染みができる。部屋の隅に、刃先に血のついた裁ちばさみが落ちている。

沖晴の左腕から、血が流れていく。彼の目から涙が伝うのと同じように、流れていく。

タンスに手を伸ばし、小さな引き出しからタオルを一枚取り出した。沖晴の腕を胸より高い位置に引っ張り上げて、傷口をタオルで押さえつける。

「救急箱！」

襖の向こうから呆然とこちらを覗き込んでいた冬馬に、怒鳴った。

「テレビ台の中に入ってるから！　出して！」

弾かれたように「お、おう」と返事をした冬馬がテレビに駆け寄る。茶色い救急箱を抱えて戻ってきた彼は、寝室の電気を点けてくれた。

救急箱の中にあったガーゼを取り出し、タオルの代わりに傷口に当てる。明るい中でちゃんと見た傷口は、思っていたほど深いものではなかった。冬馬が出してくれた新しいガーゼを患部に当てて、テープで固定し、念のため上から包帯を巻く。

「どうしてこんなことしたの」

きつめに包帯を巻きながら、聞いた。

「……確かめたかった。今度は、何がなくなったのか」

か細い声で、沖晴が答える。背後で冬馬が「は？」と眉を寄せたのがわかった。

「だからって、こんなことしなくたっていいじゃない。腕にだって太い血管があって、下手したら死んじゃうんだから。それくらいわかるでしょ？」

包帯の端をテープで固定してやる。沖晴は、奇妙なくらい静かな表情をしていた。

「俺のことなんて迎えに来なきゃよかったんだ」

唐突に、沖晴が呟く。力なく、でも、吐き捨てるように投げやりに。

「母さんがいた病院は高台に近かったんだ。俺は学校にいたんだし、俺のことなんて放っておいて、父さんと母さんと、弟だか妹だかと一緒に逃げればよかったんだ。きっとみんな助かった。死んだとしても、俺だけで済んだんだ」

そんなことを、ずっと考えていたんだろうか。この九年間、ずっとずっと。

「だから、もういいじゃんって思ったんだ」

頬と瞼を腫らして、壊れた蛇口のように涙を流す目で、腕に巻かれた包帯を見下ろす。

「もう、いっそ死んじゃってもいいかなって、思って――」

冬馬が、畳の上に救急箱を放り出した。包帯が、ガーゼが、消毒薬が、散乱する。

「おい、お前っ！」

冬馬が、沖晴に摑みかかる。はっきりと拳を作って、沖晴を殴りつけようとした。

「ちょっと待った！」

冬馬の右手に飛びつき、そのまま関節とは逆方向に体重をかけた。「いたたたたっ！」という悲鳴に力を緩めると、そのまま彼を居間へと引っ張っていった。

「京香！」

冬馬のジャケットと鞄を引っ摑み、彼の胸に押しつける。そのまま、玄関まで彼の体を押しやった。そうしないと、冬馬は沖晴を本当に殴る。きっと一度じゃ済まない。何度も殴る。喧嘩っ早い性格の男ではないとわかっている。わかっているけれど――。

私の前で「死んじゃってもいい」なんて言った男の子を、冬馬が許すわけがない。

「帰って、今日は帰って！」

靴下のまま三和土《たたき》に追いやられた冬馬は、肩で息をしたまま、小さく舌打ちをした。胸を何度も上下させて、京香のことを睨んだ。

「京香が、この街でどう過ごそうと、口出ししようなんて思ってない」

吐き捨てた冬馬に、静かに「うん」と相槌を打った。

「でも、京香にあんなことを言うガキと一緒にいることが、理解できないし、許せない」

靴を履き、玄関の戸を乱暴に開けた冬馬は、それ以上何も言わなかった。すっかり暗くなった階段町を、憤りを全身にまとって、歩いていった。

冬馬の姿が見えなくなるまで、京香は玄関に立っていた。


「治癒能力がなくなったんだと思う？」

炊き込みご飯で作ったおにぎりを頬張りながら、沖晴は首を傾げた。

「明日になったら、わかるんじゃないかな」

擦れた声で、もう一口おにぎりを口にする。自傷行為をしたことを申し訳ないと思っているのか、京香がおにぎりを寝室に運んでいくと、意外と素直に食べ始めた。冷めてしまった紅茶を大人しく飲み、ときどきピクルスを口に運ぶ。

「あの人、踊場さんの彼氏なんでしょ？」

「元彼ね。こっちに戻ってくるときに別れたから」

沖晴の布団の側に腰を下ろして、はっきりそう答えた。

「まだ好きなんですか？」

真っ赤に充血した目で、沖晴がこちらを見る。涙は、やっと止まったみたいだ。

「どうしてそう思うの？」

「夕飯の仕度をしてる声が聞こえたから。なんか、仲良さそうだった」

「まあ、結構長く付き合ってたから、息は合ってるよね、息は」

「あの人、踊場さんのことまだ好きそうだったし。踊場さんだって、嫌いになったわけじゃなかったんでしょ？」

好きだから、一緒にいる。嫌いだから、離れる。そんな簡単な選択だったら、どれだけ楽だっただろう。そんな幸運な別れ方をしていたら、冬馬だって出張のついでに階段町には来なかっただろう。

「まあね。でも、人生の目標が全然違っちゃったの。好きでも、人生設計が違うと一緒にいられないんだよ」

「そういうものなんですか」

「大人だからね」

もし、冬馬が京香の選択を受け入れてくれたとしても、別れていたような気がする。余命一年の恋人と最期まで過ごすなんて、そんなのは映画や小説の中だけで充分だ。現実世界で、そんな感動ドラマを好きな人に背負わせたいなんて思わない。

「そうなんですね」

どこか投げやりな様子で言った沖晴が、おにぎりを食べきる。空になった自分の手を見下ろして、自嘲気味にふふっと笑った。

「変だな。九年たってやっと、いろんなことを悲しいって思うようになって、泣けるようになったのに……普通に喉は渇くし、お腹は空くし、踊場さんの元彼のことが気になる」

変だな。ほんと、変だな。そう繰り返す沖晴が、壊れたおもちゃのように見えた。

「俺、感情が揃ってても揃ってなくても、もともとおかしかったのかな」

その横顔に、既視感があった。母が死んだとき、同じことを高校生の踊場京香も思った。

「違うよ」

包帯が巻かれた沖晴の左手を摑んで、首を横に振る。何度も何度も何度も振る。

「家族が死んじゃって悲しくて何もできなくなっちゃったり、ご飯が喉を通らなくなっちゃったり。そういうのは確かにあるし、もしかしたらほとんどの人はそうなのかもしれない。でも、そうじゃない人が酷いとか、おかしいとか、そういうことじゃないんだよ」

彼の掌に、そっと指を這わせる。優しく握り込むと、沖晴もそれに応えた。

「だって、その人が何かを失ったってことは、本当なんだから。そこに生まれる感情は、その人だけのものだよ。家族だろうと友達だろうと、変だとかおかしいとか、こうするべきだとか、そんなことを言う権利はない」

理解なんて、してくれなくて結構なんだ。慰めてほしいわけでも、救ってほしいわけでもない。ただ否定しないでくれれば。自分の感じたものをただ抱きしめるのを許してさえくれれば。

「沖晴君が九年間悲しまなかったのは、全然、悪いことでも何でもないんだから。悲しいって思ったときに悲しんで、泣きたいって思ったときに泣けばいいんだよ。そんな時間が一生来なかったとしても、それは別に悪いことじゃない」

沖晴の指先が震えて、彼は頷きながら洟を啜った。俯いた彼の目から、またぽたぽたと涙が落ちる。身を寄せると、沖晴が顔を押しつけてきた。

《喜び》だけで生きてきた九年間を、この子は許すことができたのだろうか。できることなら、私が死ぬまでの間に、どうか許してほしい。切実に、そう願った。

一緒に寝てほしいと、妙に甘えた声で沖晴に懇願された。京香が寝室に布団をもう一組敷いているうちに、彼は自分の布団で寝息を立て始めてしまった。

昼間からずっと泣きっぱなしだったから、流石に体力が尽きたんだろう。真っ赤に腫れた瞼を重たそうに閉じて、泥のように眠っていた。

沖晴の布団から十センチほど距離を空けて布団を敷き、台所で洗い物をして、洗面所で顔を洗って、布団に横になった。長く使われていなかった布団は湿ったような、ちょっと煙たいような匂いがした。

しばらく、沖晴の明日からのことや、追い出す形になってしまった冬馬のことを考えていた。でも、仰向けになって目を閉じているうちに、じんわりと眠気がやってくる。

とりあえず、明日考えよう。そう思って寝入ろうとしたときだった。

隣で衣擦れの音がして、布団が捲れる音がして、沖晴が起き上がったのが暗がりにわかった。トイレに行くでもなく、かといって何をするわけでもなく、ただ座っている。

京香のことを、じっと見ている。目を閉じているのに、向けられた視線を感じる。

どれくらいそうしていただろう。十分、いや二十分、沖晴はそのままでいた。

「どうしたの」

ゆっくり目を開けて、問いかける。驚いた様子はなく、小さく洟を啜る音が聞こえた。

「踊場さんが隣で寝てくれてて、安心してた」

先ほどより穏やかな声色で、沖晴が答える。

「ねえ、踊場さん、明日は、家に帰る？」

子供だった。声も、言葉遣いも、高校生の志津川沖晴のままなのに、まとった空気感が、完全に十歳くらいの子供の話し方だ。

「どうして、そんなこと聞くの」

「明日の夜、ここで一人で寝ないといけないのかな、って思って」

「嫌なの？」

「変だよね。今まで、全然平気だったのにさ。階段町に来る前なんて、よく知らない親戚の家で、物置小屋の二階で寝起きしてたのに。ご飯はいつも一階にぽんって置いてあって、それ食べて学校行って、帰ってきたらまた物置の二階で寝て。それで平気だったのにさ。もう、全然平気じゃないんだ」

京香が何も答えられずにいると、ははっと、また自嘲するような笑いが聞こえた。

「ごめんなさい。この話をしたら、踊場さんが可哀想に思って、明日も一緒にいてくれるんじゃないかって思った」

最低だよね、とでも言いたげな沖晴に、京香は彼の方へ寝返りを打った。

「わかった。明日も一緒に寝てあげるから」

「明後日《あさって》は？」

また、子供みたいなことを聞いてくる。

「明明後日《しあさって》は？」

きっと、彼の感情は、何もかも九年前のままなのだ。嫌悪も怒りも悲しみも、真っ新《まっさら》な子供のまま、高校生の沖晴の体に戻ってきた。

「ずっと一緒にいてくれる？」

そんな約束を突きつけることがどれほど残酷なのか、この子は知りもしない。

「ごめんね」

答えられずにいる京香に、また沖晴が謝ってくる。

「困らせること聞いて、ごめんなさい」

泣いているんだろうか。沖晴がまた洟を啜った。湿った音が暗い和室に響いて、京香は身じろいだ。布団の端に体を寄せて、掛け布団を捲る。

「ほら、こっちおいで」

布団をぽんぽんと叩いても、沖晴は何も言わなかった。

「とりあえず、今日は一緒に寝てあげるから。だから、ちゃんと寝ようね」

それでも沖晴は動かなかった。掛け布団を捲り上げてしばらくそのままでいると、ゆっくり彼が移動してくる。三回目の「ごめんなさい」を言って、沖晴は京香の布団に潜り込んできた。

「こういうこと、しちゃいけないって、わかってます」

「そうだね」

掛け布団を顔のあたりまでしっかり掛けてやると、沖晴は大きく息を吸って、吐いた。吐息が京香の鼻を掠めた。

「何もしないです」

今更のように、沖晴が言う。

「わかった」

目を閉じて、そこからはお互い何も言わなかった。

でも、何分たったのかすっかりわからなくなった頃、沖晴が布団の中で動いた。京香の鎖骨に頬ずりをするように、身を寄せてきた。

子犬を相手にする母犬みたいな気分になって、身構えることすらしなかった。肌に沖晴の息がかかってこそばゆいけれど、いつの間にかそれが心地よくなっていく。

沖晴が寝息を立て始めたのを確認して、彼の目元にそっと親指を這わせた。

深く寝入った彼の両目からは、雨が窓ガラスを伝うみたいに、涙がしとしとと、とめどなく流れていた。

＊　＊　＊

目を覚ましたら、隣に沖晴がいなかった。部屋の中に淡く朝日が差していて、カーテンが音もなく揺れていた。

カーテンを開けると庭に沖晴がいた。裸足で土の上に立ち、海を眺めている。大きな島が点々と浮かび、橋がそれらを繋ぐ狭い海を、じっと見つめていた。

何を考えて朝の海を見ようと思ったのか。彼の胸の内を想像しながら、京香は「おはよう」と声を掛けた。

「おはようございます」

振り返った沖晴の手には、昨日巻いてやった包帯が握り締められていた。

「傷、治ってませんでした。まだ全然痛いです」

「じゃあ、治癒能力ってやつがなくなっちゃったんだ」

「そうみたいです」

ガーゼを捲って肩を落とした沖晴が、ほどいた包帯を巻き直そうとする。片手じゃやりづらそうだったから、縁側に腰掛けて「やってあげる」と手を伸ばした。

素直に京香の前にやって来て左手を差し出した沖晴が、「昨日はごめんなさい」と謝ってくる。散々泣いたせいで、声が擦れたままだ。海風が家の周囲に生えた竹を揺らす音に、簡単に掻き消されてしまいそうだった。

「別にいいよ。約束通り、今日も泊まっていってあげるから」

念のためガーゼを捲り、傷口を確認した。まだ塞がっていない生々しい切り傷がそのままになっている。包帯をきつめに巻いてやると、沖晴は「痛いです」と抗議してきた。

「自分でやったんでしょ、我慢しなさい」

「そうなんですけど、痛いものは痛いじゃないですか」

そこまで言って、沖晴は黙り込んでしまう。京香が包帯をテープでしっかり留めてやると、吐息と聞き間違えそうな笑い声をこぼした。

「まあ、踊場さんになら、痛くされてもいいや」

「どうしてよ」

笑い返してしまう。「だってさ」と続ける沖晴に、胸の奥がヒヤリとした。

「昨日、踊場さんがあの人と帰っちゃうんじゃないかなって思ったんです。俺を一人にしてどこかに行っちゃうんじゃないかなって」

それ以上言わないで。そう言おうとしても、声が出ない。

「でも、一緒にいてくれたから。だから、踊場さんが……」

沖晴が、不自然に言葉を切った。彼の喉から隙間風のような音がした。

「おどりばさん？」

痙攣《けいれん》でもしたような沖晴の声に、顔を上げる。目を瞠った沖晴が、わけがわからないという顔でこっちを見ていた。赤く充血した目が困惑に揺らいで、息が震える。

「なんで？」

子供みたいに大きく首を傾げた沖晴に、恐る恐る「何が？」と問いかけた。

「どうして」

「だから、何がどうしたの？」

「おかしいよ、なんで、どうして……」

ずるずると、沖晴の左手が京香の手から離れていく。包帯を留めるテープに京香の指先が引っかかって、せっかく巻き直した包帯がほどけてしまう。

風に煽られた包帯の先が地面に触れた瞬間、沖晴が大きく息を吸った。

「どうして！」

縁側に座る京香を呆然と見つめて、沖晴は叫んだ。

「どうして、踊場さんの死期が見えるんですか……！」

死期。

確かに、彼はそう言った。

――どれくらい前から見えるかは人によってまちまちなんですけど、死が近い人の顔はぼやけて見えるんです。どんどんぼやけて、死ぬ直前は表情がほとんど見えなくなります。

以前、沖晴はそう話した。京香と祖母の死期は見えないから安心して、とも言った。

そうか、ついに、ついに私の顔は、ぼやけてしまったのか。

さっき、沖晴は何と言おうとしたのだろう。「だから、踊場さんが……」の続きは何だったのだろう。想像しながら発した声は、自分でもゾッとするほど冷静だった。

「そりゃあ、そうだよ」

どうせ、沖晴は知らなければいけない。京香に対して「ずっと」なんてものをねだるようになってしまった彼には、秘密にしておくことはできない。

「沖晴君、私ね、がんで余命一年って言われたの」

ほどけた包帯が、地面に落ちてしまう。沖晴が瞬きを繰り返す。そのたび、彼の中でぽきり、ぽきり、と何かが折れていく音が聞こえた。

「余命一年って言われたのも、もう随分前だから。私の死期が見えてもおかしくない」

果たして、死期が見え始めた人は、どれくらいで死ぬのだろう。沖晴の話だと人それぞれらしいが、いきなり来週死んでしまう、なんてこともあるのだろうか。

「この前、コンクールの後に、梓ちゃんとお茶したお店があったよね？　沖晴君、あのとき私に、初めて来た店なのにどうしてケーキが美味しいってわかるんだって聞いたでしょ？　あの喫茶店の近くの病院に、私、月に一回くらい行ってるの。がんの進行具合を診てもらってるの。その帰りにいつもあそこでお茶するから、だからあそこのケーキが美味しいって知ってるの」

沖晴の顔が青ざめていく。言葉を探して視線を泳がせるその姿は、可哀想だった。

「私の顔、どれくらいぼやけてるの？　死ぬ直前って、表情が全然わからないんでしょ？まだ、ちょっとは見えるの？」

自分の顔を指さして立て続けに質問しても、沖晴は答えなかった。

もっと優しく打ち明けてあげればよかっただろうか。頭を撫でながら、「今から悲しい話をするけれど、びっくりしないでね」と言えばよかっただろうか。

ああ、駄目だ。そっちの方がずっと残酷だ。

「なんですか、それ」

握り締められた沖晴の両手が、小刻みに震える。

「意味わかんない……意味わかんないよ」

「昨日言ったじゃない。人は特に理由もなく死ぬって。死神が沖晴君を助けたみたいに、私を選んだだけだよ。本当はもっと早く教えてあげられたらよかったんだけど、ごめんね」

彼が《悲しみ》を取り戻す前だったら、よかったのだろうか。もっと前——階段町に戻って来た日、防波堤で声を掛けなければよかったのかもしれない。沖晴はカフェ・おどりばにやって来る奇妙な高校生で、京香は実家に帰ってきた元高校教師。それだけで済んだのかもしれない。

本当にそう？　と疑問に思ってしまう自分も、ちゃんといるのだけれど。

「また、死んじゃうんだ」

耳を塞ぎたかった。

「踊場さんが大事だなって思ったんだ。なのに、死んじゃうんだ」

あっさりと先ほどの続きを口にした沖晴の右目から、小さな雫が一つ落ちる。彼はまた失う。九年前に両親と弟妹《きょうだい》を失ったように、今度は近所に暮らす合唱部のコーチの踊場京香を失う。

自分が《近所に暮らす合唱部のコーチ》程度の存在ではなくなっていることは、どんなにうぬぼれだと罵られようと、わかっている。私達、出会わなければよかったね。そんなセリフがふっと脳裏を掠めて、馬鹿言わないでと笑いに変わってしまう。べたべたな恋愛小説の一節みたいな甘ったるい言葉で、この感情を語らせないで、と。

そのときだった。

「待って……」

突然そう呟いた沖晴が、絶句して、その場に崩れ落ちた。土の庭に膝をついて、突いたらぼろぼろと崩落しそうな顔で、京香の名前を呼ぶ。何度も何度も呼ぶ。

「消えた」

震えた叫び声に、息を呑む。

「消えた、消えちゃった。踊場さんの死期が、消えた」

「え?」

首を傾げるのは、京香の番だった。

「消えたって、どういう……」

「怖い」

沖晴が瞬きをする。今度は両目から涙が筋を作った。小刻みに震えながら、彼は繰り返す。

「怖いよ、怖い」

あるはずがなかったもの。死神に持っていかれたはずの彼の感情の、最後の一つ。

「沖晴君、沖晴君、落ち着いて」

駆け寄って、彼の肩を摑む。

「消えたってどういうこと。私の死期、消えちゃったの?」

違う。これまで何度も経験してきた。《嫌悪》《怒り》《悲しみ》と三度、経験した。感情と引き替えに、沖晴は人間離れした能力を失ってきた。

昨日、彼は《悲しみ》を取り戻したばかりだというのに、こんなタイミングで《怖れ》が戻ってきたというのか。よりによって、今この瞬間に。

彼は、京香が大事だと言った。大事な人の死期を見て、その力を失って、《怖れ》を取り戻してしまうなんて。そんなことがあるか。そんな残酷ないたずらがあるか。

大体、沖晴は今、津波の話なんてしてなかったのに。被災に関することなんて何も起きていないのに。私の余命について話しただけなのに。

どうしてだ。今までの法則は、ルールは、何だったっていうんだ。

姿の見えない死神を怒鳴りつけたかった。ふざけるな、本当に、ふざけるな。

「なんでだよ……！」

泣きながら地面をがりがりと引っ搔いて、その手で涙を拭って、沖晴の頰が土で汚れる。

「なんで、どうして、どうしてこんなときに戻ってくるんだよっ！　いらないのに、返してほしくなんてなかったのに！」

彼の目が海へ向く。彼からたくさんのものを奪った海を、睨みつけた。

沖晴にとっての死神は、きっといつも、いつまでも、海なのだ。故郷の海とどれだけ姿が異なっても、ずっと、死神のままだ。

「大嫌いだ」

喉の奥から絞り出された声に、返す言葉を探した。三十年にも満たない人生だけれど、人生をかけて、探した。

「全部、大嫌いだ」

見つかるより先に、沖晴が吐き捨てた。自分の生きる世界のすべて、生きることそのもの、これからも生き続ける自分に降りかかる幸も不幸も……ありとあらゆるものを、「大嫌いだ」と呪った。

＊　＊　＊

「京香、聞いてるのかい？」

祖母の声にハッと顔を上げて、自宅のリビングでソファに座っていたことを思い出した。

「ごめん、なあに？」

キッチンの方を振り返ると、祖母が黄褐色《おうかっしょく》の梨の実を手の中でくるくると回していた。

「梨買ってきたけど、そのまま食べるのとコンポートにするの、どっちがいい？」

「ああ、うん……どっちでも」

そう言うと思ったという顔で、祖母は小さく肩を竦める。

「沖晴はどっちがいいって言うかね」

昨夜のように夕飯を彼に届けるつもりでいる祖母に、京香は唇を嚙んだ。

「あのね、お祖母ちゃん。沖晴君に、がんのこと話したの」

迷った末に、本当のことを話した。

「沖晴は、なんて？」

梨の実を見つめたまま、祖母は表情を変えなかった。

「ショックだったみたいで、しばらくそっとしておいた方がいいんじゃないかと」

今朝、「大嫌いだ」と叫んだ沖晴は、そのまま寝室に籠もってしまった。鍵のかからない部屋とはいえ、はっきりと拒絶されているのが伝わってきた。

「それでも、お腹は減るだろう？　ご飯くらい持っていってやらないと。私が行くからいいよ」

昨日、冬馬が階段町にやってきたこと。京香が沖晴を学校から連れ帰ったこと。沖晴の家に泊まったこと。帰ってきたきり、ずっとリビングで呆けていること。祖母は、どれについても言及してこない。

「やっぱり、悲しいんだよね」

何を、とは言っていないのに、祖母は「そりゃあね」と頷いた。

「泣かれちゃったよ。凄かった。このまま壊れるんじゃないかってくらい、泣かれた」

「そうだろうね」

梨の皮を包丁で剝きながら、祖母が頷く。

「そうだよね、悲しいよね」

「当然だよ」

「でも、私ががんだってわかったときも、余命宣告されたときも、お祖母ちゃんは泣かなかったから」

「あんたのお祖父《じい》ちゃんのときも、お母さんのときもそうだった。あんたが死んでからいっぱい泣くから。今は泣かないんだよ」

沖晴のことがなかったら、ここで泣き崩れるのは自分だったかもしれない。

母が死んだとき、祖母が泣いている姿を見ただろうか。あまり記憶にない。葬儀やら何やらで忙しくて、京香でさえそれどころじゃなかった。大体、葬式というのはおかしなものだ。一番悲しくて、一番辛いはずの家族や親族が、一番気丈に振る舞わないといけない。

京香のいないところで、祖母はこっそり泣いていたんだろうか。

「ときどき、怖いんだか悲しいんだか、わかんないときがあるんだよね」

京香が泣かなかったから、こっそりとじゃないと泣けなかったんだろうか。

「昨日もさ、文化祭の本番直前に、沖晴君の前で泣いちゃってさ。やっぱり死ぬのが怖いんだろうなって思った。でも、こうやって家で過ごしてると、死ぬのが怖いわけでも悲しいわけでもない気がして、何の涙か結局わかんないなって」

梨を切る音がする。水分を多く含んだ梨の実が、しゃりしゃりと切り分けられていく。

「悲しくなったら悲しめばいいし、怖くなったらそのとき怖がればいい。そうじゃないときは、楽しくやってればいいよ」

そうだ。母が死んだときも、祖母はこんな風に言ったんだった。

「そうだね。そうするよ」

ソファからひょいと下りて、台所へ小走りで駆けていく。梨を切る祖母の手を覗き込んで、「コンポートがいい」と言った。

「準備、手伝う。何すればいい？」

夕飯はシチューだった。祖母を手伝って秋鮭やカボチャやしめじや玉ねぎを片っ端から切って煮込んでいるうちに、窓の外が紫色になっていた。秋らしい具材のたくさん入ったホワイトシチューができあがる頃には、梨のコンポートも完成した。冷蔵庫から冷えたコンポートを取り出すと、蜂蜜のいい香りがした。

「沖晴に届けてくるから、二人分よそっておいて」

シチューを小鍋に、梨のコンポートをガラス容器に入れた祖母が勝手口から出て行く。大鍋にたっぷり作られたシチューを皿によそい、バゲットを厚めに切って、テーブルに運ぶ。五分ほどテレビをぼんやりと眺めていると、祖母が帰ってきた。

「いなかった」

手には、昨日の辛子色のホーロー鍋があった。

「え？」

「いないんだよ、沖晴。家は真っ暗だし。とりあえず玄関にシチューとコンポートを置いてきたんだけど」

これ、と祖母がホーロー鍋を見せてくる。

「行くときは気づかなかったけど、戻ってきたら店の入り口にこれが置いてあった」

鍋がテーブルに置かれた瞬間、ずしんと重い音が響く。とても不吉な音に聞こえた。大嫌いだ。そう言った沖晴の顔を思い出して、京香は勢いよく立ち上がった。

「ちょっと、そのへんを捜してくる」

「私も行くよ」

シチューを鍋に戻しながらそう言った祖母に、首を横に振った。

「お祖母ちゃん、沖晴君の家にいて。もし沖晴君が帰ってきたら、連絡ちょうだい」

玄関で歩きやすい踵の低い靴を履き、家を飛び出した。外は暗く、空気がひんやりとしていた。古びた街灯の立ち並ぶ階段を、海に向かって駆け下りる。途中、小さな広場に出た。階段を上ってきた人が休めるよう、ベンチが置かれている。萎れかけた赤い花が夜風に揺れている。

見える範囲の階段にも、坂道にも、沖晴の姿はなかった。

日曜はフェリーが終わるのが早い。最終便が出発してしまったフェリー乗り場はひっそりとしていた。海辺の石畳の道も、すれ違う人はいなかった。

「……いない」

沖に向かって突きだした防波堤に、彼はいるんじゃないかと思ったのに。初めて出会った場所に、沖晴の姿はなかった。スマホを確認しても、祖母から連絡はない。

彼のことは、結構知っている。なのに、行きそうな場所の心当たりがほとんどない。まさか学校じゃないだろうし、家にいないなら、どこに行くというのだろう。

昨夜、腕に裁ちばさみを振り下ろした彼を思い出して、背筋が寒くなる。まさか、彼が自分より先に命を落とすなんてこと、ないはずだ。そんなことが、あっていいわけがない。

線路沿いの幹線道路に出て、ひとまず階段町に向かって歩いていたときだった。

こうなったら警察だ。警察に通報して、捜索してもらうしかない。そう決心した京香の背後から、クラクションが鳴り響いた。

振り返ると、一台の乗用車が道の端に停まった。

「やっぱり、京香だった」

慌てた様子で運転席から降りてきたのは、冬馬だった。

「なんで……」

言いかけて、息を呑む。彼が助手席から引っ張り出したのは、沖晴だった。

「沖晴君！」

駆け寄って、堪らず彼の左腕を摑んだ。無造作に巻かれた包帯は土に汚れたままだ。

「どうしたの？　なんで冬馬が沖晴君と一緒にいるの」

苦々しげに沖晴を睨《にら》みつけて、冬馬は溜め息をついた。道路沿いの街灯が彼の体に影を作って、そこから怒りが滲んでくる。

「会社の車で大阪まで戻ろうとしてたら、拾った」

沖晴を顎でしゃくり、吐き捨てるように言う。

「北の方に自分の故郷があるから、そこまで行くとか言ってた。もう新幹線も間に合わないから帰れって言ってるのに、歩いてでも行くって聞かないから、無理矢理乗せてきた」

沖晴は俯《うつむ》いたままだった。どんな表情でいるのか、見ることもできない。怒っているのか泣いているのかもわからない。

「ありがとう。冬馬が見つけてくれてよかった」

「やっぱりこいつ、黙って家出してきたんだな」

溜め息に、今度は舌打ちが交ざる。そのまま「ほら」と沖晴の背中を小突いた。

「勝手して心配かけたんだから、まずはごめんなさいするもんだろ」

少しだけよろめいた沖晴は、やっぱり何も言ってこなかった。

「帰ろうとしてたって、本当?」

沖晴は答えない。

「もしかして、梓ちゃんのところに行こうとしたの?」

不思議と、確信があった。家もない、家族もいない故郷に今の沖晴が帰ろうとする理由は、きっと――。

「この前、言ってたから」

か細い声で、沖晴が言う。

「一緒に暮らしてもいい、って」

「だから、歩いてでも行こうとしたの?」

子供みたいに、沖晴は大きく頷いた。ここから故郷まで歩いて行くだなんて、一体、何日かかるだろう。そんなことも、この子は考えられなかったのだろうか。

「どこだっていいんだ。物置小屋で寝ろって言われてもいい。ただ、ずっと一緒にいてくれる人のところに、行きたい」

行きたかったではなく、行きたい。震える声で、彼は確かに言った。

「踊場さんに一緒にいてほしかった。でも、いなくなっちゃうなら、これ以上一緒にいたくない。だから、誰でもいいから、一緒にいてくれる人がほしかった」

そんなとき、自分を追いかけてきてくれた幼馴染みを、身勝手に思い出したんだろう。

あのときは素っ気なくしたのに、自分が寂しくなったら縋《すが》ろうとするなんて、本当に勝手だ。そういう人として汚い部分を、彼は感情と一緒に取り戻したんだろう。

「京香」

燃え上がるような何かを抱えた声で、冬馬が京香を呼ぶ。

「こいつに話したのか」

何を、とは冬馬は言わなかった。きっと、あえて口にしなかった。

「今日の朝、いろいろあってね」

「悪い。なら、もう限界だ」

そう言って、昨夜のように冬馬は沖晴の胸ぐらを摑んだ。京香が動くよりも早く、沖晴の頰を拳で殴りつける。

沖晴の体は力なく吹き飛び、歩道の端のフェンスに背中からぶつかって、倒れ込んだ。フェンスに絡みついた蔦植物が千切れて、沖晴の胸に葉が数枚落ちた。

「いい加減にしろ！」

腹の底から沖晴を怒鳴りつけて、冬馬は京香を指さした。人を指さすのは失礼だ、とよく言っていた彼が、堪えきれない様子で京香に人差し指を向けた。

「いいかっ、京香の命は、あとちょっとしかないんだよ！　外を好きに歩けるのも好きなものを食べられるのも、本当に、今だけなんだよ。京香の時間は、お前のお守りをするためにあるんじゃないんだよ！」

不機嫌になると、すぐに態度に出る人だった。でも、怒鳴るような人ではなかった。もちろん、手を上げるような人でもなかった。その冬馬が、沖晴を殴って、怒鳴りつけている。

「考えろよ。お前はもう京香の余命を知ってるんだから、それくらい頭使って考えろよ。平気な振りの一つもしてみせろよ。嘘でもいいから心配掛けないように元気に振る舞ってみせろよ。お前は、京香より長く生きられるんだから。いくらでも時間があるんだから！悲しい顔なんてあとでいくらでもできるんだから！」

止めに入らないと。そう思うのに、自然と冬馬の言葉に聞き入ってしまう。乳がんを打ち明けたときも、余命を伝えたときも、彼はこんな風に叫びはしなかった。胸の内をぶちまけるようなことはしなかった。

きっと、しないでいてくれた。

フェンスが錆び付いた音を立てて揺れる。沖晴が、ゆっくりと立ち上がって京香を見た。

「沖晴君……」

初めて見る顔だった。喜びでも嫌悪でも怒りでも悲しみでも怖れでもない。どれでもあって、どれでもない。複雑で、不安定で、本人ですら区別がつかないだろう。自分の気持ちが何なのか、どう感じればいいのか、自分でもわからないくらいに。

また、フェンスが揺れる。沖晴が胸と肩を上下させる。過呼吸でも起こしたみたいに、浅い呼吸を小刻みに繰り返す。まるでこの世界に溺れているみたいだった。

「沖晴君、大丈夫？」

顔を覗き込んだら、身を引かれた。歪んだ口で呼吸しながら、彼は一度だけ頷いた。

「迷惑かけて、すみませんでした」

洟を啜りながら、京香と冬馬に頭を下げてくる。手の甲で鼻を拭って、もう一度「すみませんでした」と謝罪してくる。

冬馬はふんと鼻を鳴らし、車へ戻る。京香に向かって「じゃあな」とだけ言って。

運転席のドアに手をかけて、彼はふと目の前にそびえる階段町を見上げた。階段と坂ばかりの、山肌に階段が積み上がるように作られた京香の故郷を。

「不思議な街だな」

呟いて、ドアを開ける。

「次にここに来るのは、京香の葬式のときだ」

半分は京香に、もう半分は、きっと自分自身に。寂しそうに冬馬は言って、運転席に乗り込んだ。車は静かに走り出し、真っ赤なテールランプはあっという間に見えなくなった。

次は、葬式で。ある意味、これが永遠の別れだ。別れの言葉だ。なんて寂しい捨て台詞を吐いていくんだと、道の先に向かって文句を言いたくなった。「待って」と、「行かないで」と、今なら叫べたんじゃないかと、一瞬だけ考えてしまう。

「踊場さん、悲しい顔してる」

自分の方がずっと悲しい顔をしているくせに、沖晴がそんな風に言ってくる。

「もっと、あの人と一緒にいたかった？」

沖晴は表情を切り裂くようにして笑った。《喜び》しか持っていなかった頃の純粋無垢な笑みではなく、混沌とした感情に笑顔で蓋《ふた》をするような、そんな笑い方だ。

「まだお互いに好きなら、最期まで一緒にいればいいのに」

「いいの。お互い辛いじゃない、そんなの」

べたべたな悲劇を描いた恋愛小説みたいなことを言った自分に顔を顰《しか》め、階段町へ続く道を指さした。

「ほら、帰ろう。沖晴君の家にお祖母ちゃんがいるはずだから。ご飯もあるよ。鮭とカボチャが入ったシチューと、梨のコンポート」

沖晴の腕を摑んだ。でも、横断歩道を渡っている間に、さり気なく振り払われた。

彼は穏やかな顔をしていた。「夜になると涼しいですね」なんて言いながら、階段を、坂道を、淡々と上っていく。その姿がとてつもなく心配で、怖かった。

《喜び》しか感じない不思議な力を持った男の子は、平凡な、普通の高校生になった。笑う、怒る、泣くを、当たり前にできる子に。年相応に脆くて傷つきやすい男の子に。

この子がどこかに行ってしまう気がした。今日は冬馬がいたから大丈夫だった。でも次は、誰の手にも届かないところに行ってしまうかもしれない。

「昨日、約束したよね。今日も泊まってあげるから、一緒に梨のコンポート食べよう。お祖母ちゃんが作ってるところ見てたけど、すごく美味しそうだった」

ベンチのある広場に出た。端に植えられた赤い花を見下ろし、京香は声を弾ませた。

「いいです」

あっさりと、沖晴は首を横に振る。

「一人で、大丈夫です」

第六話　踊場京香は呪いをかける。志津川沖晴は歌う。

「お前、これからどうするの」

冬馬はまだ背後にいた。ぼんやりと海を見つめながら、沖晴はふふっと肩を揺らした。

「まずは、高校をちゃんと卒業します」

「それで？」

「大学に行こうと思います。せっかくだから、東京の大学に行ってみたいです」

踊場京香も大学時代を東京で過ごした。だから、と言ったらあまりにも短絡的だけれど、彼女と同じ場所で自分も過ごしてみたかった。

「京香のお祖母さんから、一緒に暮らさないかって言われてるんじゃないのか」

「魔女さんはそう言ってくれますけど、あまり甘え続けるわけにもいかないと思うんで」

あの人も、孫娘が死んで寂しいだろうから、それもいいなと思った。高校を卒業してからもずるずるとあの家で暮らし、カフェを手伝うことだってできる。

「それに、踊場さんに怒られちゃいそうだし」

「そう、じゃあ、勝手にしろ」

素っ気なく言って、冬馬は離れていった。そろそろ火葬が終わる頃だろうか。時計の類《たぐい》を一切持って来なかったから、沖晴にはわからない。小さくなっていく冬馬の足音に、沖晴は手の中の向日葵を見下ろした。

ところが、一度離れたはずの足音が、再び大きくなる。

振り返ると、目の前に一枚の名刺を差し出された。冬馬の名前が書いてある。会社の名刺だった。彼の携帯番号らしき数字が、走り書きされている。

「困ったことがあったら、いつでも連絡してこい」

沖晴の手に名刺を押しつけて、今度こそ冬馬は去っていった。

掌にすっぽりと収まる小さな紙切れを握り締めたまま、その背中をじっと見ていた。あぁ、彼が、京香の愛した人なんだと実感する。こういう素っ気ないようで実はお節介なところが、彼女は好きだったんだろう。

また、海風に向日葵が揺れた。色鮮やかな黄色い花弁に、沖晴はそっと唇を寄せた。やってから無性に恥ずかしくなって、一人咳払いをした。花粉の香りに鼻がくすぐったくなった。

◆　◆　◆

温かい紅茶が美味しい季節になってしまった。

カップから立ち上る湯気から、京香は窓の外へ視線を移す。この前まで鮮明な緑色をした木々が海風に揺れていたのに、いつの間にか赤、黄、茶色に色づいている。風で葉が擦れる音が、夏と変わった。瑞々《みずみず》しいざわめきではなく、寂しげで乾いた音になった。

カフェ・おどりばは、今日も静かだ。お昼前の穏やかな時間は、とてもゆっくりに感じられる。窓枠にはめ込まれたステンドグラスの光が、建物に巻き付いた蔦植物の揺れに合わせて、古びた木製の床を踊る。色とりどりの光が足下を照らすのを、カウンター席の隅っこで、頬杖をついてぼんやり眺めていた。

ペンダントライトがいくつもぶら下がるこの場所は、フラスコの中にいるような気分になる。現実から遮断され、時間の流れが止まっている。

沖晴が来なくなったカフェ・おどりばは、静かだ。

手元に広げた五枚の便箋に書かれた文章を、カップ片手に読み返した。昨夜、自室で何度も書き損じながら綴った手紙は、すっかり暗記してしまった。わざわざ大学卒業のときに祖母からもらった万年筆で書いたから、余計に。

手紙を折りたたんで封筒に入れた。表にはすでに宛先が書いてある。糊《のり》で封をして、切手の値段を確認する。

カフェのドアベルが、ざらついた音を立てた。文庫本を抱えた藤巻さんがいつも通り現れ、「やあ、京香ちゃん」と笑ってカウンター席に座る。

そろそろランチタイムの時間だ。常連客がちらほらとやって来るだろう。カップの紅茶を飲み干して、京香は席を立った。封筒は、スカートのポケットに忍ばせる。

「京香」

ランチの準備をする祖母を手伝おうとしたら、祖母が紙袋をすっとカウンターに置いた。

「休憩が終わったのなら、それ、沖晴に届けてやってよ」

袋の口を開いて中を確認すると、やっぱり、弁当だった。久々に見る紙製のランチボックスから、ほんのりカレーの匂いが漂ってくる。カレー風味のチキンソテーを作っていたのは、沖晴の弁当のためだったみたいだ。

「私が持って行くの？」

無意識に顔を顰めてしまった。祖母は素知らぬ顔で「お願いね」と言って、ランチの準備に戻ってしまう。

「昨日、そこの階段で沖晴に会ったんだよ。てんで店に寄りつかなくなっちゃったから、『明日は弁当を作るから寄って行きな』って言ったのに、結局来なかったから」

　カフェ・おどりばで沖晴の顔を見なくなってから、もう一ヶ月以上になる。季節は移ろい、十一月が目前だ。学校にこそちゃんと通っているが、合唱部の練習にも顔を出さなくなった。クラスメイトの野間さんが誘っても、元部長の藤原さんが首根っこを捕まえて連れて来ようとしても、京香が放課後に「練習来ないの？」と声を掛けても、頑なに。

「私じゃ、受け取ってくれないんじゃないかな」

　祖母に行ってもらえないかと暗に提案したのに、気づかない振りをされた。

「なあに？　京香ちゃん、あの子と喧嘩でもしたの？」

　口元のヒゲを撫でつけながら、藤巻さんが聞いてくる。祖母が淹れた温かい紅茶のカップを片手に、肩を揺らして笑った。

「僕、一昨日、彼と話したよ。階段の途中でたまたま会ったから、広場のベンチに座って、本の話をした」

　そういえば、藤巻さんは沖晴とときどき読んだ本の話をすると、前に聞いた気がする。

「沖晴君、どうでした？」

「いつも通りだったけど。夏目漱石の『夢十夜』を最近読んだって言ってた。第一夜の百《ゆ》合《り》の花について、あれこれ話したよ」

ああ、そうだ。文化祭のとき、彼は音楽室で『夢十夜』を読んでいた。

「……わかった。届けてくる」

紙袋の取っ手を掴むと、祖母は紅茶の入った魔法瓶を渡してきた。外はちょっと寒いかなと思い、二階の自室からストールを持ち出して、首に巻いて家を出た。

階段と坂を抜けて開けた場所に出ると、思っていたより海風が冷たかった。ワイン色をしたガーゼ地のストールは、繊維の隙間から寒さが染み入ってくる。

階段高校は昼休み前の授業の最中で、昇降口も廊下も静まりかえっていた。沖晴の教室に直接弁当を持って行くわけにもいかない。音楽室へと階段を上りながら、京香は肩を竦めた。祖母は「沖晴に連絡しておくから」と言っていたし、弁当がほしければ音楽室に来るかもしれない。きっと来ないだろうな、と思いながら、音楽準備室の戸をノックした。

「おー、踊場、今日は早いじゃん」

どうした？　と首を傾げた瀬戸内先生に弁当の入った紙袋を掲げてみせると、先生は納得した様子で笑った。

「沖晴君、やっぱり部活には出てきてないんですか？」

最後に顔を見たのは、先週だろうか。

「それどころじゃないよ」

困った顔でデスクの引き出しを開けた瀬戸内先生は、二枚の紙を取り出す。退部届だった。沖晴の字で、彼の名前が書いてある。合唱部と、同じく瀬戸内先生が顧問を務めるボランティア部の退部届もあった。「受験勉強に専念するため」なんてそれらしい退部理由まで記されている。

「今日の朝、そこのポストに入れてあった」

音楽準備室の前には、先生が不在のときも課題などを提出できるようにポストが設置されている。そこに退部届がぽつんと入っていたのだという。

「志津川、確かに突然成績が下がって職員室でも大騒ぎになってたし、勉学を優先するっていうなら、無理に続けろとも言えないんだけどね」

「私を避けてるんですよ、沖晴君」

「踊場、病気のこと、志津川に話したのか？」

「ついでに、余命のことも」

先生は怒らなかった。呆れもしなかった。口の端を捻《ひね》り、溜め息を堪えたのがわかった。

「なあ、志津川は……踊場のことが好きなんじゃないのか？」

渋い顔をした瀬戸内先生に、京香は咄嗟《とっさ》に何も返せなかった。

驚いているわけではない。きっと、心のどこかでそんな気がしていた。彼は京香を特別な存在として見ている。京香自身が、彼を特別と思っているのと同じように。

「仮に……仮にそうだとしたら、余計に知らせないといけないじゃないですか」

彼が自分に向けるのが恋愛感情としての《好き》だとは、思わない。強いて言うなら、母犬に子犬が身を寄せるようなものなのだと思う。凍える体が、誰かの体温を探している。か細く鼻を鳴らして、温もりを探して彷徨《さまよ》ってた先にいたのが、たまたま京香だった。

そんな風に自分に言い聞かせている時点で、向けられた感情に怯《おび》えている証拠だ。嬉しいと思うのと同じくらい、恐怖している。

――一人で、大丈夫です。

冬馬が大阪へ戻った日。沖晴はそう言って、一人で家に帰っていった。恐る恐る後ろをついていった京香に、「おやすみなさい」と笑って、玄関の戸を閉めた。

その日から、彼は京香の目を見なくなった。

沈黙が徐々に重たくなっていく。話題を探して視線を泳がせたとき、廊下から足音が聞こえてきた。ばたばたと、慌ただしく準備室の方に駆けてくる。

勢いよく戸を開けて入ってきたのは、野間さんだった。

「野間、まだ授業中じゃないの？」

瀬戸内先生の問いに、野間さんは答えなかった。代わりに、京香に歩み寄る。

「志津川君が、授業中に……泣き、出しちゃって、その……」

言いよどむ野間さんに、できるだけゆっくり「何があったの？」と聞く。

「別に何があったってわけじゃなくて……普通に国語の授業を受けてただけなのに、音読の最中にいきなりぼろぼろ泣き出して。私、保健委員なんで、保健室に連れて行ったんですけど」

「どうして、私を呼びに来たの？」

乱れた息を整えながら、彼女は一度だけ大きく頷いた。

「私、窓側の席に座ってて。志津川君の二つ前なんですけど……授業中に京香先生が校門から歩いてくるのが見えて。志津川君、それを見て泣いちゃったのかもと思って」

京香は音楽準備室にいるに違いないと当たりをつけて、慌ててやって来たのだという。

話を聞きながら、無意識に右の拳を握り込んでいたことに気づいた。

沖晴が京香を避けて部活に寄りつかなくなったことくらい、みんな察しがついているのだ。それでも彼は、頑なに京香から逃げる。

「保健室で志津川君に『京香先生を呼んできてあげようか？』って聞いたら、『大丈夫』って、言ってたんですけど。志津川君、最近ちょっと様子が変だから」

野間さんはときどき、教室での沖晴の様子を京香に教えてくれた。といっても、一時期に比べて友人とも話をするようになったとか、サボらずちゃんと授業を受けているとか、そんな内容だったけれど。

どうします？　と野間さんが京香を見つめてくる。手にぶら下げたままだった紙袋を見下ろし、京香は瀬戸内先生に向き直った。デスクにあった沖晴の退部届に、手を伸ばす。

「私、ちょっと沖晴君に聞いてみます。退部届のこと」

先生は何も言わず頷いた。沖晴の名前が書かれた退部届に目を瞠った野間さんと共に、音楽準備室を出る。

早歩きと小走りの間のような中途半端な速度で一階へ下りたが、保健室のドアを開けた途端、養護教諭に「さっきの子ならもう教室に戻ったけど」と言われた。壁際に並んだベッドは、一つだけ布団が乱れていて、先ほどまで人が寝ていた形跡があった。

「え、嘘」

戸惑う野間さんの前を横切って、京香は沖晴が寝ていたらしいベッドを覗き込んだ。白い枕が一部分、濡れて灰色になっているのが辛うじてわかった。

乾きかけたその場所に手を這わせたら、彼と同じ布団で寝た夜のことを思い出した。

「野間さん、授業中だし、教室に戻りなよ」

保健室を出てすぐ、そう切り出した。

「沖晴君、きっと教室には戻ってないだろうし、私が校内をぐるっと捜してみるから」

「でも」と野間さんは言いかけた。明後日の方向に視線をやりながらもごもごと口を動かし、最終的には「わかりました」と頷く。

「ねえ、一つ教えてほしいんだけど、国語の授業って、何をやってたの？」

階段の前で別れ際に野間さんに聞いた。振り返った彼女は、首を傾げながらも答えてくれた。

「夏目漱石の、『夢十夜』です」

一階から、二階、三階、四階と校舎を巡ったけれど、沖晴の姿はどこにもなかった。一階に下りて下駄箱を確認してみたら、彼の靴がちゃんと入っていた。

祖母に持たされた弁当の紙袋を手にしたまま、京香は再び階段を上がった。

学校の階段は不思議と湿った足音がする。足の裏が階段に貼り付くような感覚に、ふと、沖晴は京香が好きなのではないか、と言った瀬戸内先生を思い出した。「仮にそうだとしたら、余計に知らせないといけないじゃないですか」と涼しい顔で答えた、自分のことも。

沖晴にこれ以上関わるべきじゃないと、わかっている。距離を置くべきだ。沖晴の行動は正しいのだ。なのに、京香は彼を捜しに行ってしまう。

四階からさらに階段を上り、屋上のドアを開けた。吹きつけてくる冷たい海風に身を竦《すく》め、ストールを巻き直す。

背の高いフェンスに身を寄せるようにして、沖晴はたたずんでいた。ドアが重い音を立てて閉まり、彼はこちらを振り返った。

沖晴は泣いていなかった。笑顔でもなければ、嫌悪でも怒りでも悲しみでも怖れでもない、冬馬に殴られたあの夜のような、いろんな感情がもつれ合った複雑な表情をしている。

「野間さんですか？」

「当たり。音楽準備室にいたら、呼びに来てくれてね」

訝《いぶか》しげに眉を寄せて、沖晴は「あー、もう」とフェンスに額を押し当てた。

「野間さん、こんなにお節介な人だと思わなかった」

まるで、傘を持ってないのに雨が降ってきてしまったような、そんな言い方だった。鬱《うっ》陶《とう》しいと感じるのに、その想いを邪険にはできない。そんな不安定さが伝わってくる。

「踊場さん、どうしてこんな時間に学校に来たんですか？　部活には早いじゃないですか」

「お祖母ちゃんに、お弁当を届けてほしいって頼まれたの」

紙袋を差し出す。沖晴は紙袋を凝視した。

「ありがとうございます」

にこりと笑って、中身を覗き込む。「おかず、何かな」と作りものっぽい笑顔を浮かべて、フェンス際に腰を下ろした。そうやって何食わぬ顔をしていれば京香がさっさとどこかへ行くと、本当にそう思っているのだろうか。

「ねえ、それで心配かけないようにしてるつもり?」

沖晴の隣に腰掛けて、ちょっと意地悪な言い方をした。紙製のランチボックスを開けようとした沖晴の手が、止まる。

「別に」

「沖晴君って、嘘が下手だよね。ていうか、強がるのが下手だよね」

図星だったのか、沖晴がこちらを見る。ムスッとした顔で、苛立たしげに京香を睨んだ。

「今まで強がる必要がなかったせいなんだろうけど。慣れないことはしない方がいいよ」

「いくら踊場さんでも……」

京香から視線を逸らして、沖晴がコンクリートに落ちる自分の影を見下ろす。口をへの字にして、地団駄でも踏みそうな雰囲気だった。

「でも?」

からかうように言ったのがいけなかったのか、沖晴はムカッという音が聞こえてきそうな顔で声を張った。

「いくら踊場さんでも、アレですから！　怒りますから！」

ふん、と鼻を鳴らして、沖晴はぶっきらぼうな手つきでランチボックスの蓋を開けた。中身は、カレー味のチキンソテーとたっぷりの野菜を挟んだサンドイッチだった。

初めて会った頃は、あんなに掴み所がなかったのに。今は彼の心の揺れ動きが、自分のもののようにわかる。沖晴が感情を取り戻したからか。それとも京香自身の問題か。

「冬馬が言ってたことを気にしてるんだろうけど、逆に心配だよ、今の沖晴君」

沖晴がサンドイッチにかぶりつく。レタスを噛み千切る音が寒々しい屋上には不釣り合いで、何だかおかしくて笑ってしまった。

「踊場さんこそ、合唱部の手伝いなんてしないで、あの人の言う通りもっと自分のことに時間を使ったらいいんじゃないですか？」

ムスッとしているくせに、そういうことはちゃんと聞いてくる。気遣いをしてくる。

国内でも国外でもいいから、行ってみたかった場所を片っ端から旅行したり。お金に糸目をつけずほしいものを買いあさったり。美味しいものをひたすら食べたり。会いたい人に時間が許す限り会いに行ったり。自分の命に限りがあると知ったら、そういう行動を取るんじゃないかと思っていた。階段町に戻ってきた直後は、京香だってそう考えていた。

「意外とね、できないものなんだよ」

「どうしてですか？」

「よくわからないけど、開き直って残りの時間を目一杯充実させようって思えるほど、現実を受け入れてないんだろうね」

再びサンドイッチにかぶりつこうとした沖晴の動きが、ぴたりと止まる。

「……それって、死ぬのが怖いってこと？」

「文化祭のときに沖晴君と話して涙が出たのも、そういうことだよ」

どれだけ受け入れたって、どれだけ納得したって、根っこでは死を怖れている。

「だから、沖晴君と一緒にいるのは楽しかったよ」

紙袋に手を伸ばし、魔法瓶を取り出した。カップになっている蓋に中身を注ぎ、一口飲んだ。温かい。海風が冷たいから、余計に温かくて美味しい。

沖晴は、黙ったまま食べかけのサンドイッチを見ていた。

「平気じゃないくせに、平気な振りしなくていいよ。あからさまに私のこと避けるから、逆にみんなが心配しちゃってるし」

「別に踊場さんのためじゃないです」

沖晴の冷たい言い方が、何故か笑えてしまう。冷淡さにぐるぐる巻きになった真意が、空気を通して伝わってくるからだろうか。

それを察してか、沖晴は一拍置いて言葉を続けた。

「平気じゃなくても、もうすぐ死んじゃう踊場さんと一緒にいるより、楽です」

きっと、自分と冬馬が別れたのもそういうことなのだ。平気なわけじゃない。でも、それ以上に、気が楽になるだろうと思ったから、離れることにした。

「死ぬの、怖いですか？」

半分以上残っているサンドイッチをランチボックスに戻して、沖晴が聞いてくる。彼はそのまま両膝を抱えるようにして、自分の腕に顔を埋《うず》めた。恐怖から自分を守るみたいに、ぎゅっと膝小僧を摑む。

「怖いよ」

「俺は生きるのが怖いです」

カップに唇を寄せて、京香は沖晴の言葉を声に出した。生きるのが怖い、生きるのが怖い……生きるのが、怖い。

「大丈夫だよ」

反芻《はんすう》の声は、自然とそんな言葉に変わった。

「生きるのが怖いのと、死にたいっていうのは別だから。生きるのが怖いって思ってるうちは、生きていられるよ」

沖晴は、死に呑み込まれる経験をした。だからきっと、生きることを大事にできる。怖くても辛くても大事にできる。そうであってほしい。じゃないと、私が死ぬに死ねない。

「沖晴君は私が死んじゃうのを怖いって言ったけどさ、もしかしたら明日、貴方が交通事故で死んじゃうかもしれない。通り魔に刺されて殺されるかもしれない。私よりずっと早く、沖晴君が死ぬかもしれない。死なんて、思ってるよりずっと近くにあるんだから」

顔を上げた沖晴は、有り得ない、という目をした。でも声に出すことはなかった。

「だからね沖晴君、怖くても生きないと駄目だよ」

残酷なことを言っている。でも、彼にこんなことを言えるのは、世界で自分一人しかいない。

「人間は強い。大事な人が死んじゃって悲しくても、お腹は空くし眠くもなるし、いつの間にか日常を取り戻す。母親が死んじゃった直後に、合唱コンクールで歌えちゃったりする。そういう自分に、自分が救われる。その程度のことで救われちゃうような強い生き物なんだよ」

フェンスの向こうに広がる海を、睨みつけていた。大きな島が浮かぶ狭い海。船がその狭い海を行き来する。あそこから吹きつける風はこんなに冷たいのに、海面は太陽の光を受けてきらきらと光っている。きらきら、きらきらと、息をするように光っている。

「自分が死ぬことも忘れて、美味しいものを食べて美味しいって思ったり、綺麗なものを見て綺麗だって思ったり、出会ったばかりの変な男の子の世話を焼いちゃったりする」

沖晴が見ている。京香の横顔を、じっと見ている。

「立派なことなんてしなくていいから、毎日を大切に生きてよ。苦しい世界で生きていることを大切にして。そうすれば、強くなれるよ」

冷めてしまった紅茶を飲み干して、カップを魔法瓶に被せて、しっかりと蓋を閉めた。

その手を、沖晴が摑んでくる。

「強くなりたいわけじゃない。俺はただ、踊場さんと一緒にいたいだけだ」

沖晴の声が微かに震える。なのに京香は、全く別のことを思った。温かいなあ、沖晴君の手、温かいなあ。冷え切った京香の指を包む彼の掌の温度に、ゆっくりと目を閉じた。

「どうして授業中に泣いたの」

なんとなく答えはわかっているのに、聞いてしまう。

「漱石の『夢十夜』」

数拍置いて、沖晴が答える。

「第一夜の、死ぬ間際の女の人に『百年待っていて下さい』って言われて、墓を作って待ってる話」

「沖晴君、前に文庫本で読んでたよね」

「あれ、教科書にも載ってるんですね。前に読んだときは、愛する人との再会を待つ綺麗な話だなとしか思わなかったんですけど。最近、家であればっかり読み返してるんです。暗記できちゃうくらい、何度も何度も。今日、授業中に音読しろって指名されて、読んでたんですよ。女の人の墓から百合《ゆり》の花が咲くところ」

気の遠くなるほど長い時間を待ち続けた男の前で、百合の花が咲く。その白い花びらに男はキスをするのだ。女と約束した《百年》は、もう来ていたんだと。

「そこを読んでたら、正門から歩いてくる踊場さんが見えた。だから、涙が出た」

沖晴はそのまま、溜め息を誤魔化すみたいに笑った。

「やっとみんな、文化祭のことを忘れてくれたかなって思ってたのに、またドン引きされました。先生すら引いてましたよ。野間さんだけです、声かけてくれたの」

沖晴の誤魔化しにのることもできた。それは確かに、引くね。そう茶化すことだってできた。

「ほんのちょっとでいいの」

死んだら埋めてくれ。墓を作って、その傍らで待っていてくれ。必ず会いに来るから百年待っていてほしいと、女は言った。男はその言葉の通り待っていた。

それはきっと、女が男にかけた、呪いだったのだと思う。

「絶対に大丈夫なんて確証はいらない。無理して平気な振りなんてしなくていい。沖晴君が、ちゃんと生きていけるって、ほんの少しでいいから見せて。私が死ぬまでに」

この子の人生は長い。《絶対》なんて無理だ。だから、「この子はきっと、私のいない世界で幸せになれるだろう」という、ささやかな予感でいい。

沖晴は何も言わなかった。俯いたまま黙り込んでいた。京香の手を離すことはなかった。どれくらいいただろう。一際強い風が吹いて、沖晴が小さく洟を啜った。

「寒い？　ストール貸してあげようか？」と半分冗談で言っても、沖晴は答えなかった。

「わかりました」

代わりに、短く短く、返事をした。京香の呪いを受け入れた。

嫌悪、怒り、悲しみ、怖れ。いろんな感情を取り戻した志津川沖晴に、京香は、京香のいない世界を生きていくための呪いをかけた。

昼休みが終わると、沖晴はちゃんと教室に戻っていった。学校からの帰り道に、ポストに手紙を投函《とうかん》した。宛名面に書かれた「赤坂冬馬」の名前をしっかり確認して、ポストの細い口に封筒を押し込んだ。

投函してから、冬馬が引っ越していたらどうしようと思った。住所は、別れたときに彼が住んでいたマンションを書いたから。

手紙には沖晴のことを書いた。北の大津波のこと、死神のこと、彼の不思議な力のこと、彼と出会ってからの自分のこと——すべて書いた。きっと冬馬は信じない。でも書かずにはいられなかった。万が一、沖晴が貴方を頼ることがあったら助けてあげてほしい、とまで書いた。

次に階段町に来るのは、京香の葬式のとき。冬馬はそう言った。わざわざ万年筆を使って手紙を書いたのは、彼の言葉を寂しいと思ってしまう自分に気づいたからだった。

どうか手紙がちゃんと冬馬に届きますように。胸の奥でそう念じながら、京香は自宅へ続く石の階段を上って行った。

＊　＊　＊

合唱コンクールの夢を見た。高校三年の、最後のコンクールだった。母が死んだ直後に、東京の大きなホールで歌った。自分の声が世界中のどこまでも響いていくみたいで、これはきっと天国の母にも届いているはずだと確信が持てて、幸せだった。自分は大切なものを失ったけれど、幸せを感じることができる。寂しさの中にも、悲しみの中にも、幸せがある。この世界には、幸せがある。

そう思えたから、まだまだ私はこの世界を生きていけると思った。

そんな夢を見たのは、沖晴に「生きろ」と言ったからなのだろう。

「わかりました、か」

ベッドの中で天井を見上げて、京香は呟いた。天窓から白んだ空が見える。時計を確認すると、六時ちょっと前だった。淡いすみれ色の空に、ほのかに金色の光が差している。

ここ数日、朝が冷えるようになった。部屋の中もほんのり冷たい。布団から出ようか迷っていると、天窓からの光が猛烈に眩しく感じた。窓の周囲を覆う蔦が風に揺れて、まるで窓を叩いているみたいだった。呼んでいる。呼ばれている。誰かに呼ばれている。

体を起こし、上げ下げ式の天窓を開けた。錆《さ》び付いた音と冷たい風に身を竦めながら、顔を出す。海に浮かぶ一際大きな島の向こうから、太陽の気配がした。金色の光が島を縁取って、水面がゆらゆらと揺れるのが光の変化でわかる。まるで、海全体がこちらに何か話しかけているみたいだった。

引き寄せられるように、視線を下にやった。ハッと息を止めた。

庭先の石のアーチの向こうを、沖晴が歩いていくのが見えた。こんな朝早くに、黒いリュックサックを背負って坂を下っていく。煉瓦の階段を、一段一段下りていく。

大きく息を吸ったら、喉の奥がひりっと痛んだ。

「――沖晴君!」

このためだ。このために、朝日が、空が、海が、風が京香を呼んだんだ。もしくはそれは、死神の意志だったのかもしれない。

朝の階段町に響き渡る自分の声に、沖晴が足を止めた。ゆっくりと、こちらを見上げる。

「待ってて!」

窓を閉めてベッドから飛び降りた。厚手のカーディガンを寝間着の上に羽織って、部屋を出る。階段を駆け下りて玄関を開けると、沖晴は石のアーチの前にたたずんでいた。

「こんな早くに、どうしたの」

沖晴は冬用のチェスターコートを着ていた。コートの下は制服ではない。リュックも通学用のものじゃない。

「どこに行こうとしているの」

リュックのショルダーベルトを両手で握り締めて、沖晴は言い辛そうに視線を泳がせた。でも、意を決したように京香を見る。

「帰って、みようかと思って」

どこへ、なんて聞かなくてもわかった。彼が帰る場所は、きっといつでも、いつまでも、あの場所なのだろうから。

「何がどうなるかも、わかんないですけど。ていうか、無事辿り着く自信もないっていうか……途中で、精神的に無理ってなっちゃうかもしれないですけど……」

どこか怯《おび》えたような目つきでたどたどしく言う沖晴に、ゆっくり頷いた。

「わかった」

今日は平日だよ。学校はどうするの。ちゃんと計画立ててるの。言うべきことを何一つ言わず、京香は踵を返した。

「十分だけ、待ってて」

沖晴の返事は待たず、再び家に駆け込んだ。階段を駆け上がり、自室にあったバッグに財布とスマホと、一泊分の着替えを詰め込んだ。冬用のセーターと動きやすいテーパードパンツに着替え、ロングコートを羽織って、念のためストールを首に巻いた。

階段を下りると、リビングから祖母が驚いた様子で顔を出した。

「朝から騒がしいけどどうしたの」

モーニングの準備をしていたんだろう。すでにカフェエプロンをして、白髪には鳥の羽の形のバレッタをつけている。

「ごめん、お祖母ちゃん。沖晴君とちょっと遠くに行って来る。今日は帰らないかも」

早口で言って、玄関で靴を履いた。一番踵の低い靴にした。

「ちょっと待って」

駆け足で祖母がカフェの方に姿を消す。数秒で、両手に作り置きの焼き菓子を持って戻ってきた。紙袋にそれを詰めて、京香の手に押しつける。

「紅茶を淹れてる時間がないのが残念だけど、お腹が空いたらどこかで食べな」

ずっしりと重い紙袋を受け取って、京香は笑った。「ありがとう」と笑った。

「気をつけて行ってくるんだよ」

「そうだね」

祖母に手を振って、玄関の戸を開けた。沖晴はアーチの下でちゃんと待っていた。

「ごめんね」

何か言いたそうな沖晴の前を横切り、坂を下る。靴の踵が煉瓦の階段を鳴らす。背後から、沖晴の足音がちゃんと聞こえてきた。

「沖晴君の地元って、何が美味しいの？」

試しに聞いてみると、沖晴はしばらく何も答えなかった。何度か振り返ると、困惑と、不安と、安堵が交錯したような顔で、京香の後ろをついてきていた。

「ウニが美味しいかな」

もう階段町を出てしまうという頃、沖晴がやっと答えてくれた。

「いいね。ウニ、大好き」

「あと、アワビ」

「高級食材ばっかりだね」

「タコとか鯖《さば》も美味しい」

「鯖は今が旬だよね。タコも楽しみだなあ」

ふふっと笑ったら、沖晴の笑い声も重なった。

海に浮かぶ島の向こうから、太陽が昇った。視界を切り裂くような鋭い光を、京香は顔を顰《しか》めることなく見つめた。眩しい。眩しくて、とても温かい。


在来線を乗り継いで、東京行きの新幹線に乗った。車内でコーヒーを買って、祖母が持たせてくれた焼き菓子を食べた。大阪、京都、名古屋を通過し、そのたびに京香は「来たことある？」と沖晴に聞いた。彼は大阪も京都も名古屋も行ったことがないと言い、京香は記憶を辿ってそれらの土地に行ったときの話をした。

正午前に東京駅に着いた。沖晴の生まれ故郷はまだまだ遠い。ここからさらに別の新幹線で北へ北へ向かわないといけない。

「踊場さん、ここまででいいですよ」

昼食を済ませようと入ったうどん屋で、沖晴が突然そんなことを言い出した。

改札内のうどん屋は昼時で混んでいた。二人掛けの狭いテーブルに座ってかき揚げうどんを啜りながら、京香は「は？」と身を乗り出した。

「東京までちゃんと来られたし、あとは新幹線に乗ったらすぐだし」

京香と同じかき揚げうどんを口に運びながら、沖晴は言った。

「乗ったらすぐって、新幹線を降りてから二時間は電車に乗らないといけないじゃない」

「でも」

「いいよ、新幹線の切符も買っちゃったしさ」

野菜のかき揚げをかじる。揚げたてに釣られて頼んだかき揚げは、衣がさくさくで美味しかった。噛んでいるだけで、不思議と気持ちが前向きになる。

「せっかく東京に来たんですから、赤坂さんに会いにいけばいいじゃないですか」

遠慮がちに、沖晴が言ってくる。どこか含みがある言い方だった。自分で言い出したくせに、そうしないでほしいという思いが透けて見える。

そんなことを、新幹線に乗っている間、ずっと考えていたんだろうか。東京駅に着いてからずっと、言うタイミングを窺っていたのだろうか。

「会わないよ」

「会いに行ったら、あの人は喜ぶと思いますよ」

「喜ばないよ」

もしこのまま冬馬のところに行ったとして。二人で落ち着いて話ができたとして。一体どんな顔で別れろというのだ。彼は、京香を駅まで見送ったりしない。去りゆく電車に手を振ったりしない。家の玄関で素っ気なく「じゃあな」と言って、ドアを閉めるのだ。そんなことをする彼の胸の内を想像するだけで、会いたいという気持ちが吹き飛ぶ。

「ほら、伸びちゃうから早く食べなよ」

うどんを啜って、食べかけのかき揚げを沖晴の丼《どんぶり》にのせてやった。

「ちゃんと食べな。まだ遠いよ、沖晴君の地元まで」

京香のかき揚げを遠慮がちにかじった沖晴は、何も言わず丼を抱えて汁を飲んだ。

新幹線は一時間半ほどで仙台に着き、そこからさらに在来線を二度乗り継いだ。途中、海の側の街を通りかかったけれど、のどかで綺麗な街だった。九年前に津波が来たなんて嘘みたいだった。

電車の速度と同じくらいの速さで、日が傾いていく。山間《やまあい》の線路を抜け、秋の色に染まった山々を眺めているうちに、うたた寝をしそうになった。うとうとと目を閉じたり開けたりを繰り返していたら、窓際に座っていた沖晴が「あ」と声を上げた。

それで、怖いくらいすっきりと目が覚めた。

窓の向こうに、不自然に平べったい土地が広がっていた。夕日に照らされたその場所には、田圃《たんぼ》もなければ畑もない。住宅地もない。森も山もない。そこにあったものがごっそり攫われてしまった、何もない場所。

「ここって……」

言った瞬間、電車はトンネルに入ってしまった。外が真っ暗になり、窓ガラスに京香と沖晴の顔が映り込む。トンネルを抜けるまでの間、二人とも何も言わなかった。無言のまま、窓に映る互いの顔を見ていた。

ざらりとした音を立てて、周囲が明るくなる。目の前は海だった。海を見下ろす高台を、電車は進んでいく。ときどき防風林に海が遮られ、点々と住宅や宿が見えてくる。線路下の二車線道路を車が走っていく。

「あと、五分もかからないですよ」

沖晴が言う。彼の故郷の海は、階段町から見る海とは違った。湾に小さな島が浮かび、その先に果てなく海が広がっている。広い。ここの海は広い。日が沈みかけ、海がオレンジと紫色に染まっているから、余計にそう思う。

予想より早く電車は駅に止まった。「あれ？」と沖晴が首を傾げ、電車を降りる。肌に染み込むような寒さに、遠くに来たことを実感する。コートのボタンを一番上までしっかり留めて、ストールを巻き直した。

「あ、そっか。駅の場所が変わったんだ」

ホームも駅舎も真新しかった。どうやら沖晴の記憶にある駅はもっと先だったようで、物珍しげに彼は改札をくぐった。

不自然に綺麗なアスファルトのロータリーを抜けると、土の香りがした。やはり、平たい土地が広がっていた。正確には、田圃でも畑でも住宅地でも森でも山でもない、何でもない土地に盛り土が築かれ、大型の重機やダンプカーが蠢いている。盛り土が作った黒い影が、夕焼けの中で異様に際立っている。

破壊された街を新しく作り替えようとしている。そこにかつて何があったのか、京香にはわからない。

「あのあたりに駅があったんです」

沖晴が指さした先には、盛り土しかなかった。土埃がここまで届きそうだ。

駅を出て、広い道を駅があった場所に向かって歩いた。道路もまた新しい。遠くで忙《せわ》しなく働く重機が、この道も作ったんだろう。大津波は九年前のことなのに、まるで現実感がない。復興はまだまだ終わっていないと頭でわかっていても、ぼんやりと被災地では昔と変わらない営みが復活しているような気がしていた。

周囲に何もないから、二車線の道が異様に広く感じる。磯と土の匂いが混じった風に、体が浮き上がるような奇妙な感覚がした。新幹線と電車を乗り継いで確かに来たはずなのに、階段町とこの場所が地続きだと感じられない。

橋を渡った。この橋も新しかった。足下を流れる川が、海へと注ぐ。川と海の境目にある水門が半分、ねじ切れるように壊れていた。よく見れば、その先にある防波堤も、倒れた積み木みたいに崩れていた。

「津波が、あったんだね」

当たり前のことを、思わず口にしてしまう。隣を歩く沖晴も、水門の方を見ていた。

「何もなくなっちゃって悲しいっていうより、綺麗になってよかったって感じがします」

微笑みながら、沖晴はそんなことを言った。彼の脳裏には、災害直後の瓦礫に埋もれた街があるのだろう。

歩いているうちに日が沈んでしまった。やっとのことで街の中心部だったところに辿り着く。沖晴が「市役所があったり、公民館があったり、ショッピングモールがあったりしました」と言った場所には、大きな駐車場を抱えたコンビニと、飲食店が何十軒も平屋のように連なったバスロータリーがあった。観光バスが駐車場に何台か停まっている。

そこから、真っ暗になった歩道を、目的の宿に向かってひたすら歩いた。道路の側を一本の細い川が流れていて、海水と淡水が混ざった匂いがした。徒歩なのは京香達くらいだ。本当なら宿までバスかタクシーを使うべきなのだろうが、なんとなく歩きたかった。沖晴も何も言わなかったし、彼が暮らした街とどれだけ違っていようと、歩いてみたかった。

「あのへんじゃないかな、俺の家」

足を止めた沖晴が、川の向こうを指さした。周囲を見渡し、山の形や海との距離を確認して、「たぶん、この向こう」と、何故か笑った。肩を竦めるみたいに、溜め息をつくみたいに。

彼が指さした先は、盛り土だった。土が台形に盛られ、その上に作業を終えたパワーショベルがたたずんでいる。眠りについた生き物みたいに、静かにそこに鎮座していた。人工的で、無機質で、人間の匂いがない。

「もっと、こう……ここに家があったんだなってはっきりわかるようになってたら、いろいろと思うこともあるんでしょうけど。こうなっちゃうと、本当にここに住んでたのか、実感が湧かないですね」

沖晴が穏やかな顔をしているのが、暗がりでもわかった。

「みんな、頑張ってここまで来たんですよね。俺がいない間に、みんな頑張ったんだ」

「沖晴君だって頑張ってたでしょ」

それ以上は、あえて続けなかった。

「新しい街が、できるんでしょうね」

「そうだね。盛り土で土地を高くしたり、住宅地を高台に移転したりして、もっと安全で、いい街を作っていくんだろうね」

「そうだといいな」

沖晴は、もう少しここにいたいだろうか。そう思って、待つ準備をした。けれど彼は意外とすぐに「行きましょうか」と再び歩き出した。

新幹線の中で適当に予約した宿は、高台の見晴らしのいい場所にあった。夜が明ければ、部屋の窓から海が見えるだろう。

風呂から上がって部屋に戻ると、沖晴がもういた。広縁《ひろえん》に置かれた椅子に腰掛け、真っ暗で景色なんて見えないのに窓の外を見ている。

「髪、乾かさないで来たの？」

沖晴の向かいの椅子に座ったら、浴衣を着た彼の髪が濡れていることに気づいた。「あ、忘れてた」と髪に触れた沖晴が、苦笑いを浮かべる。

「どうりで、ちょっと寒いと思った」

部屋は暖房が効いていて、浴衣でも充分暖かかった。備え付けのポットと急須でお茶を淹れてやると、沖晴は嬉しそうに湯飲みを両手で持った。

「ご飯、美味しかったね」

「言ったでしょう？　ウニもアワビも鯖もタコも美味しいって」

「仙台には行ったことあったけど、このへんって来たことなかったから。よかった、来られて。美味しいものも食べられたし」

沖晴に京香の死期が見えたのだから、おそらく、自分は今とても死に近い場所にいる。もしかしたらそろそろ、体が動かなくなるかもしれない。遠出して美味しいものを食べるなんて、これが最後かもしれない。

「明日、どこか行きたいところとか、あるの？」

何も見えないけれど、とりあえず窓の外を見た。数時間前に歩いた道を、車のテールライトがゆっくり進んでいくのがわかる。

「いや、本当に、ただ来てみようと思っただけだったから。家があった場所もあんな感じだし。小学校も確か、統廃合されて今はないらしいし」

「梓ちゃんは？」

湯飲みを持つ沖晴の動きが止まる。きょろりと目を動かし、京香を見てきた。

「梓に、連絡したんですか？」

「してないよ。でも、会いたいなら今夜のうちに連絡しておくけど」

何より、沖晴が帰ってきていると知ったら、彼女は会いたいはずだ。彼女の両親だって、沖晴の行方を気にかけていたらしいし。

沖晴は黙って湯飲みを口へ持って行った。小さな音を立ててお茶を飲み、ちょっと困った顔をして、何度か首を傾げた。答えは急《せ》かさなかった。お茶と一緒に置かれていた小さな饅頭をかじりながら、沖晴が悩んでいるのを眺めていた。

「じゃあ、会ってみます」

京香が饅頭を食べ終えてお茶を飲み干す頃、沖晴は笑みを浮かべながらそう頷いた。

梓にメッセージを送ると、すぐに返事をくれた。明日の放課後は部活がないから、夕方に通りかかったバスロータリーまで来てほしい、とのことだ。梓の両親も「ぜひ会いたい」と言っており、時間があるなら夕飯を食べていかないか、と書いてあった。

「あ、でも、明日の夜までこっちにいると、帰れないですよね？」

梓への返事を打つ京香に、沖晴がおずおずと聞いてくる。

「そしたら、もう一泊すればいいよ。どうせ何もないんだしさ」

「先生とは思えないセリフですね。生徒が学校をサボってるのに」

「いいの。元先生だから」

ふふっと笑って、梓へ返信を送った。

「ていうか、梓ちゃん、私も一緒でいいって言ってくれてるけど、邪魔じゃないかな」

「邪魔じゃないです」

即答した沖晴が、自分の髪を手で梳《す》きながら立ち上がる。

「邪魔じゃないですよ」

もう一度そう言って、「やっぱり髪、乾かして来ます」と部屋を出て行った。

ねえ、踊場さん。

眠りに落ちる寸前に、名前を呼ばれた。隣の布団にいる沖晴が寝返りを打って、京香の方を向くのが暗がりにわかった。

「いきなりなんですけど、踊場さんはどうして京香って名前なんですか」

仰向けになったまま、「本当にいきなりだね」と笑った。

「《京《けい》》って字は、数の単位なの。京って、一兆の一万倍なんだって」

「凄すぎて想像がつかないです」

「帝都って意味もあるけど、私のお母さんは数の単位としての意味で名付けたんだって。大きく育つようにとか、友達や大切な人がたくさんできるようにとか、豊かに生きられるようにって。それにしたって、京はちょっと大きすぎる気がするけど」

ふふっと沖晴の笑い声が聞こえた。衣擦れの音がして、彼も京香と同じ体勢になって天井を見上げる。

今度は自分の名前の由来を話してくれるのかと思った。沖晴は、しばらく起きていたみたいだったから。でも結局、彼はそれ以上何も話さなかった。いつの間にか京香は寝返りを打って彼に背を向け、いつの間にか眠くなってきて、いつの間にか寝ていた。

＊　　＊　　＊

目が覚めたら、部屋に人の気配がなかった。沖晴の寝ていた布団が畳んであった。彼が着ていた浴衣も、綺麗に畳まれて布団の上に置いてある。時刻は午前七時だった。置き手紙も、沖晴の服がなかった。荷物がなかった。スマホもなかった。靴もなかった。どこへ行くというメモすらなかった。

沖晴が側にいないことを、自分の意思で離れていったことを、一つ一つ確認した。確認しながら急須でお茶を淹れ、ゆっくり飲み干した。カーテンを開け、外の様子を確かめた。

晴れていた。秋晴れだ。深い青色をした空には雲一つなく、海は反対にとても淡い色をしていた。階段町とは逆だ。あの街は秋になると、空は優しい色になって、海は群青《ぐんじょう》のような色合いになる。

しばらく一人で海を眺めていた。秋の日差しに海面が穏やかに光っているのが、ここからもわかった。

着替えをした。厚手のセーターを着て、コートを羽織って、ストールをしっかりと首に巻いて、荷物をまとめた。忘れ物がないか確認して、部屋を出た。

「弟さん、朝早くに出発されましたよ」

宿泊費は先払いしてあるからそのまま外に出たら、玄関の掃き掃除をしていた女将《おかみ》に呼び止められた。どうやら、京香と沖晴を姉弟だと勘違いしているらしい。

「一人で行くんですかと声を掛けたら、『行きたいところがあるから』とにっこり笑ってましたけど」

「ええ、大丈夫です」

ありがとうございました、とお辞儀をして、京香も旅館をあとにした。不思議と、周囲の景色を眺めながらゆったり歩くことができた。沖晴が黙っていなくなったのに、不安や焦りが湧いてこない。

台風の日に沖晴が姿を消したとき、心配した。沖晴が梓と再会したとき、彼を一人にするのが不安だった。悲しみと怖れを取り戻した彼が階段町を出て行こうとしたとき、怖かった。

なのに今、自分の心はとても凪《な》いでいる。旅館のある高台から坂を下り、海の方へと延びる国道に出た。昨日、沖晴と歩いた道だ。

考えなくても、自然と足が海へと向いた。

このあたりは、大津波の被害がなかったのだろう。山間に点々と建つ住宅も、田畑も、昔からここにあったという顔をしていた。周囲の景色や匂いに馴染んでいた。足を進めるたびにそれが薄まっていく。道は真新しいきらきらとしたアスファルトへ姿を変え、視界が開ける。何もない平たい土地と盛り土が、どんどん世界を埋め尽くしていく。

でも、昨日と決定的に違うものを京香は見つけた。綺麗なガードレールの下には、ささやかに雑草が生えている。盛り土の端っこが、川の畔《ほとり》が、緑色に染まっている。沖晴の家があったあたりも、そうだった。盛り土に囲まれた無機質な景色が命に侵食されていた。彼はこれを見ただろうか。盛り土に根を張り、上へ上へと葉を伸ばす植物がそこにあるのを、見ただろうか。

ここは、人の生活音がしない。営みの温度が感じられない。異世界へ続く回廊をひたすら歩いているみたいだった。進んでも進んでも、海が近づいてこない。

でも、確かに再生している。高校生の自分がテレビ画面越しに見ていた場所とは、もう違う。踏み越えようとしている。たくさんの涙と憤りと寂しさと焦燥感と苦しみを、山のように積み重なったそれらをよじ登るようにして、この街は平らになった。磯の香りと砂埃が舞うようになった。ここにまた、日常が積み上がっていく。

歩いた。海に向かってひたすら歩いた。一歩進むごとに、汐《しお》の香りが近くなる。風も強くなる。港の側まで来ると、周囲はすっかり殺風景になっていった。土埃が多くなった。足下も砂利道になって、空気がぐんと冷たくなる。

海辺に五階建ての大きな建物がある。津波に呑まれたんだろう。窓ガラスがなく、ところどころ鉄骨が剥き出しになった佇まいが、遠くからでもわかった。

その建物の近くに港があった。船がいくつもある。沖合から漁を終えてこちらに戻ってくる船も、たくさんあった。色とりどりの大漁旗が風にはためいている。海鳥がそれを追いかけるように何羽も何羽も、忙しなく飛んでいた。

目を凝らさなくても、沖晴が港の防波堤にいるのが見えた。海に突き出した細長い防波堤の先端に小さく小さく見える背中に向かって、京香は歩いていった。

彼の背中が大きくなってくる。「カモメに襲われて落ちないようにね」なんて声をかけようかと思った瞬間、風に乗って彼の声が聞こえてきた。

歌声だ。沖晴の、歌だ。

防波堤に腰掛けた彼は、海に向かって歌を歌っていた。メロディの欠片を聞くだけで、何の歌かわかってしまう。

あの歌だ。北の大津波から生まれた歌だ。この場所から生まれた歌だ。

理不尽で、どうしようもない大きな力によって大切なものを失った人々が、未来に向かって歩き出す。大きな喪失を抱えながら、新しい生活を少しずつ作りあげていく。それを、死者の目線で温かく見守る歌。

故郷を飲み込んだ海に向かって、彼はその歌を歌っていた。男子高校生らしい落ち着いた低音なのに、伸びやかで澄んだ声をしている。秋の海に、空に、風に、声が染み渡る。溶けて広がっていく。

沖晴の声に、自分の声を重ねた。ふわりと手を繋ぐように、二つの声が重なって和音になる。沖晴は振り返らない。京香が後ろに立っても、歌い続けた。

「父さんと母さんは、この海を見て俺の名前をつけました」

歌い終えてなお、続きを口ずさむみたいに、そう呟く。

「俺が生まれた日の——晴れた日の綺麗な海を見て、沖晴って名前を思いついたって。昔のアルバムに、生まれたばかりの俺の写真に交じって、一枚だけ海の写真があるんです。快晴の下で、沖がきらきら光ってて。『これがお前が生まれた日の海だ』って、よく見せてくれました」

うん、と相槌を打った。沖晴のつむじを見下ろし、声を出さずに何度も何度も頷いた。

「その写真は、津波に流されちゃって見つからないんですけどね」

何度も何度も、何度も、頷いた。

「でも、この海のどこかにあるんだ、あの写真。俺の名前の由来になった海だもん。俺の海だもん。どこかにあるんだ」

彼の頭を撫でるみたいに、海が鳴った。ざわざわと、防波堤の下で波が砕けた。

「沖晴君、きっともう大丈夫だね」

「そう思いますか？」

「思う思う。大丈夫だよ」

彼は生きていく。京香がいない世界を、悲しみも苦しみも怒りも何もかも抱きしめて、生きていく。そんな希望の欠片のようなものが、海の音と共に確かに京香に届いた。

だから、臆病な踊場京香がひょこりと顔を出してしまう。

「せっかくだし、この街で梓ちゃんと一緒に暮らしたら？　その方がきっといいよ」

そうすれば、京香の死を見なくて済む。遠くの街で起こったささやかな悲しい出来事として、彼は受け流せる。彼は大丈夫。大丈夫だけれど、彼の人生に降りかかる悲しみは、出来る限り少なくあってほしい。なんて、奇妙なエゴが芽生えてしまう。

「踊場さんから離れて、どうなるんですか」

振り返った沖晴が、京香を見上げる。声にはほんの少し怒気が含まれているのに、やはり柔らかな表情をしていた。

「普通に楽しく暮らしながら、ときどき『ああ、踊場さんはもう死んじゃったんだろうな』って思い出せばいいんですか。そんなことを、俺にしろっていうんですか」

沖晴が立ち上がる。京香の目を見る。真っ直ぐ、射貫《いぬ》いてくる。

「踊場さんが死ぬの、ちゃんと見てます。踊場さんがいなくなっちゃうことに怯えながら、嬉しかったことも楽しかったこともむかついたことも全部思い返しながら、怖い怖いって震えながら、貴方が死ぬのを見ています」

大きく息を吸って、彼は口を引き結んだ。遠くでカモメが鳴いた。

「踊場さんが死んじゃって、悲しめるときがきたら、悲しみます。馬鹿みたいにたくさん泣いて、でもお腹は空くし喉は渇くし眠くもなります。悲しいくせに、意外と人前では笑えたりするんです。テレビを見て笑っちゃったりするんです。いつの間にか踊場さんが死んだことを日常にするんです。乗り越えるとか前を向くとか、そんな仰々しいことじゃなくて、俺の人生に貴方の死が溶けていくんです。高校も卒業するし、大学だって行くし、そのうちきっと、恋人を作ったりします。就職して、一生懸命に仕事をして、結婚するのかしないのかわからないけど、満更でもないくらいに楽しい人生を送っていきます」

強ばっていた唇から、沖晴がふっと力を抜いた。静かに口角を上げて、微笑んだ。花が咲くみたいに、そこに穏やかな光が差すみたいに、笑った。

「そうやって、生きていきます」

自分の頬を、とても温かなものが伝っていくのがわかった。それを沖晴がじっと見ていたから、拭えなかった。

「踊場さん、死ぬの、怖いですか？　俺はこれから、貴方に何ができますか」

「死ぬのは、怖くないよ」

ああ、そうだ。怖くない。怖がる理由などない。

未来がないのはちょっと寂しいかな。未来を捨てて階段町に戻ってきたのに、つい、大学生になった沖晴君とか、社会人になった沖晴君とか、もっともっと未来の沖晴君を、見たかったし、話してみたかったなあ」

京香の言葉を口の中でゆっくり噛み砕くように頷いて、沖晴は「ごめんね、踊場さん」と肩を落とした。京香はすぐに首を横に振った。

「でも、悪くはないよ。何も感じないまま死んでいくなんて、それこそ寂しいじゃない」

寂しさを感じながら、私は死んでいこう。怖れることなく、遺してしまう人達に、階段町に、この世界に、名残惜しさを感じながら、死神と一緒にあの世とやらに行こう。

涙は止まっていた。沖晴が「そっか」と微笑んだ。また遠くでカモメが鳴いた。誰かを呼ぶような甲高い鳴き声と一緒に、波の音が聞こえる。その音は軽やかで、笑い声のようだった。

笑い声だ。死神の、笑い声だ。

◆　◆　◆

冬馬の足音が遠ざかって――それからどれくらいたっただろう。

立ち上がって、一度だけ深呼吸をした。潮風はぬるい紅茶のようだった。

「ねえ踊場さん、俺達の予想は、外れてたんだと思うよ」

被災に関連する何かをきっかけに、自分は感情を取り戻していった。嵐の海に落ちたこと、怪我をしたこと、京香にあの日の話をしたこと――《怖れ》を取り戻した理由だけがよくわからないねと、二人でよく話していた。

「俺はさあ、踊場さんが大事になるたびに、取り戻してたんだよ、きっと」

嵐の中を、この場所まで探しに来てくれたから、嬉しかった。怪我をした自分を心配してくれないから、やきもちを焼いた。貴方が泣くから、どうすればいいかわからなくて困った。貴方が死ぬと知って、自分が死を宣告されたような気分になった。そのたびに、貴方が大事になった。

貴方が一つ大切になるたび、一つ取り戻した。感情を取り戻して、便利な力を失って、大切な人が一人残った。その人は、旅立ってしまったけれど。

「でも、相手は死神だし、真面目に考えたって無駄かもね」

大きく振りかぶって、向日葵を海へ投げた。鮮やかな黄色の花は、波間でもはっきりとこちらを見ていた。少しずつ少しずつ、名残惜しそうに沖晴から遠ざかっていく。

向日葵が向かう先には、入道雲があった。真夏の空に、天へ上る階段のように、幾層も雲が積み上がっている。

入道雲を見上げて、沖晴は息を吸った。大きく胸を上下させると、吸い込んだ暑い空気と海の香りが全身に行き渡る。自分という存在に、空と海と雲が溶けていく。

歌を歌った。全身で歌った。貴方は俺にたくさんのものを残したけれど、俺は貴方に何が出来たんだろうと思いを馳せながら、歌った。

少なくともこの歌を聴けば、あの人は安心して天国へ行けるだろう。

最終話　死神の入道雲

賑やかな客席とステージで演奏するバンドの様子を、沖晴はぼんやりと眺めていた。

ステージ袖は狭く暗い。地下のライブハウスだから、空気もどこか籠もっていて息苦しい。そこに、ステージからきらびやかなライトの光が差し込んでくる。自然の色ではない。人工的で、攻撃的な、眩しい光が。

抱えていたギターのヘッドに触れる。ペグを回してチューニングする。右の指先で弦を軽く弾く。ボディに耳を寄せると、澄んだ綺麗な音が響いた。

「志津川、行ける？」

駒澤《こまざわ》が駆け足でやって来て、沖晴の顔を覗き込んだ。彼が肩から提げたギターにステージの光が反射し、黒いボディが赤く染まった。

大学の軽音部で一緒にバンドを組んでいる駒澤は、何故か本番前に決まって「行ける？」「大丈夫か？」と心配そうに沖晴に聞いてくる。

そんなに、何かやらかしそうに見えるのだろうか。大丈夫じゃなさそうなんだろうか。

「大丈夫だよ」

立ち上がって、大きく伸びをした。肩胛骨《けんこうこつ》をぐーっと寄せると、屈んで圧迫されていた胸が開き、自然と喉が緩まっていく。

前のバンドの演奏が終わり、客席から歓声と拍手が飛ぶ。ギター&ボーカルの駒澤、ギターの沖晴、ベースの東山《ひがしやま》とドラムの日野《ひの》。四人で肩を組んで丸くなると、駒澤が「卒業まであとちょっとだし、楽しんでいこうな！」と声を張った。

といっても、大学卒業までまだ半年以上あるんだけどね。とは、言わないでおく。「おー！」と掛け声を上げて、沖晴達は前のバンドと入れ替わる形でステージに出た。

ステージの上は青かった。降り注ぐライトブルーの照明が眩しい。海中にいるみたいだ。

駒澤の合図で、ギターの弦を弾いた。耳の奥で音の粒が震える。大学に入って初めてギターに触ったけれど、周囲の空気を泡立てるような音色がとても気に入っている。

スネアドラムやシンバルの音が、体の奥に響いてくる。ベースが、二本のギターとドラムの音を上手いこと結びつけて、調和させる。

前のバンドが盛り上げてくれたおかげで、客のノリがいい。その中に、野間紗子を見つけた。芋洗い状態のフロアにうんざりしているのが表情から伝わってきたけれど、人混みは苦手だと言う割に、沖晴がライブに出るとよく観に来てくれる。

成人男性にしては高い声をした駒澤が、マイクに向かって歌い出す。ライトブルーの光はさらに濃い青色に変わった。深く深く、海の底に沈み込んでいく。

東京の大学に入学したのが、三年前。どこの大学に行こうか随分迷った。教育学部に進んで教師を目指すとか、音大に進学してじっくり音楽の勉強をしてみようとか。いろいろ考えて、最終的に新宿の外れにある大学の建築学部を選んだ。

入学式の二日後、キャンパスをうろついていたら軽音部の先輩に拉致《らち》される形で勧誘され、なんとなく入部した。駒澤も同じように軽音部の部室に来ていて、その日のうちに仲良くなった。同学年の東山と日野を引き込んでバンドを組んだのは、二ヶ月後だった。

あっという間に、四年生になってしまった。就職活動を終え、卒業に必要な単位もほとんど取得し、あとは卒業研究さえ仕上げれば、自分は社会人になる。翼を動かすのをやめて、滑空《かっくう》しながら地上を目指しているような気分だった。

いや、きっと、着地しようとしたら風に巻き上げられ、また飛ぶことになるのだろう。曲のサビに入って、駒澤の歌声に合わせてコーラスしながら、そんなことを考えた。

「やっぱり、駒澤君より沖晴君の方が上手いと思うんだよね、歌」

駒澤がバイトの夜間シフトをどうしても抜けられなかったというので、ライブ後は打ち上げもせず解散になった。駅前のファミレスに入ったら、野間さんは注文したメニューが届くと同時にそんなことを言い出した。

「沖晴君のコーラスが、一番綺麗だったもの」

一体、これを聞くのは何度目だろう。明太子パスタをフォークにくるくると巻き付けながら、沖晴は苦笑した。

「いいんだよ。別に俺、ボーカルやりたいわけじゃないし」

駒澤も若干そのことを気にしているようで、これまでちょくちょく「志津川がボーカルやった方がいいんじゃないかな」と提案してきた。その度に「嫌だよ」と断ってきたのだ。

「プロになりたくてやってるわけでもないから、卒業まで楽しくやれればいいよ」

「卒業したら解散しちゃうの？」

「駒澤が地元に帰るから、とりあえず解散じゃないかな」

駒澤は北海道の出身で、卒業後は地元で小学校の先生になる予定だ。東山と日野も、それぞれ東京と千葉で就職する。沖晴も都内の総合建設会社に就職が決まっている。

野間さんも、東京の大学に進学した。文学部で日本文学の勉強をして、春先に出版社から内定をもらった。髪が高校生のときより伸び、飴色《あめいろ》に染められている。ほんのりウェーブした毛先を揺らして、彼女は改まった様子で沖晴を見た。

「私、沖晴君は卒業したら階段町に戻るんじゃないかなって思ってたんだ」

シーフードドリアにふーっと息を吹きかけながら、野間さんが言う。糸を引く熱々のチーズを見つめる目の奥が、地元を懐かしむように柔らかな色になる。

「魔女さんのお店でも手伝うと思った？」

「うん、思った。だって、あの街は……」

野間さんが、言葉を呑み込む。誤魔化すように、冷ましたドリアを口に入れた。

あの街は、確かに俺の帰る場所だ。たった二年間とはいえ、暮らした家がある。通った高校がある。カフェ・おどりばがある。魔女さんがいる。何より、あの人と過ごした街だ。

「階段町じゃない場所で、一人で頑張らないといけない気がしてさ。内定した会社、でっかいビルを造ったり、駅前の再開発とかしてるんだよ。そういうの、いいかなって思って」

人が大勢集まる場所を作る。街を作る。人の営みを作る。大学受験中も、就職活動中も、無性にそれに心惹《ひ》かれた。

「一人で？」

野間さんが、皿の縁にスプーンを置く。含みのある問いかけに、沖晴は反応に困った。彼女の声に、こちらを案ずるような生ぬるさが滲む。

沖晴は、ゆっくりと視線を窓の外へ移した。

七月に入ったが、まだ梅雨は明けない。今日も夕方にかけてずっと雨が降っていた。ファミレスの前の道も、まだ水溜まりがある。そこに外灯や店先のネオンが反射して、夜のはずなのに外が明るく感じた。

ふと、カフェ・おどりばを思い出した。ステンドグラスを通り抜けた色鮮やかな光が、木の床に落ちるのを。そこを、トレイにティーポットとカップをのせたあの人が歩くのを。あの人の細い足首に、赤色や青色の光が射すのを。

東京の埃っぽい雨とも、自己主張の激しいネオンの光とも、忙しなく行き交う人々とも、何もかも雰囲気が違うのに。

「一人、ではないか」

別々の大学とはいえ、野間さんともこうしてよく会っているし。孤独に見知らぬ街で暮らしてきたわけじゃない。助けてくれた人も気にかけてくれた人も、たくさんいた。

一人で頑張るなんて、おこがましいよ。そんな小言が聞こえてきそうだった。

＊　＊　＊

スーパーを出たら、眉間にぽつりと雫が落ちてきた。曇天《どんてん》を見上げ、沖晴はずっしりと重いレジ袋を持ち直した。両手は荷物で塞がっているし、背中にはギターケースを背負っている。本降りになる前にと、沖晴は駆け足で道路を渡った。幸い、目的のマンションまでは五分もかからない。

二十階建てのマンションのエントランスに入る頃には、アスファルトに小さな水玉模様が散らばっていた。エレベーターで五階に上がり、目の前のドアのインターホンを押す。

ドア越しに「沖晴でーす」と言うと、すぐに鍵が開く音がした。

「沖晴くーん、ありがとー！」

マタニティウエアを着た陽菜《はるな》さんが、大きなお腹を抱えるようにしてドアを開ける。沖晴の持つレジ袋に手を伸ばそうとしたから、慌てて「大丈夫ですよ」と部屋に上がった。

新築の2LDKの部屋をずんずん進み、ダイニングテーブルにレジ袋を置く。

「ごめんね、大学も忙しいのに買い物頼んじゃって。朝からお腹張って苦しくてさあ」

袋の中身を覗き込みながら、陽菜さんが両手を合わせてくる。

「いいですよ。今日は一コマしか授業なかったし」

「本当、沖晴君が手伝ってくれるから助かっちゃう」

赤みがかった茶髪のポニーテールを揺らし、陽菜さんが冷蔵庫から麦茶を出してくれた。氷を入れたグラスに麦茶を注ぎ、「はい」と沖晴に差し出す。

「晩ご飯の準備するから、今日も食べていってね。麦茶飲んでゆっくりしてて」

沖晴が買ってきた食材を袋から取り出しながら、陽菜さんが言う。出された麦茶を一気に飲み干して、グラスと自分の手を水道で洗った。

「手伝いますよ。鶏肉を蜂蜜とハーブで焼くやつでしょ。あとは……ラタトゥイユかな」

「何故わかる」

「買ってきた材料を見たら、なんとなく」

「お、ちゃんと家事をやってる子は違うね」

ふふっと笑って、陽菜さんはマタニティウエアの上からエプロンを着けた。

「じゃあ、冬馬が帰ってくるまでに、作っちゃおうか」

「ていうか、レシピを教えてくれたら俺が作りますよ」

「いいの、やるの。沖晴君をパシリにしてばっかりだから、少しくらい運動しないとね」

お腹を摩《さす》って、「まずはお肉だー！」と陽菜さんは鶏もも肉のパックを開けた。

陽菜さんは、一年半前に赤坂冬馬と結婚した。付き合い始めたのはさらにその一年前だから、沖晴が大学二年に進級する直前だ。出会いは、共通の友人の結婚式。

鶏もも肉に醤油と塩コショウで味付けをする陽菜さんの横で、玉ねぎを切りながら、沖晴は彼女の重たそうなお腹を見やった。

冬馬と陽菜さんの子は、来月上旬に産まれる。予定日は八月十日と聞いた。性別は女の子。冬馬から「子供ができた」と知らされたのは、ついこの前のような気がするのに。

陽菜さんが鶏もも肉の表面をフライパンで焼き始める。こんがりと焼けた鶏もも肉に乾燥バジルをのせて蜂蜜を塗り、オーブンに入れた頃、冬馬から陽菜さんに駅に着いたと連絡が入った。窓の外は暗く、雨も本降りになっている。ラタトゥイユの鍋からも、野菜の甘い匂いが漂ってきた。蜂蜜の香りと混ざり合って、広々としたダイニングが洋菓子屋のようになる。

空いたコンロで陽菜さんが洋風の卵スープを作り始めたとき、玄関のドアが開いた。

「おう、沖晴、来てたんだな」

鞄を抱えた冬馬がダイニングに現れる。沖晴が家にいるのも、陽菜さんと料理をしているのも、当然のことという顔で寝室へ入っていく。濡れたワイシャツを片手に、部屋着に着替えて戻ってきた。

「冬馬の好きなやつだよ、蜂蜜塗って焼いた鶏肉」

焼き上がった鶏もも肉を、陽菜さんが「あちっ」と言いながら一口大に切って皿に盛りつける。こんがりと焼けた蜂蜜が、包丁を入れるたびにパリパリと音を立てた。

ダイニングテーブルに冬馬と陽菜さんが向かい合って座り、冬馬の隣が、沖晴の席。その席順が当たり前になっていることを、ラタトゥイユを口に運びながらふと思った。大きめに切った玉ねぎは甘く柔らかい。でも少し歯ごたえが残っている。口を動かしながら、一日の出来事をキャッチボールでもするみたいに教え合う冬馬と陽菜さんを見ていた。

陽菜さんの後ろの棚には、新婚らしく彼女と冬馬の写真がたくさん飾ってある。一番大きな写真は、結婚式のときのものだ。真っ白なウエディングドレスとタキシードを着た二人が、青天の下、教会を背に笑っている。赤と白とピンクの花びらが舞い、二人を祝福する声が聞こえてきそうな写真だった。

不思議だ。高校三年の夏から——あの人が死んでから、まだ四年しかたってない。でも、新しい日常がある。あの頃は想像していなかった毎日が、素知らぬ顔で続いている。

食事を終えて、後片付けをして、「あとで桃、剝いてあげるね」と言って陽菜さんが風呂に入り、リビングでぼんやりテレビを見る。その間も、ずっとそのことを考えていた。

「何、その歌」

冬馬の声に、ハッと顔を上げる。そこで初めて、自分が鼻歌を歌っていたことに気づいた。フローリングの上で胡座《あぐら》をかいて、緑色の大きなクッションを抱えて、まるで自分の家のようにくつろぎながら、鼻先でメロディを転がしていた。

「新しい曲か？」

沖晴と陽菜さんが洗い物をしている間に風呂に入った冬馬が、ソファに寝転がったまま部屋の隅に置かれた沖晴のギターを顎でしゃくった。

「ああ、うん。九月のライブでやろうって言ってる新曲」

「へえ」

自分から聞いてきたくせに、たいして興味がなさそうな返事だった。

そして、突然聞いてきた。

「お前、今年も命日には帰るのか？」

誰の、とは、言わない。去年も、一昨年も、その前も、そうだった。

「帰るよ。魔女さんの顔も見たいし。この前電話したら、今度会うときは就職祝いくれるって言ってたし」

「そうか」

「冬馬さんはどうするの」

「陽菜の予定日が近いし、今年はやめておく。手土産買っておくから、京香のお祖母さんによろしく伝えてくれ」

京香。何てことない顔であの人の名前を出して、冬馬はテレビのチャンネルを変えた。

京香の葬式から一ヶ月ほどたった頃、気まぐれに冬馬に連絡をした。「東京の大学のオープンキャンパスに行きます」と言ったら、「東京はビジネスホテルも高いぞ」と自宅に泊めてくれた。当時彼が住んでいたのは、単身者向けの1LDKの部屋だった。それから何度も、冬馬の家に沖晴は厄介になることになる。受験シーズンに、合格後の物件探し。ほとんど居候状態だったこともあった。

大学生になってからも、ときどき会っては食事を奢《おご》ってもらったり、着なくなった服や使わなくなった家電を譲ってもらったりした。

そんな沖晴を、陽菜さんは「冬馬の弟みたいだね」と笑った。結婚してからも、こうして沖晴を家に呼んでくれる。

陽菜さんが沖晴のことをどこまで知っているのかは、わからない。冬馬がどこまで話したのかも。そもそも、彼が京香のことを陽菜さんに話したのかどうかも。

ただ、冬馬は京香の命日になると、必ず階段町を訪れた。毎年一緒に京香の墓参りにやって来る沖晴と冬馬のことを、京香の祖母も「兄弟みたいだね」と言う。「だんだん顔まで似てきたよ」と、笑う。

強いて言うなら、旅の仲間みたいなものだ。

「俺って、本当に大丈夫なのかな？」

疑問がふと胸に湧いて、沖晴はそれをそのまま言葉にした。旅の仲間の前では、構えることなく言いたいことを吐き出すことができた。

大学で友達と一緒に過ごして、バンドでライブに出たりして、内定ももらったから卒業旅行の計画を立てちゃったりして、ときどきボランティア活動もしちゃって、こうして冬馬さんの家で飯食わせてもらったりして。高校卒業後に地元の専門学校に進学した幼馴染みの梓とはたまに連絡を取り合っているし、去年の夏は一泊二日で遊びに行ったりもした。結構楽しく過ごしてるんだけど、本当に大丈夫なのかな？　何かが、欠落したままなんじゃないかな。治せない傷を抱えたままでいるのかな。

つらつらと言葉を紡いでいったら、冬馬がソファから体を起こしていた。

「お前、それ、誰かに何か言われたのか？」

「いや、この間読んだ本にそういう登場人物がいたから」

半分本当で、半分嘘だ。

駒澤もそう、野間さんもそう。他にも何人もいる。周りにいる人々は、ときどき、沖晴のことを妙に心配そうな目で、不安そうな顔で見る。「大丈夫？」と言ってくる。

それはやっぱり、大丈夫そうに見えないからなんだろうか。

「なんだ、小説かよ」

「俺、まだ泣いてないんだ。踊場さんのことで」

冬馬はテレビに視線を戻したまま、答えない。

「お葬式の日に、冬馬さんに言ったじゃない。悲しくなったら悲しむって。泣きたくなったら泣くって」

あれからもう四年もたつのに、未だにそのときはやって来ないのだ。

「別に、泣いてないわけじゃないんだよ。むしろ俺、結構涙もろいみたいで。感動系の小説とか映画とかでも、なんだかんだで泣くし。動物のドキュメンタリーとか、泣けるし」

涙は流れる。正常に流れる。自分の中の《悲しみ》の感情は、ちゃんと機能している。

でも、踊場京香の死を想って泣いたことは、一度もない。

「いいだろ、別に」

脱衣所からドライヤーの音が聞こえてきた。それに被せるように、冬馬が言う。

「お前が言ったんだろ。悲しくなったら悲しめばいい。十年後でも、百年後でも」

百年後は、俺も死んじゃってるよ。そう軽口を叩こうとして、夏目漱石の『夢十夜』を思い出した。あんな風に、気がついたら百年たっていた……なんてことがあるんだろうか。

髪を乾かした陽菜さんが、脱衣所から出てきた。「桃、食べよっかー」と、冷蔵庫を開ける。手伝いをしようと、沖晴は腰を上げた。

テレビでは、夜のニュース番組が始まっていた。梅雨明けはまだ先になりそうだ、とアナウンサーが伝えている。

窓には、大粒の雨が打ちつけている。

＊　＊　＊

梅雨の晴れ間の気配すらない曇天を見上げて、沖晴は堪らずうなり声をあげた。晴れろ、晴れろ、と念じるが、雲は揺らぎもしない。そんな沖晴を横目に見ながら、運転席の専光《せんこう》さんが、わざとらしく明るい声を上げた。

「よかったあ、沖晴君が来てくれて。今日は車椅子の利用者さんだから、男手があったら嬉しいなって思ってたの」

ワンボックスカーのハンドルを握りながら、「ほんと、ありがと」と笑う彼女に、沖晴は「別にいいですよ」と助手席から返した。

「今日の利用者さんね、末期の大腸がんなの。七十八歳のお婆ちゃんでね、もう手術とかもできなくて、ホスピスに入ったんだって」

沖晴が読んでいた資料にも、同じことが書いてある。資料を閉じて鞄に戻し、「大腸がん」と「ホスピス」という言葉を、口の奥で反芻した。

専光さんが働く一般社団法人「アマヤドリ」は、ターミナルケアを――終末期医療や看護を受けている人を対象とした、外出援助サービスのボランティアを行っている。

それはつまり、死を目の前にした人を、本人の望む場所へ「最後の旅」として連れて行くということだ。体が少しでも動くうちに、外出が許されるうちに、見たいものを見て、食べたいものを食べて、楽しいものを楽しめるうちに。

沖晴がアマヤドリを知ったのは、大学の掲示板にボランティア募集のチラシが貼ってあったからだ。確か、去年の今頃。ターミナルケア、終末期医療という言葉から目が離せなくなって、ボランティアに申し込んだ。

月に一度ほど、こうやって専光さんから呼び出される。その日の予定と利用者の情報を渡され、旅が楽しいものになるようにサポートするのが沖晴の役目だ。

先月も、末期がんの男性を孫娘の結婚式に連れて行った。春には、重い認知症を患った女性と共に茨城でネモフィラを見た。

「でも、本当に今日でよかったんですか？　めちゃくちゃ曇ってるじゃないですか……」

今日の利用者が行きたいと願ったのは、東京スカイツリーだった。利用者の生活するホスピスに向かって、車は高速道路をひた走る。アマヤドリのスタッフである専光さんと沖晴、もしもに備えて看護師も同行している。車内には酸素ボンベ、吸引機、ＡＥＤ、点滴の用意もある。これらを使うような事態になったことはないけれど、いつも「今日かもしれない」と思いながら沖晴は専光さんに同行している。

後部座席に乗る看護師の多田《ただ》さんが「雨、降りそうだよね……」と身を乗り出してフロントガラス越しに空を見上げた。天気予報によると、午後からは雨がぱらつくらしい。

「一昨日までは晴れの予報だったんだけどねえ」

専光さんの眉間には、深い皺。この天気を一番まずいと思っているのは彼女のはずだ。スカイツリーの展望台に上っても、この天気では景色なんて見られない。

「私も昨日、延期しましょうかって提案したんだけどね。この小池絹子《こいけきぬこ》さんって利用者さんが、『延期しちゃったらもう行けないかもしれないから』って」

「そんなに具合悪いんですか？」

「スカイツリーに行くことが決まってからはちょっと元気になったらしいけど、あんまりよくはないみたい。これからどんどん暑くなっちゃうと、外に出るのが辛くなるからね」

それは、この絹子さんという人が、自分はこの夏を越えられないと、そう思っているということなんだろうか。

「晴れるといいですね」

そんな気配はまるでない空を見上げて、沖晴は呟いた。

それから高速を一時間ほど走って、目的のホスピスに着いた。小高い丘の上の、見晴らしのいい場所だった。ホスピスの職員に連れられ、小池絹子さんはエントランスでアマヤドリの到着を待っていた。

「絹子さん、皆さんいらっしゃいましたよ〜」

若い男性介護士が、車椅子の絹子さんに話しかける。専光さんが「絹子さん、こんにちは。本日ご一緒する、専光麻里奈《まりな》です」と、彼女の前に屈み込む。

ツバの広い帽子を被り、丸眼鏡をかけた絹子さんの体は、小さかった。背が低いとか、痩せているとか、そういう《小ささ》ではない。肉がそげ落ちて骨と皮ばかりになった体からは、命の火が消えようとしているのが伝わってくる。

「どうも、今日は、よろしくお願いします」

痰《たん》が絡んだようなざらついた声で、絹子さんが小さく頭を垂れる。沖晴も慌てて自己紹介をして、「よろしくお願いします」と頭を下げた。

ワンボックスカーにスロープで車椅子をのせ、沖晴は絹子さんの隣に座った。車椅子をしっかり固定し、車は来た道を東京に向かって走り出す。

車が走り出した直後は沖晴と途切れ途切れに会話をしていた絹子さんだったが、すぐに話しかけても反応がなくなった。ホスピスの職員から「話してる途中でも、沈み込むみたいに寝ちゃうことがある」と聞いていたが、念のため座席から腰を浮かし、絹子さんの顔を覗き込んだ。

すーすーと、か細い呼吸を繰り返す絹子さんに安堵して、前の座席にいる多田さんに「寝ちゃったみたいです」と報告した。多田さんも絹子さんの様子を確認し、「着いたら起こしてあげよう」と微笑んだ。

絹子さんの寝息は、いつ途切れても不思議じゃないくらい小さかった。吸い込む空気の量も、吐き出す息の量も少ない。ときどき、鬱陶しそうに喉を鳴らす。

覚えがあった。踊場京香が息を引き取るときも、こうだった。

彼女の死は穏やかだった。眠るようにとはまさにああいう死に方だと思った。薬で痛みを和らげ、頭を祖母に撫でてもらいながら、左手を沖晴に握られながら、去っていった。

――ありがとね。

最期、彼女がそう言ったように聞こえた。もしかしたら、沖晴の思い込みかもしれない。

「そんなの聞こえなかったよ」と言われるのが嫌で、彼女の祖母にも話していない。

「ありがと」

突如聞こえた言葉に、沖晴はハッと顔を上げた。思わず「え?」と声に出してしまう。

「こんな年寄りのために、今日は、ありがと」

うっすらと目を開けた絹子さんが、視線だけを沖晴に向けていた。声が喉でつかえて、しばらく何も言えなかった。

「……何言ってるんですか。まだ、出発したばっかりですよ」

スカイツリー、一緒に上りましょうね。そう付け足すと、絹子さんは笑った。口元の薄い皮を捻るようにして、目をぎゅっと瞑《つぶ》るようにして、にっこり笑った。

パーキングエリアで休憩を挟みながら東京を目指したが、空は晴れるどころか徐々に雲が厚くなっていった。案の定、スカイツリーは先っぽが雲で覆われていて、展望デッキに上っても何も見えなかった。係員が「悪天候のため視界不良」という看板を持ってチケットカウンターの隣に立っていたくらいだ。

出発ゲートに飾ってあった江戸切子《きりこ》のオブジェが綺麗だったとか、エレベーターの内装が桜模様で素敵だとか。そんな話を専光さんと多田さんとしながら展望デッキに向かったけれど、エレベーターの扉が開いた瞬間、「ああ……」と溜め息をついてしまった。

ガラス張りの展望デッキから見えたのは、ただただ真っ白な風景だった。雲に飲み込まれ、上も下も何も見えない。

「ああ〜、真っ白ですねえ……」

専光さんが苦笑いをこぼす。それ以外にどうすればいいんだ、という顔だ。多田さんも、困ったという様子で首を傾げている。

絹子さんは、一面の真っ白な景色をじっと眺めていた。何も反応がないから寝てしまったんじゃないかと思ったが、確かに細い目を開けて、目の前の風景を見つめていた。

「もうちょっと上に行ってみましょうか？」

車椅子を押していた沖晴は、絹子さんの方に身を乗り出して言った。絹子さんにもちゃんと聞こえるように、ゆっくりゆっくり、嚙み締めるように。

「ここ、まだ地上から三百五十メートルなんです。東京タワーより少し高いくらいです。スカイツリーは、六百三十四メートルあって、この上にもう一つ、展望台があります」

そこまで行けば、もしかしたら、雲間から何か景色が見えるかもしれない。東京タワーという単語に、絹子さんがもぞもぞと首を動かして沖晴を見た。

「そうなの。そんな高いところ、行けるの」

車を降りてから初めて、絹子さんが喋った。耳を澄まさないと聞こえないくらい小さな声だった。悪天候で来場者が少ないから、辛うじて聞き取ることができた。

「じゃあ、連れて行って」

ざらついた声に、沖晴は大きく頷いた。専光さんと多田さんがフロアガイドを片手にエレベーターに向かって行く。その後ろを、車椅子を押しながらゆっくり付いていった。

再びエレベーターに乗って、地上四百四十五メートルを目指した。ところが、エレベーターを降りて目に入ったのは、先ほどと全く同じ景色だった。百メートル上に来たくらいじゃ、雲は晴れてくれなかった。

「真っ白だね。まるで、天国だ」

呆然と立ち尽くす沖晴達とは対照的に、絹子さんはふふっと笑った。

「ねえ、お兄さん。せっかくだから、一番高いところまで、連れて行ってちょうだいな」

絹子さんに言われるがまま、沖晴は車椅子を押して天望回廊と呼ばれるガラス張りの通路を進んでいった。フロアをぐるりと囲むような構造をしていて、歩いて最上フロアまで行けるようになっている。

晴れていたら、東京の街並みや遠くの景色がよく見えるのだろうけれど、今日はただ雲の中を歩いているだけだ。本当に天国への階段を上っているような気がしてくる。

最上フロアには、ここが地上四百五十一・二メートルであると記されていた。外の景色が見えないから、高いところにいる実感が湧かない。

「綺麗ね」

周囲を眺めながら、絹子さんが言う。もっと窓ガラスの側に行ってほしいと言うので、沖晴は車椅子をぎりぎりのところまで近づけてやった。

「晴れてれば、富士山とかも見えたんですけどね」

残念ですね、と言いかけたら、絹子さんが身じろぐみたいに小さく首を横に振った。

「高いところ、好きだったの」

車椅子のタイヤをロックして、沖晴は絹子さんの隣に屈み込んだ。そうしないと、大事な言葉を聞き逃してしまう気がした。

「東京タワーが、できたときも、お父さんと一緒に上ったの」

お父さん。それは多分、絹子さんの旦那さんのことだ。十年前に病気で他界したと、ホスピスへの道中に専光さんから聞いた。どういう夫婦だったのかまでは、知らない。子供がいたのかどうかも、聞いていない。聞かない方がいいと専光さんに釘を刺されたことがあるからだ。利用者の事情に精通してしまうと、後々絶対に辛くなるから。アマヤドリの仕事は、そういうものだからと。

「ソフトクリーム、ないかしら」

突然、絹子さんがそんなことを言った。沖晴の顔を見て、がらがら声で「ソフトクリーム。白いやつ」と繰り返す。

「専光さん。絹子さんが、ソフトクリームが食べたいって」

背後にいた専光さんに伝えると、彼女は困惑しつつも「きっとあるよ、夏だもん！」とフロアガイドを広げた。スカイツリーの中にカフェがあったし、下には巨大な商業施設もある。ソフトクリームくらい、あるはずだ。

「それじゃあ、このあとは、ソフトクリーム食べましょうか」

「私、一口しか、食べられないと思うから、残りはお兄さんにあげるわ」

つっかえつっかえ、ときどき大きく息をつきながら話す絹子さんに、沖晴は小さく頷く。

絹子さんの言葉はゆっくりだ。時間の流れが、沖晴とは異なるみたいだった。

ふと、階段町のカフェ・おどりばを思い出す。あの店も、そうだった。外の時間の流れから切り離されたような、時間が流れることなく滞留しているような場所だった。

「東京タワーにね、上ったあと、お父さんと食べたのよ。お父さんが、『キヌちゃん、ソフトクリーム食べよう』って言ってね」

「それじゃあ……今日は、東京タワーに上りたかったんじゃないんですか？」

旦那さんとの思い出の場所に、本当は行きたかったんじゃないのか。恐る恐る聞いた沖晴に、絹子さんは笑いかけた。

「だって、今は東京タワーより、スカイツリーの方が高いんでしょう?」

絹子さんの肌の色は、沈んでいる。目は濁ってどこを見ているのかよくわからない。でも、皺だらけの顔は、どこか楽しそうだった。

「お父さんが、死んじゃったときも、東京タワーに上ったの。箱根の山とかにも行ったの。空に近いところに行けば、お父さんからも、よーく見えるんじゃないかと思って」

喉を鳴らし、絹子さんは目を細めた。雲に覆われた世界を、愛おしそうに見つめる。

「今日は、別に、綺麗な景色が見たかったわけじゃない。ただ、高いところに来たかったの。お父さんに、もうすぐそっちに行くから、ちょっと待っててねって、言いに来ただけ。それに、スカイツリーにいつか上りたいねって、お父さんと言ってたのよ」

約束を果たすことなく、絹子さんの旦那さんは亡くなったのだろう。絹子さんの隣にしゃがみ込んだまま、沖晴は目の前の景色を睨みつけた。分厚いガラスに、自分と絹子さんの姿が映り込んでいる。まるで、雲の上にぬるりと浮かんでいるみたいだった。

ねえ、お兄さん――と、絹子さんが沖晴を呼んだ。

「私ね、ここに来たせいで、体に負担がかかって死んじゃったんだとしても、別に構わないの。ここに来ないであと一年生きるより、ここに来て明日死んじゃう方が、いいもの。お父さんに、いいお土産話ができたし」

スカイツリーに上ったのよ。でも、天気が悪くてなーんにも見えなかったの。だって雲の中にいるんだもの。本当、真っ白だったんだから。ソフトクリームを食べながら楽しそうに話す絹子さんが思い浮かんだ。顔を見たこともない旦那さんが、ソフトクリームを片手に頷くのも。

「これは最後の旅じゃないの。これから、また旅に出るんだもの」

絹子さんが、またふふっと笑った。似てない。全然似てない。なのに、どうして京香の顔が浮かぶのだろう。

小さく洟を啜って、沖晴は立ち上がった。背後にいた専光さんと多田さんが目を真っ赤にしていて、沖晴は慌てて「ソフトクリーム、ありましたか?」と問いかけた。

ねえ、踊場さん。貴方には、今の俺が見える?

真っ白な景色に向かって問いかける、自分がいた。何もないはずの場所に、ぼんやりと彼女の姿が浮かんでしまう。掻き消そうと思ったのに、頭なのか胸なのか、体のどこかが拒絶した。

＊　＊　＊

四年半ほど前、京香と故郷を訪ねて、梓に会って、彼女の両親とも話をして、小学校の頃の同級生達とも再会した。両親の墓参りもした。結局、三泊四日という長い旅になった。

階段町に戻ってからは、ちゃんと学校に通った。合唱部とボランティア部の活動も続けた。勉強もした。京香は、ずっと元気だった。寒さが忍び寄り、海が冷たい色に変わっても、海風が頬にひりひりと痛くなっても、元気だった。階段町に珍しく雪が降ったときも、二人でカフェ・おどりばの前に雪だるまを作った。牡蠣《かき》が旬になると、京香と彼女の祖母と三人で鍋をした。あの洋館で一緒に年越し蕎麦を食べ、そのまま初詣に行った。

何を願ったかは京香に教えなかったし、彼女も教えてくれなかった。

寒さが緩み、桜が咲いた。このまま春になったら、暖かくなったら、京香はもう少し長生きするんじゃないか。そう思い始めた頃、彼女は体調を崩した。息切れや食欲の減退や咳といった症状が目立ち始めた。それまで薬で抑え込んでいたものが、ぼろぼろと現れ始めた。階段を上がるのが苦しいと、部屋を洋館の一階に移した。

ちょっとずつ、本当にちょっとずつ、症状は悪化していった。

梅雨の気配が忍び寄ってきた頃、「息が苦しい」と言って京香はベッドから起き上がれなくなった。最後の二ヶ月であんな急激に体調が悪くなるなんて、思わなかった。

彼女は、「死ぬのは怖くない」と言った。言葉の通り、京香は弱っていく自分の体を受け入れていた。ベッドに横になって過ごす時間が増えても、「参っちゃうねえ」なんて笑った。

怖くなってしまったのは、むしろ自分の方だった。そんな沖晴に、彼女は言ったのだ。

「死に方に正解なんてないよ」

あの頃はまだ、明瞭に会話ができていた。冗談を言い合って笑ったりしていた。

「だから、沖晴君、たられば で悩まないでね。治療させとけばよかったとか、あのときああしてあげればよかったとか。いいんだよ。私は私の死を自分で選んだんだよ」

私、今、いいこと言ったね。ふふっと笑った彼女はその夜、夕食に食べたものをすべて吐いてしまった。彼女の死への歩みは、その日から目に見えて早くなっていった。

あの日は、いい天気だった。青空に巨大な入道雲がいくつも積み上がり、京香が寝ている部屋のすぐ近くの木で、蟬がけたたましく鳴いていた。「うるさくない？」と沖晴が枕元で問いかけても、彼女は無反応だった。目は開いているのに、どこも見ていない。この世ではない場所を見ている目をしていた。

食事ができなくなってから、何日たっていただろう。数日前までは水ばかりほしがっていたが、それもだんだんなくなっていった。会話をしていても内容がちぐはぐで、眠っている時間が長くなった。京香が自宅で死を迎えられるようにサポートしてくれていた在宅医療のスタッフも、その日はいなかった。お別れが近いから、できるだけ近しい人だけで。そういう気遣いをしてくれた。

「踊場さん、雲がすごいよ。今年初めての入道雲かも」

窓から見える綿菓子のような入道雲を、顎でしゃくった。京香から反応はなかった。部屋のドアが開いて、彼女の祖母がアイスティーをお盆にのせて入ってきた。

「暑いから、レモンティーにしてみた」

輪切りのレモンが入った細長いグラスを、沖晴に渡してくる。京香の右手側に彼女の祖母が、左手側に沖晴が座る。彼女が寝たきりで過ごすようになってから、これが定位置になった。

「意識、全然戻らないみたい」

窓ガラスに背を預けるようにして、沖晴はレモンティーを一気に半分飲んだ。大きな氷がぎっしりと詰まったグラスを持つ掌が、次第にじんじんと痛くなってくる。

「点滴をやめて、もう五日だね」

京香の頭を撫でながら、彼女の祖母もレモンティーのグラスに口をつけた。
京香の体は、もう水分や栄養を適切に処理できない。点滴で無理に体に入れても本人が苦しいだけだから、死の直前は点滴をしないのが望ましいのだという。モルヒネを打ってもらっているから、京香はこのまま、うとうとしながら、花が萎れるように死んでいく。

「踊場さん、やり残したこと、ないかな」

グラスをくるくる回しながら、沖晴は京香を見た。去年の今頃と比べて、頬はげっそりと痩《こ》けてしまった。顔色が悪い。何色と表現すればいいかわからない、くすんだ色だ。

「ないんじゃないかな」

くすりと笑った彼女の祖母に、沖晴は「だといいんだけど」と笑い返した。もし、この瞬間に奇跡的に意識が戻って、「冬馬に会いたい」と言ってくれたら、俺はあの人を殴ってでもここに連れてくるのに。食べたいもの、見たいもの、話したいこと、聞きたいこと。何だって、手に入れに行く。

そう、思ったときだった。窓の外で鳴いていたはずの蟬の声が、唐突に止んだ。まるで、京香に道を譲ったみたいに。首を絞められたような息苦しさを感じて、沖晴は顔を上げた。

——ありがとね。

遠くから、京香の声が聞こえた。

「踊場さん?」

椅子から腰を浮かせ、無意識に彼女の左手を握った。季節を忘れてしまうくらい冷たい手。数日前からずっとそうだった。でも、何かが決定的に違う。もうここに、火は灯っていない。

京香の呼吸が、聞こえなかった。

彼女の祖母が、「京香」と名前を呼んだ。これまでも、一時的に無呼吸になることが何度かあった。その度に覚悟した。けれど彼女は、思い出したように呼吸を再開させてきた。でも、どれだけ待っても、名前を呼んでも、手を握っても、彼女はもう息をしなかった。

京香が死んだら、泣き叫ぶと思っていた。亡骸《なきがら》に縋って、枯れるまで泣くと思った。不思議なもので、自分は微笑んでいた。悲しい。寂しい。苦しい。確かにそう感じる。同時に、何故か安心もしている。喪失感と安堵が同居して、自分の胸を掻き回している。そこに、名前をつけることができない。

京香の冷たい手を握ったまま、為《な》す術《すべ》もなく彼女を見ていた。ありがとう。さようなら。いってらっしゃい。またね。大好きだよ。ごめんね。すべてを一つにして、笑いかけた。

いつの間にか、蝉が再び鳴き始めている。入道雲の輪郭が先ほどより鮮やかだった。京香は、母親が死んだとき、どんな気持ちでこの街の空を見上げたのだろう。晴れていたのか、曇りだったのか、それとも雨だったのか。聞いておけばよかった。もっとたくさん、聞いておけばよかった。

上京するとき、どういう思いで階段町の坂を、階段を、下っていったのか。初めて一人暮らしをした部屋の、窓からの景色。大学で冬馬と初めて会ったとき、何を思ったのか。音楽の先生になることが決まったとき、その日の夕飯に何を食べたのか。

わからないのに、何故か勝手な想像ばかりが浮かぶ。母親を亡くした彼女が、今と同じような入道雲を見上げている。穏やかな春の階段町を、大きな鞄を抱えた彼女が軽やかに駆けていく。目の前を電車が走り抜けるアパートの二階で、彼女が窓にカーテンをつけている。飲み会でたまたま隣に座った無愛想な同級生に「飲み物、何にする？」と彼女が問いかける。音楽教師としての採用通知を受け取った彼女が、スーパーでちょっと高い牛肉を買ってにやりと笑う。

どうして、見たことも聞いたこともないのに、こんな想像をしてしまうのだろう。たられば悩まないでね、と京香は言ったけれど、駄目だ。後悔ばかりが喉の奥で膨れあがってしまう。

――嫌悪とか怒りとか悲しみとか怖れとか、そういうネガティブな感情も、やっぱり大事なんだよね。

京香が沖晴にそんなことを言ったのは、初詣のときだった。彼女の言葉が、雨のように、ぽつり、ぽつりと沖晴に降ってくる。空は、こんなに晴れているのに。

＊　＊　＊

約束まで時間があったから、軽音部の部室に行った。空き時間なのかサボりなのか、後輩が何人かいた。沖晴が座る場所を空けようとしてくれたから、断ってベランダに出た。

七月ももう下旬に入ったというのに、まだ梅雨明けの宣言がない。今日か、今日か、と思っているのに、朝目が覚めると雲が空を覆い、雨がぱらついている。今日はまだ雨こそ降っていないが、いつ降り出してもおかしくない空模様だった。

ベランダに置いてあった木製の椅子に腰掛け、背負っていたケースからギターを取り出す。ヘッドのペグを回してチューニングし、新曲を練習した。譜面は頭に入っている。窓ガラスに寄りかかって、ピックで弦を弄《もてあそ》ぶみたいにぽろんぽろんと弦を弾く。

駒澤がやって来たのは、新曲を二周ほどしたときだった。「お疲れ」と沖晴の隣の椅子に座り、「お、練習してんじゃん。偉い」と自分のギターケースを傍らに置いた。一緒に練習するのかと思ったのに、駒澤は自分のギターは出さなかった。何か話しかけてくることもなく、自分のスマホを弄っている。仕方なく、沖晴は演奏を続けた。

「なあ、志津川」

切りのいいところで、駒澤がおもむろに顔を上げる。

「その曲、お前が歌う？」

手を止めて、沖晴は彼を見た。

「どうしたの、いきなり」

「いや、お前、いつもコーラスばっかりだから。たまにはメインで歌うのもいいんじゃないかと思って」

「いいって。別に俺、ボーカルやりたいわけじゃないし」

駒澤が、沖晴の目を見据える。と首を傾げると、顔を顰《しか》めて肩を落とした。

「志津川の方が歌が上手いって、ボーカルやってるからわかるんだよ。でも、お前がやりたくないって言うから、ずっとやらないままで来ちゃって。もうすぐ卒業なんだし、一曲くらい志津川が歌ったっていいじゃんと思って」

妙にしんみりした口調で言うものだから、どう返せばいいのか、わからなくなる。

「子供っぽいと思いつつ、俺は、大学生活があと半年ちょっとで終わっちゃうのが凄く寂しい。友達と離れるのも凄く寂しい。でも、志津川はなんていうか、寂しいは寂しいけどそういうものじゃん、って達観してるように見える」

先日、ライブハウスのステージ袖で心配そうに声を掛けてきた彼を思い出してしまった。

「俺って、そんなに大丈夫じゃなさそうに見える？」

目を丸くした駒澤に、さらにたたみ掛けた。

「変かな？　感情とか、欠落してるように見える？　薄情な人間に見える？」

喜び、嫌悪、怒り、悲しみ、怖れ。全部、自分の中にあるはずなのに。取り戻したはずなのに。ときどき、無性に何かが欠けているような気分になる。

「そんな大袈裟なことじゃないよ」

困った顔で、駒澤は笑ってみせた。その口が、遠慮がちに「ただ……」とこぼす。

「ただ、特に苦労もしないでのほほんと生きてきた俺とは、違う何かを見てきたんだろうな、って気は、ずっとしてた。初めて会ったときから」

肝心な部分をオブラートで包んだ言い方に、沖晴は、ああ……と声を漏らした。

大学入学直後、駒澤に地元はどこかと聞かれ、階段町の名前を出した。高校卒業までそこで暮らしていたが、生まれは北の方だと。

あのときからもしかしたら、駒澤は思っていたのかもしれない。沖晴が何によって、何を失ったのか。思っていながら、聞かないでいてくれたのかもしれない。

「そっか」

この感情は、何だろう。嬉しいのとは違う。安堵とも、ちょっと違う。温かいけれど静かで、ロウソクみたいに小さく燃えている。雨に降られて濡れながら歩いていたら、「傘はないけど長靴はあるぞ」と笑いながら肩を叩かれたみたいな感じだ。「結局濡れちゃうじゃん」と笑いながら、それでも長靴を受け取るのだ。

「えー、じゃあ、一曲くらい歌ってみようかな」

窓ガラスに背を預け、膝にのせたギターを見下ろす。虎目石《とらめいし》のような模様のボディに、流れていく雲が映り込んでいる。

「こないだのライブハウスのオーナーにさ、『お前がボーカルやった方が人気出るぞ』って言われたんだよね」

「うわ、最悪！　人が心の隅でちょっと気にしてたことを！」

梅干しでも食べたような顔でそっぽを向いた駒澤が、肩を揺らして笑った。寄りかかった窓ガラスが、かたかたと鳴り、これまた笑い声のような音を立てた。

「ねえ駒澤ぁ、俺が死神に会ったことがあるって言ったら、信じる？」

彼は最初こそ笑って「何だそれ」と言った。笑顔を崩さないまま、「志津川が言うなら信じるよ」と答えた。

話した。最初から、最後まで。駒澤は一度も相槌を打たなかった。膝の上に置いたスマホを見ることなく、沖晴の話をただ聞いていてくれた。

「知ってる、その歌」

彼が声を発したのは、京香と故郷の海に向かって歌を歌ったことを話したときだった。

『花は咲く』だ」

高校の文化祭で歌ったわ。そうとだけ言って、彼は再び黙り込む。二度、首を縦に振って、沖晴は続きを話した。京香が死ぬまでのことを、それからのことを。

「ありがとう」

話し終えた沖晴に、ただ一言、礼を言ってきた。

そのとき、ズボンのポケットに入れていたスマホが鳴った。電話だった。

アマヤドリのオフィスは大学から歩いて十分ほどのところにある。十畳もないような小さな部屋は、スタッフ二人分の机と棚、応接セットでぎゅうぎゅうだ。専属のスタッフは三人で、依頼のたびに外注スタッフを招集するから、オフィス自体はとても小さい。

ガラス張りのドアを開けると、中には専光さんしかいなかった。他のスタッフは打ち合わせで外に出ているのかもしれない。

「専光さん、用事って何ですか？」

先ほどの電話の相手は、専光さんだった。用件は告げずに、「ちょっと用があるから、もし大学にいるならオフィスに来られない？」と言われた。駒澤とだらだら喋っているだけだったから、雨が降り出しそうな中、小走りで駆けつけたのだ。

「ごめんね、いきなり呼び出して」

自分のデスクに腰掛けていた専光さんは、沖晴を見るなり席を立った。そのまま、ドアの側にある応接セットを「座って」と指さす。

「どうしたんですか？」

くたびれたソファに腰を下ろし、沖晴は首を傾げた。向かいに専光さんが腰掛ける。手には、クリーム色の紙袋を持っていた。

何故だろう。それを見た瞬間に、胸の奥を冷たい手で撫でられた気がした。温度のない掌が、それでも優しく、沖晴の心をさする。

「この前スカイツリーに一緒に行った、小池絹子さんなんだけど」

「亡くなったんですか？」

タンポポの綿毛にふーっと息を吹きつけるような、そんな感覚で沖晴は言った。

別に、珍しいことではない。アマヤドリで働いている以上、当たり前のことだ。沖晴達が願いを叶えるサービスをするのは、命の終わりが近い人々に対してなのだから。一緒にでかけて、同じものを見て、同じものを食べて、言葉を交わした人々は、近いうちに必ず死んでしまう。

専光さんの目がすーっと見開かれ、すぐに元に戻った。

「一週間前だって」

ゆっくり頷いて、専光さんは抱えていた紙袋を応接セットのテーブルに置いた。中から、上等そうな桐の箱が二つ出てくる。

「じゃあ、もう葬儀も終わったんですね」

「今日の午前中にね、絹子さんの息子さんがお礼を言いに来てくれて」

絹子さん、息子がいたんだ。そう思ったら、口から「へえ」と呑気な声が漏れてしまう。

「絹子さんね、延命治療を拒否してホスピスに入っていたらしくて、息子さんはそれに反対してたんだって。だから、スカイツリーに行くのにも同行しなかったって」

脳裏に、冬馬の姿が浮かんでしまった。彼が、どういう気持ちで京香と離れたのか。

「でも、スカイツリーに上ったあと、絹子さんといろいろ話をして、わかり合えたって言ってた。ちゃんと最期にも立ち会ったって」

「それはよかったです」

綺麗な景色なんて全く見られなかったあの旅には、たくさんの意味があった。絹子さんと分け合って食べたソフトクリームの味を思い出して、沖晴は小さく微笑んだ。

「これね、お礼だって。さくらんぼ」

専光さんが桐の箱に手を伸ばす。かたん、という乾いた音と共に、平たい蓋が開く。

宝石みたいに真っ赤なさくらんぼが、箱の中で整然と並んでいた。丸い実が列を作り、きっちり、かっちり、収められている。

それを見て、絹子さんの死を実感した。艶《つや》やかなさくらんぼが無機質に並んでいる。それが、堪らなく、沖晴に死を連想させた。

「絹子さん、沖晴君に凄く感謝してたみたい。それをホスピスの職員さんから聞いた息子さんが、一箱は沖晴君に、って」

専光さんが箱の蓋を閉めて袋に戻し、沖晴の前に置く。

「息子さん、さくらんぼ農家をやってるんだって。今が旬で美味しいからって言ってた」

専光さんは終始、表情を崩さなかった。口調も平坦で、冷たいとさえ感じてしまう。でも仕方がないのだ。いちいち悲しんでいたら、泣いていたら、彼女の仕事は成り立たない。だから、専光さんの前で自分が無邪気に悲しんじゃいけない——と思ったせいなのか、涙が出て来る気配はなかった。胸は痛い。ずっと痛い。専光さんが絹子さんの名前を出したときから、「亡くなったんですか？」と自分で言ったときから、絹子さんの息子の話を聞いているときから——痛い。ずっとずっとずっと痛い、悲しい、悔しくて悲しくてやるせない。絹子さんだけじゃないのに。死の淵を覗き込みながら、「最後の願い」を叶えようと旅に出る人々を、たくさん見てきたのに。

「沖晴君、大丈夫？」

専光さんに顔を覗き込まれた。心配されている。こういう顔を、これまで何度も何度もされてきたから、すぐにわかってしまう。京香にだって、こういう顔をたくさんさせた。沖晴の秘密を知ってからも、沖晴が感情をすべて取り戻してからも、彼女が死ぬ間際も。

「大丈夫ですよ」

笑みは、自然と出てきた。「さくらんぼ、遠慮なくもらっていきますね」と紙袋を手に取る。ソファから腰を浮かせたら、「ねえ、沖晴君」と呼び止められた。

何だかその言い方が、無性に、京香に似ていると思ってしまった。

「私ね、焼き肉が好きなの」

かしこまった様子で沖晴を見上げ、専光さんはそんなことを言った。自分の言葉を嚙み締めるように、小さく鼻を鳴らしながら、力強く。

「はい？」

「でも、一人で焼き肉って行き辛くて、なかなか食べたいってときに行けないの。だから、今度一緒に食べに行こう」

立ち上がった専光さんは、両手をぎゅっと握り締めていた。彼女が何を必死に放すまいとしているのか、沖晴は呆然と考えた。

難しく考えなくても、わかる。今の自分は、わかることができる。それが嬉しかった。

「安心して、私の奢りだから。高いところには連れて行ってあげられないけど……」

尻すぼみになっていく専光さんの声に、沖晴は小さく噴き出した。一度そうしたら我慢できなくなって、肩を揺らして笑ってしまう。

悲しいのに。確かに今、悲しいのに。それでも、笑うことができる。悲しいと嬉しいは、隣り合って歩いて行ける。

「じゃあ、よろしくお願いします」

専光さんは、笑ったことを咎めなかった。むしろ安心したように頬を緩めた。

「うん、行こう行こう。お肉、いっぱい食べようね」

アマヤドリのオフィスを出たら、ついに雨が降ってきた。ビニール傘を手に、沖晴は野間さんと待ち合わせていた駅前のカフェに入った。

窓際の席にいた野間さんが、沖晴に気づく。カウンターでアイスティーを注文し、グラスを持って彼女のもとへ行く。アイスコーヒーをストローで吸っていた野間さんは、近づいてくる沖晴に何故か怪訝な顔をした。

「何かあった?」

向かいの席に座った沖晴に、意味ありげにそんなことを聞いてくる。

「なんで?」

「なんか、ちょっと元気ないように見えたから」

足下に紙袋を置く。さくらんぼを彼女に半分あげようと思っていたけれど、やめておいた方がいい気がした。「これどうしたの?」と聞かれたら、アマヤドリのことを、絹子さんのことを話さないといけない。

野間さんは、沖晴がアマヤドリでボランティアをしていることを、よく思っていない。これまで何度も、「辞めた方がいい」と言われてきた。

どうして、わざわざ悲しい思いをしに行くの? と。

どうして、悲しいことを自分から思い出しに行くの? と。

「雨が降ってきたからじゃないかな」

窓の外を見やって、沖晴はそう誤魔化した。「降ってきちゃったね」と野間さんもそれにのってくれた。

「昨日、一昨日は晴れてたから、私、もう梅雨明けかなって思ったのに」

「明日には梅雨明けだろうって、今日の天気予報で言ってたけど」

ごろごろと氷の入ったアイスティーを一口飲んで、沖晴は答える。野間さんは「そっか」と頷き、椅子の下の荷物入れに置かれていた不織布の手提げ袋をテーブルに置いた。

「これ、京香先生のお祖母さんに。今年は行けなくてごめんなさい、って伝えて」

綺麗な水色の手提げ袋の中身は、水羊羹《みずようかん》だという。

「卒業論文の中間発表なんでしょ？　ならしょうがないよ」

明後日は、京香の命日だ。沖晴は明日、新幹線で東京を離れ、一年ぶりに階段町に帰る。明後日は京香の祖母と墓参りに行く予定だ。

「ねえ、沖晴君」

グラスの中身をストローでかき混ぜながら、野間さんが沖晴を見てくる。ドアの隙間から中を覗き込むような、そんな目で。

「誰か、死んじゃったの？　例の、ボランティアで」

野間さんは、そのまま目を伏せた。どうしてわかっちゃうのかなあ、と沖晴は肩を竦めた。自分は、そんなにわかりやすいんだろうか。

「うん。ここに来る前に、オフィスで聞かされた」

「もう辞めなよ、あそこで働くの」

沖晴から視線を外したまま、野間さんは続ける。

「やってることは、凄いことだと思う。立派なことだと思う。でも、沖晴君が関わるのは、駄目だと思う」

「どうして」

野間さんの眉間に寄った深い深い皺を見つめて、沖晴は聞いた。「駄目だ」「辞めた方がいい」と言われて、苛立ったこともあった。口論になったことも、かつてはあった。

「だって、そうやって誰かの死に直面するたびに、沖晴君は京香先生のことを思い出して、辛いんでしょ」

身を乗り出した野間さんの腕がテーブルに当たり、グラスの中身が波打つ。氷がカランと音を立てて揺れる。

「いいんだよ」

アイスティーの中をくるりと回った氷を眺めながら、沖晴は笑った。口元が、自然とほころんでいた。

「俺は未だに、踊場さんの最期はあれでよかったのかなって思ってる。もっとやりたいことか、見たいものとか、たくさんあったんじゃないかって」

「それにさ、残された側は思ってしまうんだ。もっといろんな話をしておけばよかった。一緒にいてあげればよかった。あれをやってあげたら、これをやってあげれば……その人の死は、後悔と心残りと共に《当たり前》になっていく。

「きっと、後悔や心残りのない別れなんてない。そういうものだって飲み込むしかない。でも、それが少しでも軽くなる手伝いができるなら、ちょっと辛いくらいなんてことないよ」

やってあげられなかったことはたくさんあるけど、母さんは最後にスカイツリーに上れて楽しかっただろう。そう思えることは、絹子さんの息子にとって少しばかりの救いになるはずだ。

「それにさ、俺はきっと、踊場さんを忘れないためにあのボランティアをしてるんだ。ときどきね、あの人が死んだことを忘れそうになるんだよ。だって俺、なんだかんだで、結構楽しく生きてるもん。だから、忘れちゃうんじゃないかって思うときがあるんだよ」

日常すら通り越して、あの人の死が自分の中から消えていくんじゃないか。それが怖いから、沖晴はアマヤドリに関わっている。

「大丈夫。確かに辛いけど、でも、それだけじゃないんだ。嬉しいとか楽しいとか、そういう気持ちも、俺にはちゃんとあるから」

野間さんは何も言わなかった。口を引き結んで沖晴を見つめていたかと思ったら、何も言わずアイスコーヒーを口に含んだ。

「ごめん、お節介だった」

グラスを空にして、野間さんは言った。沖晴は自分のグラスに直接口をつけた。ストローを使わずにアイスティーを飲み干し、「ありがと」と返した。

＊　＊　＊

予定の時間よりずっと早く起きた。新幹線の時間は午後二時だから、十時に起きれば余裕だと思ったのに、目が覚めたのは七時だった。窓の外はすでに明るい。ベッドに横になったまま、沖晴はカーテンを開けた。明るくなった部屋で、ぼんやりと天井を眺めていた。

電車の音が聞こえた。線路に近い物件だから、ひっきりなしに電車の音がする。でも、嫌いじゃなかった。波の音が聞こえるようなものだ。

電車が走り去ったのを聞き届けて、ベッドの側の本棚に手を伸ばした。古びた文庫本を一冊取り出す。

夏目漱石の『夢十夜』の第一夜を、読んだ。死んだ女との約束を守り、墓を作り、その前でひたすら待ち続ける男の物語を。

眠気が引いて、頭が冴えていく。心が凪《な》いでいく。短い話だし、何度も何度も読んだ内容だから、あっという間に読み終えてしまう。

本を閉じて、ベッドから出た。シーツや枕カバーを洗濯機に突っ込み、洗濯をした。ついでに部屋の掃除をした。綺麗になった部屋に洗濯物を干して、朝ご飯にトーストを二枚焼いて食べ、洗い物をして、せっかくだから台所も掃除した。

荷物をリュックサック一つにまとめて、野間さんから預かった水羊羹と、絹子さんの息子からもらったさくらんぼを抱えて、家を出た。

電車を乗り継ぎ、冬馬と陽菜さんのマンションに向かった。途中、陽菜さんに『さくらんぼ持って行きます』とメッセージを送る。返事はなかったが、沖晴はマンションのエレベーターに乗り込んだ。十時を過ぎたし、冬馬はもう出勤しただろうが、陽菜さんは家にいるはずだ。

五階でエレベーターを降り、目の前のドアのインターホンを押す。いつも通りドア越しに「沖晴でーす」と言うと――中からは反応がなかった。

どれだけ待っても、反応がなかった。

「陽菜さーん、沖晴ですけど！」

黒いスチール製の扉を、強めにノックしてみた。やはり返事はない。午前中の涼しいうちに買い物にでも出ているんだろうか。そう思って、スマホを取り出したときだった。

ドアの向こうから、微かに、呻き声が聞こえてきた。

「……陽菜さん？」

ドアノブに手をやる。鍵は掛かってなかった。あっさりと開いたドアから中を覗き込んで、沖晴は息を呑んだ。

玄関に陽菜さんの靴が乱暴に脱ぎ捨てられていて、廊下にはスーパーの袋が落ちていて。その先で、陽菜さんがお腹を抱えて蹲《うずくま》っていた。

「陽菜さんっ！」

慌てて靴を脱ぎ、手にしていた水羊羹とさくらんぼを投げ捨て、駆け寄った。赤みがかった茶髪のポニーテールが、ぐちゃぐちゃに乱れて震えていた。

「ど、どうしたの！」

陽菜さんに触れていいのか、そもそも声を掛けていいのか、わからなかった。呆然と立ち尽くす沖晴を、陽菜さんが見上げてくる。

「うわ、よかったあ……沖晴君、来てくれた……」

陽菜さんの声は、そのまま呻き声に変わった。何をすればいいかわからない。背中を摩ればいいのか、水を汲んでくればいいのか。

「ごめん、沖晴君、私、多分、破水した」

破水って何だっけ。口をぱくぱくと動かしながら周囲を見回したら、陽菜さんの下半身が濡れていることに気づいた。うっすらと、生臭い匂いがする。

「破水って、生まれる直前に来るんじゃないの……？」

陽菜さんの出産予定日は八月十日だ。まだ二十日近くあるというのに、どうして。

「スーパー行ったら、だんだんお腹痛くなっちゃって。急いで買い物済ませて、帰ってきたんだけど……家に上がったらいきなり来た」

「でも、だって、こんなに、早く生まれちゃうものなの？」

「ちょっと早いけど……とにかく、この子、もう出てくる気でいるみたい」

お腹を摩り、陽菜さんは歯を食いしばる。頰の筋肉が強《こわ》ばるくらい、力を込める。

スマホを握り締めたままだったことに、今更気づいた。

「ねえ、陽菜さん……俺、どうすればいい？　救急車呼べばいい？」

痛みなんて一切ないのに、指先が震えてしまう。

陽菜さんは、そんな沖晴のことをしばらく見上げていた。屈んで肩を抱くことも、体を摩ることもできない沖晴を非難することなく、ぜえぜえと荒い呼吸を繰り返す。

「で、電話だね……病院に」

側にあった陽菜さんの鞄から、スマホを出してやる。電話帳に登録していたかかりつけの産婦人科に電話を掛けた陽菜さんは、その場で病院から指示を受けた。

この人は、これから子供を産むんだ。その覚悟を決めたんだ。スマホを片手に「はい、はい」と頷く陽菜さんを前に、沖晴は大きく息を吸った。吸って、吐いてを繰り返し、震える呼吸を鎮める。脱衣所に駆け込んでタオルを引っ摑み、陽菜さんの鞄に財布と保険証と母子手帳が入っているのを確認して——次に何をやればいいかもうわからない。

「沖晴君、ありがとう」

沖晴から鞄を受け取った陽菜さんが、スマホを中に入れる。

「えっと……救急車とか、呼ぶ？」

「もう、呼んでもらったから、だいじょうぶ……」

言い終えないうちに、陽菜さんはその場に倒れ込んだ。沖晴は慌てて彼女の肩に腕を回した。陽菜さんの体は熱かった。

「あはは、沖晴君の手、つめた。血の気引いてるじゃん」

沖晴の肩に顎をのせて、陽菜さんが一言「お願い」と言ってくる。

「冬馬に、生まれるかもって、伝えて。私がこんな状態で連絡したら、冬馬、多分気絶しちゃうから」

言われた通り、冬馬に電話を掛けた。仕事中だったみたいで、数十回コールした末に留守番電話に切り替わってしまい、沖晴は努めて冷静に、陽菜さんが破水したこと、これから病院に行くことをメッセージとして吹き込んだ。

電話を切ると同時に、陽菜さんが呻いた。悲鳴に近い、甲高い声だった。体が竦んで動かなくなった。かたかたと歯が鳴る音がした。自分の口からする音だった。

そんな沖晴の左腕を、陽菜さんが摑んだ。結婚指輪をした細長い指が、沖晴の肌に食い込む。

「いい？　沖晴君……人間はこれくらいで死んだりしないから、安心しなさい。こうやってね、すー、はー、すー、はーって呼吸してるうちは、死なないから……！」

血走った目が、沖晴を見据える。陽菜さんの瞳の中で、沖晴が怯えていた。泣き出しそうな顔で唇を嚙んでいた。

死なないから。死んだりしないから。その言葉が、耳の奥で何度も蘇る。

「ねえ、沖晴君。この子が生まれても遠慮しないで遊びに来てね」

沖晴の腕を摑んでいた陽菜さんの左手が、するすると掌へ下りてきた。ぎゅっと、手を繋いだ。冷え切った指先に、陽菜さんの体温が移ってくる。

「社会人になったら、本当、いろいろ、大変だろうけど。たまにはうちにご飯食べに来て、この子と遊んであげて。あと私のお手伝いもしてね。冬馬ね、育休取ってくれるんだけど、会社のこと、いろいろ大変だと思うし。あと、沖晴君の方が絶対気が利くから。だから助けて！　いろいろ助けて……！　ああああああ痛い痛い痛いっ！」

指がねじ切れそうなほどの力が、陽菜さんの左手から掛かる。「痛い」という濁った悲鳴が、沖晴の痛みを吹き飛ばす。

陽菜さんの背中を摩りながら、救急車を待った。陽菜さんの呻き声と悲鳴の向こうから、甲高く鋭利なサイレンの音を、祈るように待ち続けた。

分娩室《ぶんべん》の前の薄暗い廊下で、自分の爪先を見ていた。腰掛けた合皮のソファはひんやりと冷たかった。外はあんなに……あれ、暑かったんだっけ、涼しかったんだっけ、晴れてたんだっけ、雨が降ってたんだっけ……それすら、思い出せない。

ただ、窓からは強い日差しが差し込んでいる。なのに廊下はとても寒い。

救急車が病院に到着すると、陽菜さんはそのまま分娩室へ運ばれていった。顔見知りらしき看護師に、「予定より早くてびっくりしちゃいましたよね。大丈夫ですからね」と声をかけてもらい、陽菜さんの表情は幾分和らいでいた。

会社を早退した冬馬も、陽菜さんが分娩室に入った直後に病院に到着した。分娩室で、陽菜さんの出産に立ち会っている。

それを、沖晴は廊下でひたすら待っている。病院に来るまでも役立たずだったが、到着したら本当に用無しだ。でも、立ち去ることなんてできなかった。今日、階段町に帰るつもりだったことを思い出したのは、新幹線の出発時刻を過ぎてからだった。

左腕には、陽菜さんの手形が、爪の食い込んだ痕《あと》が、まだ残っている。赤くなった皮膚を撫でながら、自分の指先がまだ震えていることに気づいた。

何を怖れているんだろう。冬馬と陽菜さんの子供が無事生まれるか不安なのか。陽菜さんの体が心配なのか。何もできなかった自分が不甲斐《ふがい》ないのか。

悲鳴が聞こえた。陽菜さんのものじゃない。隣の分娩室に入った別の女性のものだ。さらに隣の分娩室からも、啜り泣きのような声が聞こえてきた。

そして、陽菜さんと冬馬のいる分娩室からも、聞こえてきた。呻き声と悲鳴と懇願が入り混じったような、聞いているこちらの耳が磨り潰されるような声が。

陽菜さんの爪痕を掌でぎゅっと押さえつけて、目を閉じた。

京香が死ぬのを、目の前で見た。ランプの灯が消えるような、静かな死だった。怖いとは思わなかった。消えてしまった灯の残した温かさを愛でるような、そんな瞬間だった。

なんで、命の誕生が、こんなに怖いんだろう。髪を掻き上げて、頭を抱えた。

「……踊場さん」

京香の名前を呼んでしまう。ねえ、怖いよ。助けてよ。そう叫んでしまいそうになる。

「嫌悪も、怒りも、悲しみも、怖れも……全部、俺のためにあるんでしょ」

あれは、いつだっただろう。まだ、京香は外を出歩けていた。そうだ。初詣だ。京香の家で年越し蕎麦を食べて、零時を回ってから彼女と二人で初詣に行った。京香の祖母は、「寒いからいい」と言って家に残った。

初詣を済ませた帰り道に、沖晴は京香に、どんな願い事をしたのか聞こうとした。でも、聞けなかった。代わりに、京香はこんな話をしたのだ。

『嫌悪とか怒りとか悲しみとか怖れとか、そういうネガティブな感情も、やっぱり大事なんだよね』

石の階段を一歩一歩上りながら、京香は笑っていた。言葉を発するたび、彼女の口から真っ白な息が舞い上がった。それを、沖晴はじっと見ていた。

『過去の辛い経験と決別するためだったり、今目の前にある困難を乗り越えるためだったり、未来に起こる苦しみを回避するために、嫌悪も怒りも悲しみも怖れもあるんだって。

これがあるから人間は、過去と現在と未来を生きることができるんだよ』

どうしてそんな話を突然したんだと、自分は聞いた。彼女は言った。

『神社でお願い事してたら、いろいろ思い出しちゃって』

その《いろいろ》の内容は、やっぱり聞けなかった。

泣き声が聞こえた。悲鳴でも呻き声でもない、《泣き声》が、沖晴の回想を引き裂いた。

顔を上げると、廊下に赤ん坊の泣き声が響いてきた。陽菜さんの隣の分娩室からだった。

おぎゃあ、おぎゃあ、おぎゃあと、小さな体が全身で声を上げている。

しばらくして、さらに隣の分娩室からも、産声が聞こえてきた。冷たい廊下に、熱の塊のような声が響き渡った。

立ち上がって、声の先を見つめた。こんなに近くで、二つの命がたった今、生まれた。

十四年前――あの大津波の日に、大勢の人の死を間近で見た沖晴の側で、生まれた。

陽菜さんのいる分娩室から、一際大きな叫び声が聞こえた。

声は尾を引いて、消えて、静かになった。

長い沈黙だった。瞬きもせず、沖晴は分娩室の扉を見つめていた。息もできなかった。

胸が苦しくなって、浅い呼吸を一度だけした。

その瞬間、扉の向こうから赤ん坊の泣き声が聞こえてきた。生まれ落ちた世界の大きさを確認するような、大きな大きな産声だった。

その場にへたり込みそうになって、壁に手をついた。肩で大きく息をした。体がやっと、深呼吸の方法を思い出してくれた。

「沖晴」

扉が開き、汗だくになった冬馬が顔を出す。ネクタイの先を肩に掛け、頬を紅潮させて分娩室を出て来る。

「生まれた」

嚙み締めるように、泣き出しそうな顔で彼は笑った。そのまま沖晴の頭に手をやって、ぎゅうっと抱きしめてきた。「ありがとうな」と、染み込むような声で礼を言われる。

何もしてないよ。何もできなかったよ。声が擦れて言葉にならない。

「来いよ」

冬馬が手招きして、沖晴を分娩室に連れて行こうとする。「いいの？」とやっとのことで言葉にすると、「陽菜が来いって言ってる」と手を引かれた。

分娩室はアロマのような甘い香りがした。湿気を帯びた生温かい匂いがそれに混じっている。でも、不快ではなかった。

消毒液で手を消毒して、仕切り用のカーテンを開けてもらう。看護師と助産師に囲まれて、陽菜さんは分娩台の上にいた。腕に赤ん坊が抱かれている。しわしわの顔をさらにくちゃくちゃにして、陽菜さんに寄り添っていた。

「沖晴くーん、生まれたよぉ……」

汗で髪をぐっしょり濡らした陽菜さんが、沖晴を見て笑う。

「この子、せっかちさんだったみたいで、するっと出てきてくれたよ」

ほら、と陽菜さんが赤ん坊の顔を沖晴に見せてくれた。頬に血がこびりついている。髪がうっすらと生えている。ピンク色の滑らかな肌は、自分と同じものに見えなかった。

でも、人間だった。人間の姿をしていた。元気に生まれてきた。水が流れていくように、当たり前に人が死んでいくこの世界に、生まれてきた。

人は、特に理由もなく死ぬ。自分達は、運よく生を享《う》け、運よく生きているに過ぎない。

そんな世界に、元気に生まれてきた。

「よかった」

赤ん坊の顔を覗き込んだら、自然と頬が緩んだ。

「幸せに——」

なってね。そう言おうとして、木漏れ日が差したように胸の奥が温かくなった。

「幸せになろうね」

唇が震えた。喉の奥が熱くなって、胸に、目の奥に、鈍い痛みが広がる。

そのまま、分娩室を飛び出した。

冷たかったはずの廊下は冷気が心地よかった。そこを駆け抜ける自分の足音は、笑い出したくなるくらい大きかった。ばたばた、ばたばたと音を立てて、沖晴は走った。階段を駆け上がり、屋上のドアを開け放った。

むせ返るような熱気と強い日差しが、体を包んだ。太陽に押し潰されそうだった。

屋上に、自分の真っ黒な影が落ちる。フェンスに縋り付いて、沖晴は泣いた。熱せられたフェンスに額を押しつけ、肩を揺らして、声を上げて、泣いた。顎を伝って落ちた涙が、足下に黒い染みを作る。

何の涙だろう。俺はどうして泣いているんだろう。先ほど聞いた産声を思い出しながら、考えた。いろんな人の顔が浮かんだ。陽菜さん、冬馬、生まれたばかりの赤ん坊、魔女さん、野間さん、専光さん、絹子さん、駒澤、日野に東山、梓、梓の両親、父親、母親、生まれることなく死んでしまった弟妹《きょうだい》――これまで出会ったいろんな人の顔が、沖晴を埋め尽くす。

その真ん中で、踊場京香が笑っている。沖晴君、とこちらに手を振っている。

そうか。俺は今、あの人を想って泣いているんだ。あの人が「生きていけ」と指さした未来を、愛しいと思いながら、泣いているんだ。

悲しい涙でもある。やるせない涙でもある。嬉しい涙でもある。不甲斐ない涙でもある。一つの感情では言い表せない涙が、あふれていく。太陽に焼かれて、天に昇っていく。踊場京香のいなくなった世界で、やっと、彼女のために涙を流せた。

――じゃあ、喜びは？

京香と行った最初で最後の初詣の日、自分はそう聞いた。嫌悪が、怒りが、悲しみが、怖れがあるから、人間は過去と現在と未来を生きることができると言った彼女に、聞いた。

彼女は、こう答えた。

――喜びは、今この瞬間を沖晴君が愛している証拠だよ。

ああ、愛している。あの人がいなくても、どれだけのものを失っても、これから失っていくとしても。この世界を自分はとても愛している。

洟を啜って、目元を拭って、顔を上げた。昨日までの雨模様が嘘みたいに、空は晴れ渡っていた。沖晴の頭上には、巨大な入道雲が浮かんでいる。真っ白な雲の塊がいくつも層を作る。天へ続く階段のように、もしくは、天から地上に伸びるはしごのように。

「そうか、梅雨、明けたんだ」

ははは っ、と笑いがこぼれた。もう一度洟を啜った。眉間が痛くなった。その痛みすら愛おしかった。

「踊場さん」

入道雲に向かって、彼女の名前を呼んだ。雲の輪郭が、笑い声を上げたみたいに崩れた。

「話したいなあ、踊場さん」

今日あった、たくさんのことを。貴方と別れてからの、いろんなこと。悲しいこともやるせないことも、照れくさくてくすぐったいことも、苛立ったことも悔しかったことも怖かったことも辛かったことも、嬉しかったことも、全部。

貴方は、どんな顔をして聞いてくれるだろう。

「生きるよ」

貴方に「話したい」と思うことをたくさんたくさん積み上げながら、生きていくよ。

ちゃんと、生きていくよ。

解説

三宅香帆（書評家）

自分の感情を知らないふりすることで、傷つくことは、たまにある。が、案外それは多くの人が気がついていないことのように思う。

沖晴くんと京香、ふたりの葛藤を知るたび、私たち読者は自分の中の葛藤と向き合うことの難しさを知る。そしてその葛藤を乗り越えた先にある美しい景色も見ることができる。それはもしかすると、小説という媒体そのものの本来の役目――誰かの傷を癒すこと――なのかもしれない。

音楽教師の踊場京香は、祖母のいる地元に帰ってきた。実はある病気が見つかり、余命一年であると宣告されたのだ。母を同じ病気で亡くしている彼女は、残された時間を地元で過ごすことを決めていた。しかしある日、不思議な高校生に出会う。彼は、志津川沖晴。京香が声をかけると、ふいに海に落っこちてしまった彼は、実は京香の母校の高校に通っていた。京香と同じく合唱部に所属している彼と、京香はひょんなことから交流を深めるようになる。

彼には、不思議な特徴があった。それは、ずっと笑っていることである。勉強も運動も合唱もなんでもできる彼は、笑顔を絶やさない。傷はすぐ治る。そんなどこか不思議な彼には、ある事情があったのだ。

さて、ここから先は物語の肝心な部分について言及するので、ぜひ本編を読んでからページをめくってほしい。解説を本編よりも先に読む人もいるだろうから、注意書きをしておこう。

物語の核心でもある、「沖晴くん」の特徴。それは、ネガティブな感情を、忘れたところにある。

ネガティブな感情を忘れる。それは冒頭でも少し触れたように、案外私たち読者の身のまわりで日常的に起きることだ。

難しい語彙を使うと「抑圧」と言ったりするのだが、私たちはしばしば、感情をないものにしようとしてしまう。

たとえば誰かに嫉妬したとき、嫉妬している自分が嫌だから、嫉妬していないふりをしようとする。そして嫉妬という感情を無理に抑えつけてなかったことにする。だが実際に嫉妬は覚えていたわけだから、なかったことにされたその感情は、のちにどこかで噴き出したり、あるいは我慢したことで別のストレスになったりするのだ。

あるいは、傷ついて悲しい、怖いというような感情も同じようなことになりがちだ。私たちは、傷ついたとき、その傷を真正面から受け取ることが難しい。そして傷ついたことを、なかったことにしようとする。傷ついていないふりをする。そして傷ついた心を、できるだけ直視しないように、できるだけ知らないように生きる。ダメージをくらわないようにするのだ。しかしその場合、傷ついた心は、どこへ行くのだろう？　はたして、私たちにとって、傷という名のダメージをくらわないようにすることは、良いことなのだろうか？　我慢したぶん、知らないふりをしたぶん、抑圧したぶん、ダメージは膨れ上がらないのだろうか？

本作『沖晴くんの涙を殺して』は、傷を抑圧していたひとりの少年と、ひとりの女性が、出会う物語である。そしてその抑圧された傷は、どこに行ったのか――小説は丁寧にその過程を描き出している。

傷がなかったふりをすること。ネガティブな感情に蓋をすること。それは一見、もしかすると今を生きる私たちにとってとても快適な状況なのかもしれない。

ネガティブな感情を持たなければ、正直、快適に日々を過ごせる。たとえば怪我をして精神的に立ち直れないとか、体調が悪くてやる気が出ないとか、そういう感情さえなければもっと仕事や勉強や遊びも快適にできるのに、と思う人は多いのではないだろうか。アンガーマネジメント、なんて言葉も流行する昨今。ネガティブな感情をできる限りもたない、もったとしても他人に見せないことが、良い人間になるためには必要である、という考えの人も多いかもしれない。

たしかに私だってネガティブな感情は苦手である。憂鬱さやしんどさは仕事の邪魔だとすら思う。

しかし、本当にネガティブな感情を忘れてしまった沖晴くんは、どのように生きているのか。

作中、沖晴くんは津波を契機に、「死神」によってネガティブな感情を奪われてしまったのだという説明がなされている。そして「死神」は、沖晴くんに傷つかない体と傷つかない心、そして抜群の運動神経と記憶力を与えた。ちなみに人の死期がわかるという、いらない特典付きだ。

傷つかない体、傷つかない心。このような説明だけ聞くと、完璧なヒーローのファンタジー小説に見えるかもしれない。普通に生きていたら、私たちは傷つかない体も傷つかない心も手に入れられない。目の前に「死神」が出て来るくらいのファンタジー要素がないと無理な条件であろう。

だが私は、この「死神」とは、決して荒唐無稽な存在ではないと思っている。この作品が描く「死神」とは、思いがけず傷ついたとき、私たちの前に現れる「抑圧」そのものではないだろうか。

私たちは、突然深い傷を負った時、自分でも実感していないうちに、自分の感情を失ってしまう。感情を発露する元気がないとき、感情をまずなくしてしまうのだ。しかしそれは、人間としての健康的な生き方ではない。いくらか回復したとき、どこかで、なかったことにしようとしていたネガティブな感情と向き合うことになる。元気が戻って来たとき、一緒に、あの時忘れたはずの悲しみや怒りや嫌悪といったネガティブな感情も戻って来るのだ。そういうふうに、私たちは生きている。

それはたしかに、「死神」に感情を奪われるのと同じだ。まさに、感情を受けとめて人間らしく生きる方向とは逆の、人を死に誘《いざな》う神のやることである。

しかし、そうなってしまったとき――「死神」に感情を奪われてしまったとき、私たちはどうやって人間らしく生きる方向に舵を切るのだろう？　それこそが本書に描かれている答えである。沖晴くんにとっての京香、つまりは他人と接することが、「死神」から沖晴くんを引き離す方法だったのだ。

津波によって思いがけない傷を背負った沖晴くんは、京香と出会って、変わる。そして京香もまた、自分の死期を知るという突然の傷を、できるだけ感じようとしていなかったところに、沖晴くんと出会って、変わる。ふたりの、なかったことにしようとしていた傷は、お互いを知るなかで、取り戻される。

それはまさに、沖晴くんと京香の、生きる道を見つける過程そのものだったのだろう。そしてふたりは、決してふたりだけの世界に生きているわけではない。たとえば京香の母校の先生、祖母、あるいは沖晴くんのクラスメイトたちのように、彼らのまわりには、彼らにまっとうに関わってくれる人がたくさんいる。だからこそ、沖晴くんも、京香も、徐々に回復してゆくのだ。

ネガティブな感情なんて、生きているとたしかに邪魔ではある。決して、心地の良いものではない。生きるのに必要ない、と思ってしまうときもあるだろう。しかし実際にネガティブな感情をなくすのは、それは死に向かう道である。死神が手をこまねいている、生命力にあふれる道とは真逆なのだ。

傷つくことは、突然やってくる。思いがけないところで、悲しんだり、苦しんだりしなくてはいけない。

そういったネガティブな感情も、他人と関わって生きたいと思うならば、起こるべくして起こるものなのだろう。

『沖晴くんの涙を殺して』という小説は、私たちにネガティブな感情のありかたを教えてくれる。その過程は、決して痛みを伴わないものではない。めでたしめでたし、と満面の笑みで読める作品ではないかもしれない。しかし、だからこそ、めでたしめでたしで終わらない人生のきらめきを私たちに伝えてくれる。

沖晴くんも、京香も、自分の傷を取り戻す。それは、他人との出会いによって可能になった、彼らの「生きる道」を取り戻すプロセスそのものなのである。

この作品は二〇二〇年九月に小社より刊行されました。

双葉文庫

ぬ-04-01

沖晴《おきはる》くんの涙《なみだ》を殺《ころ》して

2023年10月11日　第1刷発行

【著者】
額賀澪《ぬかがみお》

【発行者】
箕浦克史
【発行所】
株式会社双葉社
〒162-8540 東京都新宿区東五軒町3番28号
［電話］03-5261-4818(営業部)　03-5261-4831(編集部)
www.futabasha.co.jp（双葉社の書籍・コミックが買えます）
【印刷所】
大日本印刷株式会社
【製本所】
大日本印刷株式会社
【カバー印刷】
株式会社久栄社
【DTP】
株式会社ビーワークス

【フォーマット・デザイン】
日下潤一

ISBN978-4-575-52696-7 C0193
Printed in Japan